Périgourdine d'origine, **Isabelle Artiges** *est une insatiable conteuse. Après une vie professionnelle bien remplie, elle se consacre désormais à sa passion : l'écriture. L'académie des Arts et des Lettres du Périgord, dont elle est aujourd'hui membre, a salué son talent et lui a attribué son prix de littérature en 2015 pour* La Belle Créole.

UNE VIE
DE PORCELAINE

Du même auteur

Aux éditions De Borée

Le Diable à portée de la main, 2017
Le Temps des vieux moulins, 2019
Les Petits Mouchoirs de Cholet, 2019
Les Dames de Pécharmant, 2019
Le Secret de la forge, 2020
La Demoiselle de Hautefort, 2020
Isabeau de Limeuil, 2021
La Belle Créole, Grand Prix Périgord de littérature, 2021

TERRE DE POCHE
45, rue du Clos-Four – 63056 Clermont-Ferrand cedex 2

Isabelle Artiges

Une vie de porcelaine

de Borée
TERRE DE POCHE

L'art ne fait que des vers, le cœur seul est poète.

André Chénier

Prologue

I

Cher Périgord

Clarence House, juillet 1860

MON HISTOIRE EST SINGULIÈRE. *Je te la dois, mon amour.*

Jeanne détourna son visage de la feuille blanche posée devant elle. Son regard embrassa le paysage qui se détachait derrière les vitres de la fenêtre. La campagne anglaise ressemblait parfois à son Périgord natal. Ce vert intense que les pluies entretenaient, comme un pinceau chargé de gouache écrasé sur une toile déjà teintée. La lumière différait quelquefois, plus pâle, plus froide, plus parcimonieuse aussi. Mais par une journée de printemps ensoleillée ou une fin d'été, quand les couleurs gorgées de trop d'éclat viraient, comme fatiguées, le paysage prenait des airs du Périgord.

Jeanne observa un moment la prairie qui s'étendait devant elle. Elle suivit des yeux le mouvement lent d'un cheval noir qui avançait vers son baquet d'eau, sans hâte, certain qu'il allait boire.

Elle soupira, revint vers sa feuille, puis regarda ses mains, sur lesquelles la peau se détendait et formait des sillons. Des taches brunes étaient apparues depuis plusieurs mois. Des « fleurs de cimetière », disait-on dans son pays. Ces signes d'un âge impossible à retenir. Il avançait comme le cheval, calmement, silencieusement, jour après jour. Il avançait sans retour.

Jeanne avait vécu plusieurs vies. Aujourd'hui, au crépuscule de son existence, elle désirait offrir à son fils la vérité nue et sans fard sur un destin bousculé par les événements politiques et sociaux qui avaient bâti son pays dans l'idée d'en faire une grande nation.

Jeanne était née en plein cœur du Périgord en 1806, au tournant du siècle des Lumières, après les événements de la grande révolution qui avaient plongé le pays dans l'obscurité. La cahute de sa mère, si modeste fût-elle, était construite sur les bords de l'Auvézère, et de la porte se distinguait, à travers les arbres, le château de Savignac-Lédrier, perché sur un piton rocheux, dominant la rivière. Aussi loin que sa mémoire l'autorisait à remonter, elle le revoyait, dans la lumière du jour, jouant à cache-cache avec la masse vibrante de la végétation. Ses deux tours rondes et blanches, l'une large et ventrue, la seconde plus modeste, aussi dissemblables l'une de l'autre qu'une mère et sa fille. Son corps de logis monté de pierres jaunes du pays, percé de fenêtres à meneaux, ses toitures d'ardoise qui scintillaient parfois, quand la pluie les avait trempées et que le soleil les réchauffait.

Un château endormi, que ses maîtres avaient délaissé depuis longtemps. Les marquis de Lubersac préféraient les dorures de Versailles et les champs de bataille. Jeanne, avec ses yeux d'enfant, le voyait comme un géant solitaire, abandonné, qui gémissait parfois quand la foudre tombait sur ses cheminées.

En contrebas, les ruines d'une ancienne forge se laissaient dévorer par une nature sans concessions. Ce pays riche en forêts permettait de fournir du charbon de bois pour alimenter le haut-fourneau et produire, grâce à l'énergie hydraulique, de la fonte et du fer. Cela fonctionnait depuis plus de deux siècles.

L'évocation de ce château et des bâtiments agonisants des forges réveillait en elle les parfums de l'enfance. La ramenait au sourire de sa mère, aux mains calleuses de son père. Ses narines frémissaient encore de l'odeur de la mousse et des champignons, de celles saturées des fougères à l'automne. Elle n'avait pas oublié le courant dans l'eau de la rivière qui formait des vagues écumeuses, qui chapardait des branches tombées sur son dos, chantait en clapotant et filait sans jamais s'arrêter. Cette rivière dont sa mère la protégeait de peur de la voir emporter son enfant. Jeanne avait gravé dans sa chair, comme un sceau, l'éclat de la lumière, la musique de la nature, toutes les sensations de son Périgord natal.

Avant la Révolution, son père partait honorer des contrats dans la vigne, du côté de Bergerac. Quand les vendanges étaient terminées, il rentrait et travaillait aux forges de Savignac. C'était à deux pas de la maison, près d'une chute incurvée de la rivière.

Entre ces deux travaux, il ne s'enrichissait pas mais nourrissait sa jeune femme. Ils ne souffraient pas de la faim. Les quelques sous qu'il gagnait leur permettaient d'acheter un morceau de porc, d'élever des poules, de ramasser des œufs, d'acquérir une pièce de chanvre qui servait de drap.

En 1793, les forges déclinèrent, le marquis de Lubersac avait émigré, ses biens furent confisqués. Le père de Jeanne partit grossir les rangs des guerres de la Révolution. Entré dans l'armée de Mayence, il combattit les insurgés en Vendée, avant de rejoindre les troupes sur le Rhin. En 1799, il avait suivi Napoléon dans sa campagne d'Égypte. Il avait pu quitter son régiment en 1805 et était retourné vers sa femme qui, seule depuis plus de dix ans, essayait de survivre. Il était grand et fort, les travaux physiques l'avaient sculpté comme un artiste aurait taillé dans un bloc de marbre. Il était d'une beauté singulière, sa peau sombre et ses cheveux noirs rappelaient l'histoire de ce Périgord sauvage, envahi, il y avait longtemps, par des hordes de Maures venus d'au-delà de la Méditerranée. Il avait laissé pousser une moustache fournie pendant la campagne d'Égypte et en avait rapporté un anneau d'or qui pendait de son oreille percée.

— On en avait tous, expliquait-il à sa femme, c'était au cas où on n'aurait plus rien à manger, on aurait pu acheter de quoi vivre avec ça !

— Si vous en aviez tous, j'imagine que vous preniez celles des morts, sur les champs de bataille ! disait Marie avec son sens aigu des réalités.

— Ça se pourrait, répondait le père en caressant sa moustache.

La mère de Jeanne avait connu une misère effrayante durant les longs hivers. Il n'y avait même plus de pain noir, ou bien il était rationné. Pour survivre, elle devenait lavandière pour des familles aisées de la région. L'eau de la rivière était glacée. Elle y attrapait des coups de froid terribles, ses mains étaient si gercées que la peau s'écorchait toute seule, des engelures déformaient ses pieds. Pour se nourrir, elle faisait bouillir des châtaignes dans une vieille marmite. Sa maigreur n'intimidait personne, ils étaient tous comme cela, ceux qui vivaient de travaux journaliers, cherchant une besogne la veille pour le lendemain. Elle avait échappé à la disette, aux bandes de chauffeurs qui pillaient les maisons et torturaient la population. Ils la savaient si pauvre qu'ils la laissaient tranquille. Mais combien de nuits d'insomnie avait-elle traversées à écouter leur course à travers la forêt, alors qu'ils recherchaient une cache pour déposer leur butin ou dormir un peu ?

À cette époque, le pays se délitait. L'impunité pour les brigands, le manque d'autorité d'un pouvoir remis en question à chaque lune nouvelle, l'accumulation de pauvres aux portes des villes. Les tribunaux d'exception qui offraient la mort comme une faveur. Il y avait eu des révoltes de croquants poussés par la faim et le désir d'une liberté qu'ils sentaient à portée de main.

Jeanne était née au printemps, au moment où sa mère pensait qu'elle n'aurait jamais d'enfants.

L'ancien grognard de Napoléon rapportait de quarante mois à dormir sur le sable des rhumatismes déformants que l'humidité de la rivière réveillait trop souvent. Il n'en voulait pas à l'empereur, il voyait en lui le sauveur du pays, l'enfant de la

Révolution, le général proche de ses soldats. Sa fuite d'Égypte, il ne s'en était même pas aperçu !

Passait parfois dans ses prunelles noires le reflet d'une nostalgie. Malgré la barbarie des champs de bataille, cet homme sans méchanceté regrettait les bivouacs, l'odeur de la sueur et du sang, les amitiés forgées dans la fureur des armes, le mal manger. Il se retrouvait maintenant seul avec une femme et une enfant, il avait tout son temps pour écouter ses douleurs articulaires, sa mélancolie ressemblait à de l'ennui, à des regrets, au début de la vieillesse.

Marie n'était plus de première jeunesse, elle plaisait pourtant toujours au père. Elle paraissait son contraire. Ses cheveux blonds, sa peau claire, son corps frêle mais solide, elle représentait l'idéal de la femme pour le soldat de Napoléon. Elle vit la naissance de sa petite fille comme une bénédiction du ciel. Aucun enfant n'était venu avant le départ du père pour lui tenir la main pendant sa grande solitude. Elle se savait trop âgée pour en espérer d'autres. Son corps affaibli par beaucoup de privations lui offrait l'unique don d'une vie. Jeanne était sa dernière chance.

La petite fille arriva dans un pays apaisé, ayant retrouvé le goût de la prière du dimanche, ses saints et ses coutumes.

Ses grands yeux bleus pétillaient de vie, sa peau blanche était presque diaphane, son corps frêle donnait l'impression d'une fragilité. En grandissant, elle éveillait une beauté délicate, héritée de sa mère. Seule concession au père, des cheveux de jais qui servaient d'écrin à ses prunelles bleues. Parce qu'elle était l'unique enfant de ses parents, elle fut plus aimée, plus protégée. On lui épargna la corvée de l'eau dans les petits matins froids, on lui interdit de soulever de lourdes charges, on ne l'autorisa pas à gratter la terre pour aérer les légumes. Elle eut permission de cueillir une pomme à l'automne, une poignée de cerises au printemps et de confectionner des bouquets de fleurs sauvages en se souciant des serpents qui erraient autour de la maison. Elle se forgea ainsi un caractère entier, parfois tyrannique. Pas habituée à partager, elle prenait ce qu'on lui offrait, ne demandait pas plus. L'amour exclusif de ses parents la renforçait et préparait une femme solide.

Durant tout ce temps, le pays, gouverné par un empereur, s'éveillait de siècles d'obscurantisme. Militaire avant tout, il imaginait que l'Europe lui appartiendrait un jour. Il bataillait de toutes parts. Pour ses conquêtes, il prenait sa pitance dans les forces vives. Pas une famille qui ne fut épargnée par le départ d'un fils, d'un neveu, d'un frère, d'un père. Cette jeunesse sacrifiée allait traverser l'Europe jusqu'à Moscou avec, attaché au cœur, comme un médaillon d'espoir, le doute de rentrer un jour dans son foyer. Le département de la Dordogne fournit, certaines années, jusqu'à dix mille recrues.

Le père connaissait le refrain des enrôleurs qui laissaient entrevoir des conquêtes faciles, des richesses à portée de main.

Il avait appris à lire avant la Révolution, quand les curés enseignaient les rudiments de la langue aux garçons des campagnes.

Il était au courant de toutes les batailles, des victoires comme des défaites. Quand il partait vendre ses œufs et ses légumes au marché de Périgueux, il revenait toujours avec une feuille d'un journal local trouvé dans une auberge.

L'enfance de Jeanne fut bercée par ses récits de voyage, ses épopées, ses souvenirs, ses regrets.

Elle connaissait l'existence des mahométans, des juifs. Son univers chrétien avait des frontières qu'il fallait passer pour découvrir d'autres manières de penser.

— Les curés, chez les musulmans, s'appellent imans ; chez les juifs, c'est des rabbins. Les femmes, en Égypte, sont enfermées dans leurs maisons, derrière des claustras. Elles ont interdiction de sortir sans un voile pour cacher leur visage. Personne ne doit les voir à part leur mari.

— C'est une sorte de protection que je n'aimerais pas, disait la mère.

— C'était des mahométans, ils nous considéraient comme des infidèles car on ne croyait pas au même dieu.

Des expressions revenaient dans la bouche de son père qu'elle gravait dans sa mémoire. La bataille des Pyramides, la révolte du Caire, la victoire d'Aboukir, le mont Thabor :

— Nous étions quatre mille, ils étaient vingt mille Turcs, on a gagné, on leur a pris leurs chameaux, leurs tentes, leurs provisions…

— C'est quoi des chameaux ? coupait Jeanne.

Le père expliquait, dessinait sur un morceau de journal un animal curieux, continuait ses récits.

— Le désert, ce sont des immensités de sable, partout à perte de vue. La journée, il y fait des chaleurs terribles ; la nuit, tu y meurs de froid.

D'ailleurs, il n'y a que les chameaux pour marcher à travers les dunes. Avec ma peau sombre, on m'a souvent confié des missions dangereuses, j'enfilais un kamis, je ressemblais à une femme. J'enroulais une chéchia sur ma tête, je passais inaperçu, je ramenais des informations sans avoir à parler leur langue. En restant en retrait, tu peux sentir les peurs et les attentes d'un pays. Je traversais les souks, j'aimais l'odeur des épices. Il ne fallait pas trop en manger, sinon on attrapait la dysenterie.

Le père de Jeanne vivait déjà dans le passé. Son présent lui offrait l'image des forges en ruine, des vignes du Bergeracois trop éloignées maintenant pour un homme perclus de rhumatismes. Il se contenta d'une maigre rente versée par le pouvoir pour bons et loyaux services.

Il trouva cependant le courage de créer un potager près de la maison, oublia ses vieilles douleurs et laissa chanter en lui ses souvenirs en bêchant, raclant, semant, repiquant, en récoltant ce que la nature souvent ingrate lui offrait en retour de ces heures passées à suer.

La mère avait trouvé une place de repasseuse et raccommodeuse dans une vieille famille de Payzac. Trois jours par semaine. Pour garder un œil sur Jeanne, elle avait obtenu la permission de l'emmener avec elle.

Jeanne se souvenait des chemins forestiers qu'elles empruntaient pour aller et revenir. Elle entendait encore la fureur de la cascade de Vaux, les crépitements de l'eau qui venait s'écraser sur les rochers alignés par une main divine comme une travée de marches. Au cours d'une halte, sa mère lui laissait caresser la mousse humide, douce comme un pelage d'animal.

— Sois prudente, mon ange, n'approche pas trop de la rivière ! disait-elle d'un ton ferme.

Elles mangeaient une tranche de miche rassie sur laquelle était tartinée de la graisse de porc. C'était fameux ! Surtout quand une gousse d'ail y avait été écrasée auparavant. Elles buvaient l'eau de la rivière.

Elles prenaient le temps d'écouter la forêt qui bruissait de piaillements, de chuintements furtifs, d'un pas léger écrasant des feuilles mortes. Elles avaient parfois la visite d'un écureuil, d'un lièvre, se laissaient caresser par un rayon de soleil échappé de l'épaisseur de la végétation.

Quand il pleuvait, elles s'abritaient sous la parure d'un grand chêne, regardaient tomber les gouttes si serrées qu'elles ressemblaient à des fils tendus qui descendaient du ciel. Et l'odeur de la nature après l'averse qui entrait dans les narines les laissait vibrer, ce réveil brusque de la terre, de l'herbe, des écorces, de la mousse, comme un cri exalté rappelant l'importance de chaque élément.

Elle n'avait pas oublié les bâtisses curieuses construites le long de la route et autour du bourg de Payzac. Les hommes savants les nommaient « granges ovalaires ». Elles possédaient des charpentes si hautes, recouvertes de chaumes, que leurs murs de pierres sèches semblaient écrasés dessous.

— On dirait des chapeaux ! s'écriait Jeanne. Il doit faire bon à l'intérieur !

Quand l'automne arrivait, des paysans les remplissaient d'un foin odorant qui nourrirait les bêtes au cœur de l'hiver.

Jeanne se rappelait aussi les petits matins froids, quand le brouillard épais cachait presque le bout de leurs chaussures. Quand la rivière chantait, débordante de trop de pluie. Quand une buée blanche sortait de la bouche, que les pieds et les mains devenaient douloureux. Elle se serrait contre sa mère, se perdait dans le jupon épais, se mouchait dans les plis. Ses yeux larmoyaient, sa poitrine se soulevait, rien ne pouvait remplacer le doux contact maternel.

Le château de Payzac se cachait derrière l'église du village, en contrebas. Les deux femmes contournaient l'édifice religieux, passaient la porte cochère, traversaient la cour devant laquelle il apparaissait alors. Il ressemblait à celui de Savignac, avec son corps de logis compact, ses tours rondes aux toitures pointues. Percé de nombreuses portes et fenêtres, il paraissait plus vivant, plus accueillant. Il n'était pas abandonné.

Des douves à moitié remplies de terre l'entouraient, obligeant les visiteurs à passer sur un pont-levis pour atteindre la porte d'entrée.

La mère lâchait alors la pression qu'elle exerçait sur la minuscule main et rendait sa liberté à la petite fille.

Les communs étaient situés dans une grande bâtisse, à la gauche du château, près des écuries, appelés « maison neuve ». Les fenêtres donnaient sur la terrasse et les domestiques apercevaient, de là, la vallée de l'Auvézère en contrebas.

L'enfance de Jeanne fut bercée par cette rivière aux abords sauvages, par ses vibrations, sa musique, ses parfums, elle s'en imprégnait comme de l'odeur et du timbre de voix de sa mère. Elle aimait son caractère emporté qui réveillait les moulins et activait les forges.

Des femmes du bourg travaillaient ici, une cuisinière, une femme de chambre, elles retrouvaient Jeanne avec plaisir, elles la soulevaient dans leurs bras, la couvraient de baisers baveux, la faisaient tourner en chantant des airs en patois.

Pendant que sa mère travaillait, elle s'asseyait par terre dans un coin de la lingerie et attendait des journées entières, uniquement occupée à nouer un vieux morceau de dentelle entre ses petits doigts.

— Sois sage, mon ange, lui murmurait la mère en lui caressant la joue quand elle s'agitait.

Elle la voyait suer sous le poids de son fer à repasser qu'elle soulevait avec énergie et reposait lourdement sur des draps immenses, des serviettes fines, des taies ajourées et brodées. L'air s'emplissait de vapeur qui collait aux carreaux de la fenêtre, des gouttes d'eau recouvraient les mains et les bras de la petite fille comme des perles de rosée.

Elle s'endormait parfois, bercée par le tapotement sourd et régulier du fer sur la table à repasser, tandis que sa mère soupirait et essuyait son front moite du revers de son bras. Elle s'imprégnait des senteurs d'herbes fraîches dont le linge était parfumé.

Longtemps après, ces odeurs de propre et de chaud la surprenaient encore au détour d'un couloir, quand les draps séchés au soleil étaient pliés et rangés dans les armoires.

Le raccommodage permettait à sa mère de s'asseoir. Ses épaules se détendaient, elle repliait ses jambes sous sa chaise, toute sa concentration portée sur l'échancrure à dissimuler. Jeanne se penchait sur le travail délicat, attentive à chaque geste.

La mère et la fille retrouvaient les domestiques autour d'une tablée bruyante et toujours en émoi. Elles y mangeaient à leur aise et dormaient l'une contre l'autre dans un lit étroit installé sous les combles de la maison.

Les mois, les années de l'enfance de Jeanne défilèrent ainsi, entre une nature sauvage qui éveilla ses sens et une maison feutrée qui les endormait. Entre les récits de voyages et d'épopée d'un père perdu dans son passé et une mère soucieuse du présent.

Le cours de sa vie semblait tracé d'avance. Dieu lui avait pourtant prévu un destin que Jeanne préparait chaque jour. Le château de Payzac allait devenir la première pierre de l'édifice de son existence.

II

Héloïse

Jeanne n'avait pas la permission de sortir de la lingerie. Quand la lumière l'invitait à regarder dehors, elle se postait derrière la fenêtre, observait le va-et-vient des chevaux qu'un écuyer menait au pré, apercevait parfois la silhouette fine d'une jeune femme qui traversait la cour d'un pas décidé.

— C'est la jeune marquise ! murmurait sa mère dans son oreille.

Jeanne ne voyait que la toilette élégante, les cheveux clairs parsemés de fleurs des champs, les traits fins et délicats.

Quand elle pénétrait dans la lingerie, l'enfant se dissimulait sous la table, fermait les yeux pour mieux profiter du parfum poudré qui emplissait l'air. Elle percevait le frémissement d'une étoffe, une respiration, un soupir. Des mots chuchotés. Jusqu'au jour où, alors qu'elle avait oublié de bien se cacher, une main délicate caressa ses cheveux.

L'enfant redressa la tête et découvrit au-dessus d'elle la belle dame qui lui souriait.

— Comment t'appelles-tu ?

Jeanne, déconcertée, ne savait plus.

La dame s'abaissa à sa hauteur, lui reposa la même question. Jeanne chercha du regard l'aval de sa mère.

— Elle s'appelle Jeanne, elle vient d'avoir six ans.

La voix maternelle lui parut étrange, comme sortie d'un autre monde.

— Viens, Jeanne, proposa la dame en lui tendant la main.

— Va, l'encouragea sa mère.

C'était un jour de juillet. Les grands tilleuls alignés à l'opposé de la terrasse embaumaient l'air. La fragrance des roses se mêlait à la fête, ainsi que l'odeur des foins dans les prés environnants.

Jeanne n'oublierait jamais le concert de ces senteurs qui effleuraient ses narines, laissaient une trace dans l'air comme un parfum abouti.

C'était la première fois qu'elle voyait Mme Héloïse. Les sens déjà en éveil, Jeanne eut confirmation qu'un autre monde vivait à côté du sien dans lequel évoluaient des femmes belles savamment coiffées et vêtues. Héloïse portait ce jour-là une robe de taffetas bleu clair, presque transparente. La taille haute mettait en valeur ses seins délicats. Elle était chaussée de souliers de satin que les graviers de l'allée avaient écorchés. Des boucles aux reflets dorés retenues par des épingles de nacre entouraient un visage fin, lumineux, orné de deux prunelles bleues posées sur l'enfant comme pour percer ses secrets.

Héloïse assit la petite fille sur une chaise en fer-blanc du salon de jardin installé sous le plus vieux des tilleuls, prit place près d'elle, appela la cuisinière et lui commanda un goûter inoubliable.

Pendant que Jeanne dévorait des merveilles pour la première fois de sa vie et se désaltérait d'un verre de lait, la jeune femme accomplie, fine et délicate, ne perdait rien du spectacle de cette fillette dont la beauté encore à ses prémices laissait présager de grandes espérances.

— Apprends-tu à lire ? lui demanda-t-elle d'abord.

— Je sais pas, répondit l'enfant, la bouche pleine.

— C'est vrai, il n'y a pas d'école de filles dans les campagnes ! J'avais oublié ! Tes parents savent-ils lire ?

— Mon père connaît toutes les nouvelles du journal.

— Dieu soit loué ! Veux-tu que je t'apprenne, Jeanne ?

— Je sais pas !

— Nous allons consulter ta maman.

La repasseuse haussa les épaules, marqua un intérêt mitigé à cette proposition.

— Je sais ce que vous allez me dire, chère Marie, commença Héloïse. Je suis en villégiature ici, en Périgord, je ne resterai pas. Aux premiers signes de l'automne, je rejoindrai mon mari. J'ai cependant presque trois mois pour lui apprendre l'alphabet et l'ébauche de quelques mots. Votre mari sait lire, il pourrait continuer mon travail. Quand je reviendrai, l'année prochaine, je reprendrai. Il ne faut pas qu'elle arrête, c'est aussi simple que cela. Pensez-vous cela possible ?

— Je vais en parler à son père. Je ne prends pas de décision.

— Si vous permettez, insista Héloïse, je vais l'emmener avec moi dans mon atelier et lui mettre dans les mains des crayons et du papier.

L'antre d'Héloïse se trouvait derrière la lingerie, près de l'ancien four banal. Elle y pénétrait par une large porte vitrée qui laissait entrer une lumière généreuse. Il y régnait le joyeux désordre dont a besoin un artiste pour se sentir libre de créer. Un grand chevalet trônait au milieu de la pièce, sur lequel était posée une imposante toile blanche, tachée par endroits de notes de couleur. L'œuvre commencée en était tellement à ses débuts qu'il était impossible de reconnaître le sujet. Des pinceaux propres étaient installés sur le devant. Des rayons rasants du soleil se posaient sur la table de travail, irradiaient les poudres de pigments qui débordaient des bocaux. Sur une palette abandonnée, des traces de couleurs restées figées et une brosse encore teintée semblaient attendre un geste de l'artiste pour s'exprimer.

Une odeur d'huile de lin et de craie envahissait l'espace.

Jeanne approcha de la table, attirée par les pigments, les senteurs, les contours du dessin tracés au fusain qui apparaissaient sur la toile. Elle posa son doigt sur un pétale rouge. La peinture fraîche laissa sur son index une tache comme une perle de sang.

— Prends garde, fit Héloïse, ce n'est pas sec !

Elle installa l'enfant à la table, posa devant elle une feuille blanche, un morceau de fusain, des crayons de couleur.

— Tu peux t'amuser, si tu veux, pendant que je continue mon bouquet de roses.

Tandis qu'elle enfilait une large blouse autrefois blanche, aujourd'hui tachée de toutes parts, elle laissa Jeanne sous l'enchantement d'un nouveau jour.

*

* *

Le père ne pouvait pas se contenter d'imaginer sa fille dans les jupes de la jeune marquise, il devait savoir à quoi elle ressemblait, quels projets elle caressait pour elle. Il prit donc Jeanne par la main un matin, et ils montèrent au château.

Il avait bougonné. Il n'aimait pas que sa famille ait à devoir à d'anciens nobles, mais il dut se rendre à l'évidence, Héloïse était ravissante et il avait appris à reconnaître une belle personne. Elle le persuada calmement, sans passion, du bien-fondé de son idée. Elle voulait sortir Jeanne de sa condition et ne voyait aucun mal à cette perspective. Il tenait sa fille contre lui, avait posé ses mains sur les épaules de l'enfant, retenant son chapeau d'un doigt. Jeanne se sentait attirée vers cette femme comme la fleur vers le soleil.

— Je compte sur vous, répétait Héloïse. Quand je ne serai pas là, il faudra l'aider, vous savez lire, m'a-t-on dit !

— J'ai rien d'un enseignant, j'étais coursier, je lisais les adresses et les noms de mes supérieurs dans l'armée de notre empereur !

— Nous allons former un beau duo, croyez-moi !

— On commence quand ? demanda Jeanne de sa voix fluette.

Héloïse se mit à rire, tandis que le père, gardant un reste de timidité, renifla pour ne pas montrer sa satisfaction. Sa moustache lui caressait la lèvre supérieure, il n'avait pas rasé sa barbe depuis plusieurs jours, mais il avait pensé à mettre une chemise propre et ses sabots neufs.

Il quitta la marquise, le front bas, plus embarrassé de ses gestes que sa petite fille. Il serait fier d'elle un jour, il en était sûr !

*
* *

Héloïse tomba en amour de Jeanne. Les semaines passant se créa une affection invisible et solide qui les lierait toute leur vie.

Les journées longues et ennuyeuses pleines d'interdits se changèrent en des temps bénis. Jeanne avait liberté de noircir des feuilles, de colorier des arrondis, de mettre sur le papier une forme qui l'inspirait autour d'elle. Héloïse sentit vite un talent qui ne demandait qu'à s'exprimer. Au fil des jours, elle voyait éclore un don qui l'encourageait à offrir à l'enfant la possibilité de sortir de sa condition.

Les leçons de lecture et d'écriture ne permirent pas de découvrir une aptitude particulière à cet apprentissage. Les progrès étaient lents et fastidieux. Jeanne semblait repousser tout effort intellectuel. C'était une question de temps et d'habitude, Héloïse savait cela et insista.

Le dessin, la maîtrise des couleurs, l'appropriation de la lumière, ses sujets encore naïfs mis en perspective instinctivement sous la main et l'œil de la petite fille laissaient, au contraire, éclater une facilité qui encourageait le jeune professeur.

Au cours de ces mois d'été, l'enfant remplit des feuilles de tous les bonheurs qui traversaient son esprit. Tout y était joyeux, coloré de teintes vives, pétillant. Roulaient en Jeanne les cailloux de l'Auvézère, tourbillonnaient dans sa tête les courants inconstants de la rivière, flottaient en elle les lumières saturées des fins d'été, quand les moissons enfin achevées laissaient dans les champs abandonnés des épis de paille qui griffaient les pieds et les jambes.

Héloïse sentit en Jeanne plus l'enfant de son pays que de ses parents. Cette gaieté cachée qui ne s'exprimait que sur des feuilles blanches lui offrait ce dont elle avait manqué dans sa vie de jeune fille et que son mariage très récent, trop raisonnable, ne lui apportait pas.

Elle contemplait ses toiles sages, aux ciels encombrés, la lumière pâle qui plombait un champ, une rivière, un château. Elle y lisait une modération dans chaque coup de pinceau. Son tempérament docile et sensible pointait dans ses œuvres aussi clairement que le caractère joyeux apparaissait dans les dessins enfantins et simples de Jeanne.

*

* *

La famille de Payzac, tout le monde la connaissait dans la région. On savait que M. le comte était né ici, qu'il avait été officier dans le régiment de Conti dragons avant la Révolution.

On lui reprochait surtout d'avoir émigré en 1792, obligeant les nouvelles autorités à mettre le château et les terres sous séquestre puis à les vendre.

— Mais mon pauvre homme, disait Marie à son époux, s'il était resté, il serait passé au rasoir national !

— Justement, insistait le père, c'est à cause de lui que sa propre mère a été guillotinée ! Il paraît qu'on a retrouvé chez elle des lettres qui venaient d'Angleterre.

— Dieu ait son âme ! conclut Marie en se signant.

Le temps passa, la marquise restait à Payzac. Les parents de Jeanne durent se rendre à l'évidence, ce qu'ils avaient cru être un caprice de la part d'Héloïse n'en était pas un. Elle semblait prendre au sérieux son nouveau rôle d'éducatrice.

— Quand elle aura son premier enfant, disait la mère, elle abandonnera Jeanne. Ces gens-là ne se mêlent pas à nous.

— Tout a changé, rétorquait le père. Notre empereur, fils de la Révolution, n'a pas d'origine noble.

— Il paraît pourtant qu'il tient cour comme notre défunt roi !

— Tu n'y comprends rien, ma bonne femme. Contente-toi de faire ton repassage. La petite ne sera plus jamais idiote, elle aura toujours appris quelque chose. J'espère que ça va pas lui monter à la tête.

La pièce sombre de la modeste maison sentait la fumée et l'humidité. La flambée dans la cheminée, qui permettait aussi de cuire la soupe, ne suffisait pas à chasser le froid. La mère avait enveloppé Jeanne dans une peau de mouton, elle l'avait couchée sous l'édredon de plumes d'oie. Elle la regardait dormir d'un sommeil paisible, calme, profond. Le père avait beau dire qu'elle ne comprenait rien à rien, elle savait qu'un jour Jeanne lirait et écrirait et dessinerait, ce qui n'était pas courant. Elle s'en remettait à Dieu pour qu'il retarde encore et encore le départ de la jeune marquise.

*
* *

C'était la sœur du comte de Payzac qui avait racheté une partie des domaines, dont le château, après la Révolution. Elle avait revendu plus tard la propriété à son fils Charles.

Héloïse, la fille aînée de ce même comte, en épousant son cousin germain, Charles, revint dans la belle demeure de ses ancêtres.

Elle avait appris la peinture à Paris et retrouvait avec plaisir les paysages du Périgord qui l'inspiraient dans sa quête artistique.

Héloïse traversa la terrasse devant le château, ses petits pieds enfermés dans de ravissants escarpins se tordaient sur le sol empierré. Elle retenait de ses mains fines le châle de cachemire clair que son père lui avait rapporté d'Angleterre. Elle pénétra dans la grande salle, sentit la fraîcheur l'enlacer. Un feu lumineux respirait dans la cheminée, elle approcha, se frotta les épaules, perdit ses pensées dans les circonvolutions des flammes qui léchaient avec gourmandise une grosse bûche de chêne.

Elle gardait de cette maison le souvenir de l'arrestation de son père en 1790, par la garde nationale de Payzac. Elle avait quatre ans. Des hommes du bourg et des paysans armés de piques avaient fait irruption dans cette grande salle. Traitant le comte comme un vaurien, un voleur, ils lui avaient lié les mains, l'avaient bousculé à coups de pied. Elle avait beaucoup pleuré, cachée dans les jupons de sa mère. Les hommes avaient entouré son père et lui criaient des ordres auxquels il ne répondait pas. Ils l'avaient menacé de mort s'il ne renonçait pas à ses droits. En y repensant, elle sentait des bouffées de fierté monter à son visage. M. le comte n'avait pas cédé, s'en tenant aux décrets de l'Assemblée nationale. Après des heures d'interrogatoire, les paysans l'avaient abandonné à moitié assommé et avaient disparu sur ordre du responsable de la garde nationale. Elle se souvenait du départ précipité avec ses parents vers Limoges, de l'asile trouvé chez l'intendant de cette ville. Elle avait eu si peur !

À quoi bon aujourd'hui revenir sur ces tragiques événements ? Héloïse avait été protégée par sa mère durant les terribles années de la Terreur. Son père, émigré, avait rejoint les armées des princes d'Europe jusqu'en 1800.

Maintenant, le pays avait retrouvé la paix intérieure. Le comte avait eu permission de revenir en France. Il vivait au château de Marmagne, près de Bourges. Les parents d'Héloïse enfin réunis, elle savait son père érudit, passant son temps dans sa bibliothèque à décortiquer les *Pensées* de Pascal, les œuvres de Platon et de Montaigne. Elle imaginait la comtesse devant son piano-forte à étudier des œuvres de grands compositeurs et à écrire elle-même des pièces musicales.

Héloïse était marquise à présent, mais elle n'aurait jamais l'honneur de la cour comme ses parents dans l'ancien monde. Les temps avaient changé, il était inutile d'avoir des regrets, même si l'empereur possédait aujourd'hui plus de pouvoir que le dernier roi et octroyait des fortunes à ses serviteurs zélés comme on offre une récompense à un enfant. Les guerres contre toute l'Europe permettaient, au fur et à mesure des victoires, de donner à ses généraux les morceaux d'un immense gâteau.

Baron d'empire, comme si cette reconnaissance effaçait toutes les autres. Le père d'Héloïse, d'ailleurs, venait de recevoir cette distinction, sortie d'un chapeau, laissant ses ancêtres mourir une seconde fois. Serait-il opportuniste ?

Héloïse sourit à l'évocation de cette idée. Royaliste sous le roi, bonapartiste sous Napoléon. Elle se demanda, si un jour de nouveau un roi venait à régner, M. le comte tournerait-il encore sa veste ?

Elle huma l'air frais qui circulait dans la pièce. Un coup de vent fit claquer une porte, une odeur de viande rôtie traversa l'espace. Elle voulait aimer cet endroit, elle s'y sentait chez elle, son mari l'encourageait à s'y installer, à prendre son temps pour composer ses toiles.

Charles était diplomate. Héloïse savait qu'il lui faudrait suivre les traces de cet homme qui ne tenait pas en place et attendait un poste. Il était jeune et impulsif. On était en 1812, il avait déjà été maire, il venait de quitter la fonction de sous-préfet de Villeneuve-d'Agen. Il espérait une nouvelle affectation. Ce temps encourageait sa femme à s'installer en Périgord et poser ses pinceaux pour éveiller Jeanne. Ce projet la réjouissait.

III

Dans l'histoire

CELA FAISAIT presque huit ans qu'Héloïse était mariée à Charles et deux ans qu'elle profitait du Périgord en parcourant les environs de Payzac à la recherche d'un point de vue suffisamment représentatif de cette région pour y poser son chevalet et ses peintures.

Deux ans qu'elle accueillait son mari qui apparaissait entre deux missions. Elle espérait un enfant qui ne venait pas et reportait sur Jeanne son devoir de transmission, sans l'outrepasser. La petite fille grandissait dans l'amour partagé de deux femmes.

Au cours de ses séjours, Charles observait le manège de son épouse.

— Connaissez-vous l'histoire de l'enclave de Savignac ? lui demanda-t-il un soir sur un ton plutôt léger.

— Eh bien, j'en ai entendu parler comme tout un chacun !

— Payzac et Savignac se disputaient un certain nombre de villages. Selon les intérêts du moment et de ceux qui les dirigeaient. Les habitants de ces hameaux étaient consternés et prièrent le préfet de bien vouloir tenir compte de leurs coutumes pour trancher. Début 1811, un décret préfectoral mit tout le monde d'accord. L'enclave de Savignac, c'est-à-dire tous les villages revendiqués, serait définitivement réunie à Payzac. Et voilà qu'un décret impérial statuait, fin 1811 : « L'enclave de Savignac fera partie du territoire administratif de la commune de ce nom. » N'allez pas faire de Jeanne l'enclave désirée et ne la disputez pas à sa mère, il nous faudrait un décret impérial pour régler l'affaire. Imaginez que Napoléon décide, à ce sujet, de vous en donner chacune un bout comme le proposa le roi Salomon à deux femmes qui se disputaient le même enfant.

— Qu'allez-vous songer, mon cher ? répondit Héloïse. Jeanne n'appartient qu'à elle. Ni sa mère ni moi ne déterminerons son destin. Elle n'est pas du monde où l'on spécule sur la vie et le devenir d'une femme. Je la crois assez forte pour un jour décider elle-même du chemin qu'elle empruntera.

— Avouez que votre enseignement changera forcément une part d'elle.

— J'espère lui donner le goût de la liberté. Peindre, mon cher, permet d'aller seule, sans contrainte, dans un choix de couleurs, de formes, de sujets. C'est pour moi une sorte d'indépendance.

— Je trouve ce mot étrange prononcé par une femme. Vous me faites peur, ma chère. N'allez pas en désirer plus ! J'ai eu l'occasion de lire le passage du Code civil qui concerne la famille. Savez-vous que le rôle du père ou du mari a été renforcé au détriment de la condition de la femme et des enfants ? Prenez garde, Héloïse, de ne pas vouloir vivre dans les réminiscences du passé !

Il s'était laissé aller dans un fauteuil tressé de lanières de châtaignier. Comme un hobereau des temps anciens, il portait à Payzac des bottes de cavalier en cuir de Cordoue, crottées et poussiéreuses. Les flammes lui léchaient les pieds tandis qu'il cachait ses mains dans les poches d'un habit de velours cramoisi rehaussé de boutons dorés. Sa carnation de blond avait pris une couleur chaude avec l'air et le soleil de la campagne. Il ne peignait pas ses cheveux bouclés qui partaient dans tous les sens. Il aimait ce temps de calme et de silence pendant lequel il donnait libre cours à ses pensées. Il appréciait la présence de sa femme près de lui, mais la vraie vie était ailleurs, il n'avait pas été éduqué pour demeurer trop longtemps inoccupé.

— J'ai reçu ma lettre de mission, je suis nommé consul général de France à Dantzig. Vous venez avec moi, n'est-ce pas ?

Héloïse ne répondit pas. Elle était mise devant le fait accompli, ne se sentait pas prête.

— Je compte sur vous, ma chère, insista Charles.

— Bien entendu, soupira-t-elle.

Il monta dans la diligence deux jours plus tard, lui arrachant la promesse de le rejoindre au plus vite.

Combien de temps allait durer cette partition sinistre jouée par un empereur qui n'en finissait plus de guerroyer ?

En cette année 1812, la campagne de Russie décimait les armées françaises et européennes alliées à Napoléon. La bataille de la Moscova avait fait grand bruit, la prise de Moscou aurait pu rester dans les annales, mais le tsar avait refusé de négocier et son gouverneur avait incendié Moscou, obligeant la Grande Armée à la retraite.

Malgré une presse aux ordres du pouvoir, les nouvelles des pertes incroyables pendant l'hiver russe parvenaient jusque dans le pays.

Un coup d'État manqué à Paris avait ramené l'empereur. La situation paraissait compliquée pour lui. Qu'allait faire Charles à Dantzig ? La ville avait été prise par les Russes en janvier mais n'avait pas été annexée. Les Français y vivant avaient fui vers la Russie. L'armée avait été décimée. On disait que Napoléon préparait la défense de la Pologne. Qu'allait-il se passer là-bas, dans ce couloir perdu sur le bord de la mer Baltique ?

Héloïse n'avait aucune envie de suivre Charles, elle allait retarder son départ. Mais elle savait qu'elle ne pourrait pas se dérober. Elle commença à préparer Jeanne à une séparation, lui laissa un cahier entier d'exercices de lecture et d'écriture et lui offrit une collection de craies et des feuilles de papier blanches.

*

* *

1813. La campagne d'Allemagne ne fut pas très concluante. Napoléon regroupa sur les champs de bataille un nombre prodigieux de soldats. Depuis les Romains ou Alexandre le Grand s'affrontaient des armées dans les plus grands combats de l'histoire militaire.

La Confédération du Rhin, la Saxe, la Bavière, le royaume de Naples et d'Italie fournissaient à Napoléon sa dose de chair à canon. Mais en octobre, à la bataille des nations, il fut battu et contraint de faire retraite.

Au même moment, les troupes basées en Espagne durent également rentrer.

Il ne suffisait plus de mettre un hochet entre les mains d'un homme pour anéantir son sens de la critique. Le peuple n'en pouvait plus de voir partir ses enfants, de sentir le joug d'une dictature chaque jour plus présente. La presse était muselée, les opposants au régime obligés de s'exiler. Mme de Staël s'expatria, ainsi que Chateaubriand.

Au début de l'Empire, la réconciliation du peuple de France passait par une entente nouvelle entre le clergé et les anciens révolutionnaires. Bonaparte avait réservé à l'Église une place dominante, sous condition qu'il nommât lui-même ses représentants. Un conflit ouvert l'opposa au pape qui finit par le désavouer en 1813. Deux concordats à douze années d'intervalle ne suffirent pas.

L'aigle impérial commença à baisser les ailes.

Héloïse n'avait toujours pas quitté Payzac. Fin septembre, elle avait abandonné son atelier et s'était réfugiée dans la chambre de sa grand-mère, guillotinée depuis presque vingt ans et enterrée au cimetière de la Madeleine avec la reine Marie-Antoinette, dont elle fut dame d'honneur.

Les murs décrépits, recouverts d'une tapisserie mangée par les mites, s'abandonnaient en lambeaux. Le beau lit à baldaquin avait disparu lors de la vente des biens, remplacé par un autre plus modeste au cannage bien tendu, agrémenté d'une pièce de toile grossière mais chaude.

Sa belle-mère lui avait donné une paire de fauteuils également cannelés, de style Louis XV, qu'elle avait réchauffés de coussins brodés de points de Hongrie. Restait le parquet lumineux de châtaignier, posé en chevrons, lustré régulièrement, agréable avec son odeur de cire d'abeille.

La fenêtre s'ouvrait sur la campagne environnante et, en contrebas, l'Auvézère traversait la plaine, se devinant par les rangées de vieux saules qui se nourrissaient de sa fraîcheur.

Héloïse se tint contre la vitre, son regard se posa sur les carreaux mal jointés, la peinture écaillée. Elle sentait sous son front des courants d'air froids qui s'immisçaient dans la pièce par les nombreuses ouvertures. L'automne arrivait, le vent, au loin, entraînait les feuilles mortes dans des tourbillons sans fin. Les moissons étaient rentrées depuis longtemps. La femme de chambre avait allumé le feu dans la cheminée, il réveillait l'atmosphère et apportait le complément de chaleur dont elle avait besoin pour se sentir bien.

Elle venait de recevoir un courrier de Paris, de son amie Marie-Guillemine Benoist. Elle avait rencontré cette peintre talentueuse lors de ses séjours dans la capitale et avait pu admirer le style à la fois classique et gracieux de ses créations. Mme Benoist avait portraituré Héloïse et lui annonçait que ce tableau était exposé au Salon de Paris, avec d'autres œuvres de l'artiste. Quel honneur !

— Il faudra que je songe à le lui racheter, fit-elle tout haut comme pour elle-même en posant la lettre sur le lit.

Jeanne, sans un bruit, venait de terminer une page complète d'écriture et s'apprêtait à colorier un vélin épais avec des pastels étalés sur la table près d'elle.

Héloïse se pencha vers elle, observa les gestes vifs, impatients de la petite fille qui se saisissait de ses couleurs. Son bonheur de dessiner et de colorier se lisait sur son visage. Ses traits se détendaient alors qu'elle grimaçait quand elle apprenait son alphabet et posait ses additions. Le temps n'existait plus quand Jeanne avait posé devant elle sa feuille blanche et ses crayons.

— Avant de commencer, viens m'aider, s'il te plaît, lui sollicita la jeune marquise.

Près de la chambre se tenait une petite pièce en arrondi, occupant l'étage d'une des tours d'angle, autrefois réservée à une domestique. Héloïse y entreposait son matériel indispensable pour fabriquer ses supports de tableaux.

— Profitons de cette flambée pour laisser sécher la colle plus vite.

Elle avait humidifié et coupé une large feuille de papier. Elle s'empara d'un châssis de bois qu'elle enduisit de colle d'amidon. Elle appliqua ensuite une toile qu'elle replia sur les bords.

— Tiens-moi cela, demanda-t-elle à l'enfant qui se précipita.

Jeanne appuya ses petites mains. Héloïse fixa enfin le tissu en le clouant avec de fines pointes qu'elle enfonça dans le bois. Elle le recouvrit ensuite de colle et étala le papier humidifié qu'elle s'efforça de tendre au mieux. Jeanne posa ses mains dessus jusqu'à ce qu'il soit bien rigide.

Puis Héloïse porta l'ensemble devant l'âtre.

— Il va sécher et se rétracter, il sera parfait. En attendant, on va monter une autre toile.

L'après-midi passa ainsi, entre le travail de préparation de la peinture, des lignes d'écriture, le bonheur de s'adonner au pastel en utilisant les bâtons de craie qu'Héloïse mettait à la disposition de Jeanne.

Quand la lumière baissa, les quelques chandelles allumées ne suffirent pas à bien discerner le contour d'un dessin. Héloïse lâcha Jeanne en ouvrant la porte, comme si elle offrait la liberté à un animal en cage. L'enfant se précipita dans l'escalier, le descendit en tapant ses pieds sur chacune des marches, courut à travers le hall, sortit comme une furie jusqu'à la lingerie. Elle se blottit dans les jupes de sa mère, calma alors ses ardeurs dans son odeur de foin, de chemises propres et de sueur.

Héloïse resta quelques instants devant la porte grande ouverte. Une évidence lui sautait aux yeux, Jeanne avait besoin autant de discipline que de liberté. Comment cette enfant à deux facettes pourrait-elle gérer, plus tard, une telle contradiction en elle ?

La jeune marquise laissa s'installer l'automne puis décida qu'on ne voyageait pas en hiver. À la demande de sa famille, elle plia cependant bagage et, accompagnée de ses cartons à dessins, de son chevalet, de ses toiles fixées sur cadre et de ses couleurs, elle monta dans sa voiture pour rejoindre ses parents au château de Marmagne, se rapprochant ainsi de Paris, qu'il lui faudrait rallier au printemps.

IV

Les années bonheur

MON CHER FILS,

T'avais-je déjà parlé de cette enfant à la fois sage et rebelle ? Après des heures à soutenir une attention sans faille, j'avais besoin de courir, de sauter, de crier.

À y réfléchir, il semblait que ces exigences n'allaient pas l'une sans l'autre. La paix n'existe pas sans la guerre, le jour fait place à la nuit, le bruit se confronte au silence. J'avais en moi ces deux caractères opposés.

J'ai aimé apprendre, j'ai adoré dessiner et colorier. Il me fallait, pour me poser, aller jouer près de mon père, découvrir les mille secrets de la rivière, rentrer épuisée après une longue marche à la recherche de champignons.

Héloïse ne m'avait laissé que des craies dont je prenais grand soin. Il aurait été plus difficile de posséder des gouaches. Personne n'avait besoin de m'exhorter pour me mettre à la table et appeler mon cerveau à m'aider.

Mon père soupirait, tandis que ma mère m'encourageait. Le nombre de bougies qu'ils durent acheter pour apaiser mes yeux dépassait le raisonnable.

En 1814, j'avais huit ans. Cette année-là, je ne vis pas Héloïse. Elle avait dû rejoindre Charles à Dantzig.

Ce fut l'année de l'invasion du pays. L'Angleterre, la Russie, la Prusse, la Suède, l'Autriche, les Pays-Bas, de nombreux États allemands, tous s'étaient regroupés contre nous. Les Russes entrèrent dans Paris à la fin du mois de mars. Les monarques européens souhaitaient terminer ces vingt ans de guerre et abattre Napoléon. On a dit que la garde impériale défendit bec et ongles le territoire. Cependant, début avril, Napoléon abdiqua à Fontainebleau. Il fut exilé à l'île d'Elbe.

Les coalisés du congrès de Vienne décidèrent d'un successeur à l'empereur.

Après quelques hésitations, ils choisirent Louis XVIII, le frère cadet du roi défunt, malgré son impopularité. Il débarqua à Calais fin avril, et devint roi des Français. Il reprenait la souveraineté du roi et non celle du peuple ou de la nation.

En mai, Héloïse revint. Son mari, Charles, venait d'être nommé consul du roi à Cadix, il partait pour l'Espagne.

Elle rayonnait, mais un grain de tristesse passait parfois dans son regard. Elle n'avait toujours pas mis d'enfant au monde. Je sentais cette blessure en elle.

Je savais lire et écrire et étais fière de lui montrer mes progrès. Elle me sortait de ma condition et me donnait la clé qui élargirait mon horizon. Je parlais français quand mes parents en connaissaient seulement quelques mots et se plaisaient à garder l'usage de leur patois parce que cette langue restait le meilleur témoin de leur appartenance à une région.

*
* *

Le mois de mai était plein de promesses. La nature s'éveillait et offrait sa palette de couleurs tendres pas encore à maturité. L'air exhalait des parfums de ces fleurs de printemps qui vivent et meurent si vite qu'il faut se dépêcher de les rassembler dans un bouquet.

Héloïse apprit à la petite fille à en confectionner.

— C'est comme si tu les réunissais pour les peindre. Les couleurs doivent se fondre les unes dans les autres, de la verdure doit remplir les vides entre elles, expliquait la jeune marquise.

L'atelier emprunta aux bordures sauvages des chemins les semblables odeurs d'herbes, de foin, de terre humide, de champignons décomposés. Elles installaient partout des gerbes immenses réunies dans de vieux vases ébréchés ou des bocaux trouvés dans la réserve de la cuisine.

Jeanne avait grandi en deux ans. Son corps s'était affiné, son visage mangé par deux prunelles claires était encore plus expressif. Elle gardait cependant les fossettes et les joues rondes de l'enfance.

Elle devenait timide aussi. Elle eut du mal à se laisser apprivoiser de nouveau. Héloïse apporta dans ses valises tout ce que la mode du temps imposait. Peu de toilettes délicates, à Payzac, personne n'organisait de soirées de prestige ou de bals réputés, mais des robes aux teintes extravagantes, des rubans multicolores, des châles en dentelle, des souliers de satin.

Jeanne reçut des épingles en nacre pour retenir une chevelure mordorée fougueuse. Un jupon d'organza aussi léger qu'un voile de mariée. Elle ne porta jamais ces trésors, elle les enferma dans une boîte, les cacha sous son lit. Elle s'en souviendrait quand, Héloïse partie, elle se retrouverait seule à corriger elle-même ses devoirs.

Jeanne savait se contenter d'un cotillon et d'une jupe en toile de lin ayant appartenu à sa mère et raccourcis par un large ourlet de plus en plus étroit au fur et à mesure que les années passaient. Une chemise de chanvre complétait la toilette. Comme ses parents, elle était chaussée d'une paire de sabots sur lesquels son père avait sculpté une fleur. L'hiver, elle les fourrait de paille. Elle posait sur sa tête un bonnet de fine laine tricoté par sa mère. Mais lorsqu'elle courait dans les bois, elle libérait ses cheveux, enfouissait sa capuche sous son jupon et laissait libre cours aux boucles légères qui dansaient autour de son visage.

L'arrivée d'Héloïse ressemblait à une grande fête.

Jeanne découvrait une manière de vivre que ses parents ignoraient. Elle était habituée depuis toujours à se nourrir de châtaignes, d'un morceau de pain de seigle confectionné et cuit par sa mère dans le four du château pendant qu'elle repassait pour la marquise. Son père cultivait quelques haricots blancs conservés soigneusement dans le grenier. Enfant unique et aimée sans rien en retour, les parents sacrifiaient une volaille à Noël et à Pâques pour elle. La mère lui mettait de côté un œuf par semaine, tandis qu'elle se contentait, avec son mari, d'un morceau de lard acheté à un voisin quand il tuait le cochon. Pour Mardi gras, la table était garnie de boudins et d'une tarte aux pruneaux. Le père ouvrait une bouteille de vin rapportée de Bergerac bien des années plus tôt et la buvait jusqu'au bout. Il devenait d'abord gai puis tendre avec sa femme et finissait la journée en pleurant sur ses années perdues à répandre la terreur loin de sa famille.

Au château, la fillette mangeait du fromage frais sur du pain blanc, des crêpes de sarrasin, des merveilles, de la confiture, du miel. Elle buvait du lait et s'en régalait. Sa mère n'en connaissait pas le goût.

— Puis-je donner mon verre de lait à ma maman ? demanda-t-elle un jour à Héloïse.

La jeune marquise lui sourit, descendit à la cuisine, fit préparer un verre pour la mère qui y trempa ses lèvres et le garda toute la journée près d'elle. Le soir, quand elle se décida à le boire, il était tourné.

Marie ne parla pas de cette déconvenue à sa fille. Elle vida le verre et se tordit de douleur toute la nuit sans un soupir.

— Il était bon, le lait ! insista Jeanne le lendemain.

— Il était délicieux, mais la prochaine fois garde-le pour toi.

Elle envoya le père puiser de l'eau à la fontaine de Pécoustang, s'en purifia pendant une semaine et pria saint Martin pour une guérison rapide. Ses flux de ventre se calmèrent en peu de temps.

Un détail contrariait Jeanne quand elle apprenait que la marquise arrivait. Sa mère la saisissait comme un poulet prêt à être plumé, la déshabillait et, devant l'âtre qui laissait danser les flammes, lui versait sur le corps l'eau tiédie dans la marmite de la soupe. À ces moments-là, le père avait interdiction d'accès à la maison. La cérémonie de la toilette se transformait en une bataille entre la mère et la fille. Malgré ses cris et ses gestes d'impatience, l'enfant ne gagnait jamais.

Elle préférait, pour se laver, l'eau fraîche de l'Auvézère, quand l'été donnait au soleil permission de la réchauffer. Elle aimait pénétrer dans le ventre de la rivière, sentir passer sur ses jambes comme une caresse, une truite ou une herbe qui suivait le courant. Elle adorait l'air délicieux qu'elle y respirait, le silence percé par un cri de corbeau, ou le craquement d'une branche morte sous le pas d'un chevreuil. Sa mère restait sous l'ombrage des vieux saules, ne la quittait pas des yeux, et montrait son impatience de la voir sortir.

Elle se sentait aussi libre que devant sa planche à dessin, quand elle décidait de la courbe d'une tige ou de la couleur d'une fleur.

Les années passant, Jeanne observait son corps changer et refusa vite la cérémonie de la toilette devant la cheminée.

— Je vais me laver seule, disait-elle à sa mère. Tu peux me faire confiance.

— Souviens-toi que tu es l'œuvre de Dieu, que c'est pécher de trop te contempler !

Marie gardait comme une relique un vieux morceau de savon que le père avait rapporté de son armée. Pendant près de dix ans, elle le ressortait, toujours plus usé, mais si peu utilisé.

*

* *

Le séjour d'Héloïse se prolongea pour des raisons politiques.

Napoléon s'évada de son exil de l'île d'Elbe, débarqua à Golfe-Juan le 1er mars. Quinze jours plus tard, il se trouvait aux portes de Paris.

Louis XVIII et sa cour quittèrent la France et se réfugièrent en Belgique. Charles, toujours à Cadix, inquiet de son sort, écrivit à Héloïse : « Ne bougez pas, attendez mes ordres ! »

Les anciens coalisés eurent beau déclarer Napoléon hors la loi, il ne se découragea pas. Son retour dura cent jours. Il mobilisa des millions d'hommes parmi lesquels des vétérans et les légions des départements qu'il opposa aux armées regroupées de ses ennemis. Mais ce chant du cygne se fracassa à la bataille de Waterloo, quelque part en Belgique. À son arrivée à Paris, il était politiquement fini et dut se résoudre pour la seconde fois à abdiquer. Il fut exilé sur l'île de Sainte-Hélène, minuscule rocher perdu au milieu de l'océan Atlantique.

Le mois de juin se terminait, Charles attendait toujours la stabilisation politique du pays pour voir s'éclaircir son destin. Héloïse, installée à Payzac, n'était plus décidée, quoi qu'il demande, à aller le rejoindre. L'été arrivait, avec lui le cortège de ces lumières propices à être reproduites sur la toile d'un artiste.

Louis XVIII revint à Paris et s'attacha à réconcilier de nouveau les vieux héritages de l'Ancien Régime et les idées nouvelles de la Révolution et de Napoléon.

Roi modéré, menant une vie de cour sans faste excessif, Louis XVIII maintint l'équilibre entre les partis extrêmes. Sa force de caractère lui permettait de passer outre les critiques de ses opposants. Bon an, mal an, il ramena une certaine prospérité dans ce pays saigné par les guerres napoléoniennes, les écrasants remboursements des dommages de guerre imposés par les vainqueurs et l'entretien des armées d'occupation.

En cette année 1815, Jeanne, élevée au milieu de nulle part, oubliée dans le grand échiquier des réformes, allait profiter des bouleversements historiques de son pays pour développer un don qui changerait le cours de sa vie.

Le poste de consul du roi à Cadix fut confirmé à Charles ; il rappela Héloïse. Elle se fit tirer l'oreille, alléguant une toile en cours d'achèvement, des orages violents ayant inondé les routes, une trop grande chaleur pour voyager. L'automne arriva et son cortège de petits matins frais. L'hiver s'installa, il fut trop tard pour partir. Les chemins impraticables, le froid, les jours courts, tout fut prétexte pour garder le cap et rester en Périgord.

Jeanne profita tant qu'elle put des cours de dessin et de peinture. Elle entendit parler des artistes qui servaient de modèle à Héloïse. La comtesse Benoist d'Angers, connue sous le nom de Marie-Guillemine, élève d'Élisabeth Vigée-Lebrun, ainsi que les trois sœurs Lemoine, dont Marie-Victoire qui exposait dans les salons parisiens. Sans oublier David, le maître de ces dames. Ce cercle d'artistes manquait à Héloïse. Elle leur écrivait de longues lettres dans lesquelles elle demandait un conseil sur un drapé, une perspective, le choix d'une couleur dominante.

Elle recevait des réponses qui l'enflammaient et encourageaient son désir de se perfectionner. Elle prenait son matériel et partait des journées entières surprendre un rayon de soleil à travers les feuillages ou la course d'un ruisseau sous des rochers moussus.

Avec la permission de la mère, Jeanne suivait comme une ombre la belle dame qui s'épanouissait dans sa solitude et le besoin vital de s'améliorer chaque jour.

De petite taille, fine et légère, Héloïse portait la plupart du temps, pour peindre, une blouse de coton ceinturée. Sur sa tête, elle posait un large bonnet à la couleur usée par le soleil, toujours le même, retombant sur son front et sa nuque, et agrémenté d'un pompon sur le dessus. Un grand mouchoir bordé de dentelle et noué autour de son cou terminait cette curieuse tenue. Elle travaillait ainsi sans la crainte de tacher ses vêtements. Le ballet de ses pinceaux qui dansaient autour d'elle offrait un spectacle ravissant.

Quand, après une obligation domestique, elle n'avait pas le temps de peindre, elle ouvrait un livre de poésie et récitait à Jeanne des vers dont elle lui expliquait le sens. Elle lui fit ainsi apprendre les vers de Ronsard, les *Fables* de La Fontaine, et lui commenta le *Candide* de Voltaire.

Près de la masure familiale, Jeanne répétait au vent, sur le bord de la rivière, des vers magnifiques que ses parents ne comprenaient pas.

*

* *

Cinq ans passèrent ainsi. Début 1820, Charles envoya un courrier dans lequel son impatience de revoir son épouse se fit plus vive. Elle sentit qu'il était temps pour elle d'aller le rejoindre.

Elle vit surgir Jeanne un matin dans la chambre de sa grand-mère transformée en atelier. Héloïse dormait au milieu de ses peintures fraîches, près de son chevalet, de ses couleurs, de ses toiles. Elle avait installé dans la pièce attenante une table sur laquelle elle broyait ses pigments dans de l'huile de lin ou de noix avant de les mélanger, pour les liquéfier, dans un baume de térébenthine de Venise. Jeanne aimait ces odeurs si étrangères à son monde habituel. Elle s'en imprégnait les narines en fermant les yeux.

Mais ce matin-là, des bagages éventrés trônaient au milieu de la pièce. De grandes caisses de bois dévoraient les toiles vierges, les couleurs protégées dans des petites boîtes. Le chevalet, plié comme un vieux paralysé, se cachait sous des rouleaux de papier. Seule l'odeur tenace étendait ses ailes à travers l'espace.

— Je m'en vais, déclara Héloïse sur un ton froid, presque indifférent, qui choqua Jeanne.

Ce n'était pas un départ mais une fuite. Jeanne prit cette nouvelle avec autant de violence que si elle avait reçu un coup de poing dans l'estomac. Sa seconde mère l'abandonnait. Sans un mot, elle se mit à tordre ses doigts dans des mouvements secs et brusques. Des larmes montaient, que ses paupières s'efforçaient de maintenir.

Consciente de la brutalité de ses propos, Héloïse prit Jeanne dans ses bras et la berça longuement en la serrant contre sa poitrine. C'était la première fois que la jeune fille découvrait des gestes de tendresse. Sa mère aimante ne savait pas cajoler. Elle ne l'avait jamais appris et ne pouvait pas deviner combien il était doux de se toucher, de se caresser, de respirer dans l'odeur de l'autre. Héloïse réveillait Jeanne à des sensations interdites dans les masures misérables des paysans du Périgord.

— Je pars, répéta-t-elle, mais je te laisse de quoi travailler pendant longtemps. J'ai préparé pour toi une caisse qui se trouve dans le hall d'entrée. Dis à ton père de venir la chercher. Je reviendrai, mon ange. Je ne peux plus me soustraire à mes obligations. Dès que je peux, je t'envoie mon adresse, tu pourras ainsi m'écrire et me donner des nouvelles de tout le monde. Je te répondrai, tu peux le croire.

Héloïse déposa des baisers sur le front de Jeanne, la serra plus fort encore.

— Ce n'est pas la peine de nous torturer davantage, Jeanne. Nous nous reverrons, sois-en sûre.

en le sentant contre sa poitrine. C'était la première fois que la jeune fille découvrait les gestes de tendresse. Sa mère ne l'avait jamais cajolée. Elle ne l'avait jamais appris et ne pouvait pas deviner combien il était doux de se toucher, de se caresser, de respirer dans l'odeur de l'autre. Héloïse éveillait Jeanne à des sensations interdites dans les masures misérables des paysans du Périgord.

— Je pars, répéta-t-elle. [illegible] de quoi travailler pendant longtemps. J'ai préparé pour toi une caisse qui se trouve dans le hall d'entrée, tu n'as plus qu'à venir la chercher. Je reviendrai, mon ange, je ne peux plus me soustraire à mes obligations. Dès que je pourrai, je t'enverrai mon adresse, tu pourras ainsi m'écrire et me donner des nouvelles de tout le monde. Je te répondrai, tu peux le croire.

Héloïse déposa des baisers sur le front de Jeanne, la serra plus fort encore.

— Ce n'est pas la peine de nous torturer davantage, Jeanne. Nous nous reverrons, j'en suis sûre.

V

Premières épreuves

J'ÉTAIS PERDUE. *Malgré l'amour que j'éprouvais pour ma mère et mon père, j'avais l'impression d'être amputée d'une partie de ma vie. J'avais quatorze ans, je sentais la sève monter en moi. J'étouffais mes premières ardeurs dans des courses effrénées à travers champs et forêts. Cet été 1820, je me suis baignée chaque matin pour essayer d'éteindre l'incendie qui me consumait, ce chagrin que je n'arrivais pas à maîtriser.*

— Oh ! disait mon père. C'est pas elle qui te manque, c'est les crêpes, le verre de lait, la chaleur du feu. Il faut oublier, ajoutait-il, sinon tu seras toujours malheureuse. Ce n'est pas ça ta vie, petite ! J'espère qu'elle ne reviendra pas !

— Viens, mon ange, coupait ma mère, suis-moi à la rivière, tu vas m'aider à laver le linge.

Son seul geste d'affection envers moi, sa douce main qui me caressait les cheveux. M'appeler « mon ange » restait son luxe, sa manière de sortir de sa condition, d'outrepasser les limites de son monde.

Mon père soupirait quand il l'entendait m'appeler ainsi, comme s'il ne pouvait rien faire d'autre que d'accepter cela.

J'ai passé des heures le nez dans la caisse qu'Héloïse m'avait laissée. Un trésor y était caché. Outre des couleurs, du papier, il y avait un livre illustré des Fables *de La Fontaine et un ouvrage inédit, dont elle ne m'avait jamais parlé, des poèmes d'André Chénier qui venaient d'être publiés. Sur la page de garde, elle avait écrit ceci : « L'art ne fait que des vers, le cœur seul est poète. » Je l'ai lu et relu et je sentais ma respiration se troubler.*

Dans le fond de la caisse, protégée par un linge blanc, j'ai trouvé une peinture d'elle que je ne connaissais pas. J'ai observé cette toile à m'en user les yeux. Chaque fois, un détail nouveau m'apparaissait. Le paysage bucolique, une rivière qui ressemblait à l'Auvézère, de grands arbres ployés par un souffle de vent, un orage à venir. Sur la berge, une paysanne tenant par la main une petite fille. Elle m'avait laissé un mot écrit directement sur le derrière de la toile : « Souviens-toi de ce jour d'été où la menace d'un orage obligea ta mère à te prendre à moi. »

*

* *

Jeanne sentit ses mains trembler. Elle posa son crayon, essuya son front sur lequel perlaient des gouttes de sueur. Elle chercha des yeux le tableau peint par Héloïse, elle l'avait accroché au-dessus de son bureau.

Elle l'observa un instant, il représentait une rupture, elle en avait encore le cœur serré. Héloïse ne revint pas, ou trop tard. Partie à Cadix pour quelque temps, elle se retrouva prisonnière de l'Espagne.

À ce moment-là, le roi Ferdinand VII fit face à un soulèvement populaire sans précédent. Il fut obligé de se soumettre. Il remit en vigueur la Constitution espagnole de 1812 et offrit le pouvoir à des ministres libéraux.

Charles était cantonné dans son consulat avec ordre de ne pas en sortir.

En 1822, des élections eurent lieu aux Cortes tandis que le roi, retiré à Aranjuez, se considérait comme prisonnier politique.

En France, des contingents chargés de protéger le pays contre le libéralisme prôné en Espagne furent déployés le long des Pyrénées. De corps d'observation, ces troupes se transformèrent en une expédition militaire.

Le roi Ferdinand VII abrogea par la suite la Constitution, ouvrant la voie à une décennie abominable pour l'Espagne.

Héloïse et Charles se trouvaient de l'autre côté d'une frontière fermée et hautement surveillée. Des courriers passaient. La jeune fille en reçut quelques-uns. Des mots simples, courts, dans lesquels il n'était question que du beau temps et de l'aspiration de la marquise à peindre pour s'améliorer. Jeanne y lisait des encouragements à s'instruire encore et à dessiner toujours. Mais un manque puissant l'envahissait, la laissant épuisée au soir de journées à reprendre le quotidien de sa condition. Le cœur n'y était pas, elle s'ennuyait.

Le temps passa. L'année de ses seize ans fut pour Jeanne comme la fin d'un cheminement. Elle arriva au bout d'une partie de sa route.

Un matin de novembre de cette même année, la mère sortit de la masure, une panière de linge à laver sous le bras. Il faisait un froid piquant et glacial. Cette pauvre femme était bien chargée. Jeanne préparait la soupe et coupait des raves et des navets. Elle y ajouterait un morceau de lard rapporté du village. Le père avait rentré du bois, un feu généreux éclairait et chauffait la pièce.

Quand l'eau commença à frémir dans la marmite, la jeune fille plongea les légumes et partit rejoindre la mère. Une fois mouillé, le linge serait deux fois plus lourd. Son aide était nécessaire.

Elle ne la vit pas tout de suite. La pierre plate devant laquelle elle s'agenouillait pour battre les vêtements semblait abandonnée. À ses côtés, cependant, la panière était posée et à moitié vide.

Jeanne tourna la tête de toute part, le cœur battant, appela :

— Maman, maman !

Ce mot résonna à travers la campagne comme un écho.

Le vent qui passait entre les saules lui répondit. Elle avança vers la rivière et aperçut un morceau de jupon qui flottait au-dessus de l'eau. Le corps de la mère était à moitié immergé, le courant le soulevait comme si elle respirait encore. Son visage disparaissait dans l'écume glacée.

Jeanne ne se remit pas de cette perte. Elle reçut sur ses épaules une montagne entière. Durant les longues nuits de cet hiver, elle entendait la voix de sa mère, qui l'appelait : « Viens, mon ange, allons à la rivière laver le linge ! »

La rivière, elle la haïssait. Ce cours d'eau ardent qu'elle avait tant aimé, dans lequel elle s'était désaltérée, lui avait pris sa raison de vivre. Elle allait se promener sur ses berges détrempées par les pluies d'hiver, jetait des cailloux dans le courant sans fin, revenait à la pierre de lavandière de sa mère.

Elle ne supportait plus son père qui grognait pour ne pas pleurer, la distance qui s'installait entre eux.

Elle reçut des lettres d'Héloïse, elle n'y répondit pas. D'ailleurs, elle les lisait à peine. Elle enferma ses chers livres et ses couleurs dans la caisse de bois. Elle ne mangeait plus, ne parlait plus, ne sortait plus. La nuit, le jour, elle ne trouvait aucun baume à son désespoir. Elle se cloîtra dans une solitude qui dura jusqu'à ce qu'un matin, surprise par un soleil de printemps plus généreux que d'habitude, elle décide de quitter cette masure dominée par le château comme un nain agenouillé devant un géant. Elle remplit un baluchon des quelques vêtements qu'elle possédait, roula les dessins qu'elle avait gardés, prit les deux livres qui dormaient dans la caisse d'Héloïse, n'oublia pas les barrettes de nacre et le jupon d'organza. Elle alla trouver le père qui coupait du bois.

— Je m'en vais ! fit-elle simplement.

— Tu n'as pas le droit ! répondit-il.

— Crois-tu que j'ai un avenir ici ? demanda-t-elle en tournant la tête vers la forêt voisine.

— Je pars avec toi, je n'ai plus rien à faire seul !

L'idée d'abandonner sa fille n'était pas envisageable pour lui. Il en connaissait trop bien les arcanes.

Jeanne regarda ce père protecteur qui posait sa hache contre son chevalet de bois calmement avant de se diriger vers la maison.

Ils éteignirent le feu, tuèrent les volailles, qu'ils vendraient à l'auberge du village, vidèrent le maigre garde-manger. Ils remplirent la vieille malle du rasoir du père et de ses chemises propres oubliées dans une armoire depuis longtemps, ainsi que des affaires de Jeanne. Quand ils refermèrent la porte, leurs yeux se portèrent d'un commun accord vers un chapeau de paille aux bords usés, sur lequel était encore accroché un bouquet de fleurs des champs fané et ridé. Il était suspendu à un dossier de chaise comme si Marie venait de le poser. Cette note de couleur au milieu d'un univers sombre et triste semblait les appeler au souvenir d'un passé qu'il ne faudrait pas oublier.

Première partie

VI

Nouveau monde

Le père avait glissé dans sa poche une bourse pleine qu'il gardait pour les jours difficiles. Il faudrait cependant être vigilant. Depuis l'avènement de Louis XVIII, la solde des anciens grognards avait été divisée par deux.

La mort de sa mère et l'abandon d'Héloïse réveillaient chez Jeanne un tempérament révolté. Elle ne supportait pas cette injustice, ne savait pas l'exprimer. Son père ignorait comment parler des choses de la vie. Le bonheur et le malheur, il les acceptait comme la pluie ou le ciel bleu. Dans ses temps d'armée, il en avait vu, des décisions arbitraires, cela n'empêchait pas la course du soleil dans le ciel. Riche de cette philosophie, il ne pouvait apporter aucun réconfort à sa fille. Elle l'avait compris et se préparait à affronter son destin, seule malgré la présence de ce père aimé. Mais elle possédait un passé et des expériences qui lui donnaient confiance en elle. Elle avait appris à lire et à écrire, elle cachait dans son baluchon des livres savants, elle avait le goût du dessin et connaissait le nom des grands peintres qui avaient jalonné l'histoire de son pays. Elle allait se servir de cette instruction.

Ils empruntèrent la diligence qui remontait vers Limoges. Jeanne avait entendu dire que, là-bas, ils recherchaient des personnes qui savaient dessiner.

En ce matin du mois d'avril 1822, l'air se radoucissait, le bord des fossés s'éveillait en se couvrant d'herbes désordonnées qui se mêlaient en grandissant trop vite. Des fleurs aux tons délicats, nées la veille pour mourir le lendemain, apportaient des touches de couleur. Partie à 4 heures du matin, la voiture arriva sur les bords de la Vienne en fin d'après-midi. L'attelage fut changé à Thiviers. Le temps pour les voyageurs de se dégourdir les jambes et de se restaurer.

Jeanne avait posé sur ses épaules un châle tricoté par sa mère dans une grosse laine bleue offerte par la chambrière du château de Payzac. Son teint transparent, protégé du soleil par un large chapeau agrémenté d'un ruban en satin noué sous le menton, laissé par Héloïse, lui donnait des airs de grande dame. Elle était d'une taille supérieure à la moyenne. Ses attaches fines, la délicatesse de ses traits, son port altier attiraient le regard des hommes. Elle ne le voyait pas. Elle observait le monde dans toute sa diversité.

Elle sortit cependant de sa torpeur quand la voiture commença à longer la Vienne, sur une route large encombrée de circulation.

Le père s'était assoupi, elle lui frôla la main pour le réveiller. Il soupira, lui lança un regard de détresse. Elle lui renvoya un sourire rempli d'un muet encouragement. Une page se tournait.

Les voyageurs observaient avec attention le spectacle vivant de la rivière qui charriait des troncs d'arbres venus des vallées boisées de la Vienne et du Taurion. Des convoyeurs munis de longues piques débloquaient les accrochages. Un barrage traversait d'une rive à une autre et arrêtait ainsi le bois qui descendait au fil de l'eau.

— C'est le port du Naveix ! s'écria quelqu'un. C'est leur terminus !

Des tas de ce bois flotté s'entassaient, que les hommes empilaient. Une file de charrettes vides attendaient sur un chemin en pente tandis que les convois pleins, tirés par des chevaux épuisés, avaient peine à atteindre la route. C'était une ruche qui bourdonnait de toutes parts.

— C'est qu'il en faut pour alimenter les fours à porcelaine ! clama un petit homme rougeaud qui faisait face à la jeune fille. Pourtant, la plupart des manufactures sont disséminées alentour. Les droits d'octroi sur le bois, à l'entrée de la ville, encouragent les entrepreneurs à s'installer dans les campagnes.

— Ce sont les plus riches qui restent à Limoges ! remarqua un autre voyageur.

— Oui, répondit l'homme au visage rouge. Ce sont des grandes familles comme les Alluaud ou les Pouyat, qui possèdent des carrières de terre à porcelaine, le kaolin, dans la région. C'est pour alimenter leurs fours que le bois arrive jusqu'ici. D'ailleurs, on aperçoit ceux de la manufacture Alluaud, regardez, les Casseaux, c'est juste à côté !

La diligence avançait doucement sur la route encombrée de ces convois lents qui rentraient dans la ville pour rejoindre les différentes fabriques. Le soir tombait, des lumières commençaient à apparaître et clignotaient au loin, comme des lucioles dans l'obscurité.

*
* *

Le chauffeur leur conseilla, pour passer leur première nuit à Limoges, une auberge située dans le quartier du pont Saint-Étienne, pas très loin d'ailleurs du port du Naveix.

— C'est chez ma belle-sœur, c'est propre et elle chasse tous les ivrognes et les mauvais payeurs. Elle loge les contremaîtres des moulins de broyage du kaolin qui se trouvent sur la Vienne. C'est dire si c'est bien fréquenté !

La maison était en pierre grise du Limousin, à deux étages. C'était sombre et étroit, mais propre.

La mère Mazaud leur loua une chambre minuscule située sous l'escalier, sans fenêtre vers l'extérieur. Elle comprenait un lit étroit sur lequel était étendue une couverture de chanvre comme Jeanne en avait déjà vu en Périgord. Une commode en bois de hêtre sur laquelle étaient posés une cruche et un broc pour la toilette. Une chaise tressée dans des lanières de châtaignier complétait l'ameublement.

Cela sentait le moisi et l'urine, des taches de salpêtre noircissaient les murs de chaux. Le sol était en terre battue.

— C'est 10 francs la semaine, payable d'avance, leur déclara la logeuse en guise de bonjour. Pour le vieux, ajouta-t-elle en observant le dos voûté du père, je peux fournir en plus un sac de paille garantie fraîche. Pour aller aux cabinets, c'est au fond de la cour !

Jeanne sentit passer un frémissement entre ses épaules. Elle se retourna vers son père qui s'était redressé sous l'insulte de la femme. Avant de fouiller dans sa ceinture de flanelle dans laquelle il cachait sa bourse, il lui envoya un long regard accusateur.

Elle était libre, Jeanne, libre de sortir dans la rue, de voir passer les gens, d'écouter la rumeur de la ville. Elle eut pourtant envie, certains soirs, de plier bagage et de retourner vers les clameurs de l'Auvézère. Mais l'idée de savoir la maison sans sa mère, la campagne désertée par Héloïse, la paralysait et lui donnait raison de rester. La fierté de ne pas s'avouer vaincue par son projet ajoutait un argument en faveur de ses certitudes.

Le père caressait sa moustache et la suivait comme un petit chien. Surveillant ses faits et gestes, les hommes qu'elle croisait, soupirant quand elle marchait trop vite. Il ne se reconnaissait pas dans ce mode de vie, il venait de la campagne, savait profiter du grand air, et ses années d'armée pendant les guerres napoléoniennes lui avaient donné le goût de l'exotisme et des étendues à perte de vue.

Limoges grouillait d'un monde ouvrier attiré ici par les fabriques de porcelaine. Les rues étroites, l'odeur fétide qui y régnait, la population qui transpirait une misère sans espérance le choquaient. Le dénuement de sa vie à la campagne lui paraissait moins pénible.

Malgré la réputation de ville industrielle qu'avait Limoges, son paysage urbain ne laissait pas apparaître de grandes bâtisses vouées à la fabrication de la porcelaine. Seules une ou deux hautes cheminées de four, construites en briques rouges, se distinguaient au-dessus des toitures d'ateliers installés dans des maisons ordinaires.

La première véritable usine se trouvait près du port du Naveix, dans le faubourg des Casseaux.

Jeanne s'y rendit dès son arrivée, ses planches à dessin sous le bras. Plusieurs corps de bâtiments s'alignaient les uns à côté des autres, construits dans une grande symétrie. Elle aperçut à travers de larges fenêtres des ateliers à perte de vue, dans lesquels étaient agencées de longues tablées d'hommes et de femmes recouverts d'une poussière blanche, penchés sur leur besogne, silhouettes toutes semblables, sans distinction particulière.

Un contremaître la reçut, écouta sa demande, prit le temps de regarder ses dessins.

— Vous n'êtes pas préparée à devenir décoratrice sur porcelaine, annonça-t-il enfin, vous coûteriez trop cher à former. Allez plutôt voir dans les petites manufactures, chez Ruaud ou chez Tharaud. Ils en cherchent, je crois.

Le père se trouvait à bonne distance, observait le long cheminement de Jeanne pour acquérir une autonomie.

— On a des économies, ma demi-solde et le jardin, on pourrait vivre tranquillement. Et puis, à Payzac, ça manque pas, les braves gars qui t'ont déjà remarquée, tu es courageuse, ils le savent. Pourquoi te compliquer la vie, ma fille ?

Jeanne baissait les yeux pour ne pas montrer sa détermination, son air buté, et continuait sa quête d'indépendance.

Elle frappa aux portes des grands et des petits, reçut le même accueil. Elle était trop vieille pour commencer une formation, elle avait seize ans ! La vue de ses dessins ne semblait pas les surprendre plus que cela.

Sa logeuse lui conseilla d'aller se présenter chez un ancien tourneur qui venait d'ouvrir sa propre fabrique.

— C'est un garçon courageux, il a travaillé chez Alluaud et chez Tharaud. Il bosse autant que ses ouvriers, il connaît tous les arcanes du métier. Vas-y, ma fille, à mon avis, t'en as pas pour longtemps pour acquérir une expérience, vu ce que tu as déjà fait !

L'atelier se trouvait dans le fond d'une impasse sombre et peu aérée, dans le centre de la ville, près de la rue du Clocher.

Il y régnait une atmosphère enfumée, comme si un brouillard tenace s'était installé entre les murs. Une minuscule lucarne n'apportait pas assez de lumière et ne pouvait pas assurer à elle seule l'aération des lieux.

C'était modeste, et artisanal. Peu de tâches répétitives ici, chacun allait jusqu'au bout de la pièce de porcelaine qu'il détenait.

M. Meyze, le patron, la reçut lui-même, l'autorisa à étaler sur une table poussiéreuse ses dessins, les observa un moment.

— C'est de la belle besogne ! s'écria-t-il. Tu as dû avoir un bon professeur. J'en connais qui sortent de l'école de dessin de Limoges qui sont moins doués. J'accepte de te prendre à l'essai, mais tu m'as l'air bien délicate pour rester ici. Il faudrait que je te trouve un « chambrelan » qui t'accepte, tu y serais plus à ton aise. Tu travaillerais uniquement pour moi, bien sûr. Reviens dans deux jours, je vais voir qui peut te prendre. Je ne pense pas que ta formation sera très longue. Tu es déjà bien artiste.

Le cœur de Jeanne battait à tout rompre. Quelqu'un avait reconnu son talent, une personne qui pouvait décider de l'embaucher.

— C'est un petit artisan, ma fille, je ne sais pas s'il aura les sous pour te payer, remarqua le père.

— Ne me décourage pas, s'il te plaît.

Le mot de « chambrelan » lui posait problème.

— C'est un atelier indépendant, souvent installé au domicile du responsable, dans sa chambre, qui ne reçoit que des ouvriers qualifiés. Des peintres, des modeleurs, des fabricants d'émaux ou de barbotine, lui expliqua sa logeuse. Ce serait bien pour toi, l'air y est plus sain.

M. Meyze n'avait trouvé aucun atelier indépendant qui voulait d'elle.

— Je vais te prendre ici, on te mettra avec le Georges, il va te former pendant que sa peinture séchera.

Elle était déçue de ne pas pouvoir commencer dans une ambiance artistique mais contente d'avoir trouvé enfin du travail.

— Tu seras payée à la pièce, suivant le temps que tu y auras passé. Bien sûr, pendant ton apprentissage, tu devras te débrouiller, tu ne toucheras rien. Si tu es d'accord, je te présente ton nouveau maître.

Ils pénétrèrent dans une sorte de remise, fermée comme un coffre-fort, isolée du reste de l'usine par une porte épaisse, éclairée par une large fenêtre qui donnait sur une cour.

Georges était un jeune garçon aux prunelles sombres qui, penché devant une pièce de porcelaine délicate, daigna à peine regarder Jeanne.

— Faut toujours laisser la porte fermée, grogna-t-il, sinon on aura de la poussière partout.

— On fabrique ici des objets courants et de première nécessité, mais aussi des articles de luxe appelés « genre riche », expliqua M. Meyze. Ce sont ces pièces qui demandent un ornement compliqué. Elles sont précieuses avant même d'avoir été décorées. Leur finesse, leur blancheur, le résultat du tournage, le galbe de certaines leur confère une grande valeur. Attention de ne rien casser, ma fille.

Il avait un côté paternaliste qui plût à Jeanne. Il lui fit faire le tour de sa manufacture au pas cadencé d'un homme pressé.

Une dizaine de personnes travaillaient dans une ambiance diluée par la poussière blanche qui s'insinuait partout comme la cendre d'un volcan qui explose. Les femmes portaient de larges blouses devenues grises avec le temps et se protégeaient les cheveux avec un bonnet de grosse toile. Elles étaient assises devant une table de travail et, pour la plupart, polissaient des pièces blanches. Dans un plus petit atelier se trouvaient un manœuvre et son apprenti. Le plus jeune était courbé près d'une large cuve de pâte immaculée qu'il battait sans cesse dans un mouvement devenu automatique. Jeanne s'arrêta un instant devant lui, son souffle court, son front couvert de perles de sueur, ses mains gonflées par la contraction de ses muscles, il souffrait. Il eut une impulsion du menton vers elle, lui lança un sourire misérable qui disait pourtant toute sa fierté de pouvoir donner toute sa finesse à la pâte qui s'étirait et s'assouplissait sous ses ordres.

La seconde d'inattention qui le poussa à regarder vers la jeune fille provoqua un hurlement du manœuvre qui l'employait. L'enfant soupira et reprit sa cadence infernale.

Elle traversa un atelier de coulage. Des moules vides en plâtre attendaient sur une table. Ils feraient naître une barbotine qui sécherait et donnerait vie à un objet aux formes originales.

Elle aperçut, près des fours, des alignements de cazettes le long des murs. Sortes de récipients protecteurs, des hommes y rangeaient, pour une première cuisson, des pièces qui seraient émaillées avant une deuxième cuisson.

Des garçons tiraient des chariots remplis de ces pièces à cuire qu'ils allaient mettre dans les cazettes avant de les confier aux hommes qui les enfourneraient. Une chaleur intenable régnait ici.

Un enfant de moins de dix ans allait et venait avec sa brouette pleine de grosses bûches de bois qu'il chargeait et déchargeait pour entretenir le four. Elle apercevait dans la cour, derrière le bâtiment, des amoncellements de troncs d'arbres à peine débités, encore attachés à leurs branches. Le jeune devait soulever ces charges plus lourdes que lui. Il peinait, il soufflait, son visage aux traits ronds de l'enfance rougissait sous l'effort. Sa chemise tachée, déchirée par endroits, mouillée par sa transpiration, collait à sa peau.

M. Meyze ne voyait pas ce spectacle, il expliquait vite, montrait son four, l'unique qu'il possédât. Un homme et deux enfants se relayaient jour et nuit, au milieu de cet enfer, pour le vider et le remplir de nouveau.

Ils retournèrent ensuite vers l'atelier de décor dans lequel Georges évoluait seul, offrant à son patron le nombre de pièces nécessaires par jour pour recevoir en retour la paye qu'il attendait.

— Le décor sur porcelaine, c'est pour évoluer, conclut-il avant de laisser partir Jeanne. Je vends surtout du blanc qui part à Paris. Les grands ateliers de décoration se trouvent là-bas. C'est la raison pour laquelle personne n'a voulu te prendre. Mais je crois en toi, ma fille. Tu verras qu'un jour ils regretteront de t'avoir laissé partir. La durée du travail est de douze heures par jour, et chez moi on chôme le dimanche. À demain.

Il abandonna devant l'entrée de son modeste atelier une jeune femme qui, ce soir-là, eut du mal à savoir si elle devait se réjouir ou s'inquiéter de sa nouvelle vie.

— Je reste encore un peu pour voir, déclara le père, après je rentre à la maison.

La trappe des lendemains incertains s'ouvrait, Jeanne devrait se méfier pour ne pas y tomber.

Elle ne lui répondit pas. Pourquoi lui en vouloir ? Il était plus étranger à ce mode de vie ordinaire et urbain qu'à celui plus exotique des marches forcées à travers des contrées inconnues. Le père avait vécu son destin, il ne demandait maintenant qu'à laisser sa mémoire lui en rappeler les plus beaux extraits.

VII

Installation

J'AVAIS LA FOUGUE de la jeunesse, mon cher enfant, mais surtout l'inconscience. Il me semblait que le monde m'attendait avec mes dessins et mon minois ravissant. J'ai vite déchanté mais n'ai rien perdu de mon énergie.

J'étais née dans une masure misérable, j'avais vu trimer mes parents. Ils avaient souffert de la faim, du froid, de l'isolement, ils avaient consenti de gros sacrifices pour acheter les bougies qui m'aidaient, le soir, à corriger mes écritures et approfondir mes dessins. L'indigence de ma mère l'avait préservée des événements survenus durant sa jeunesse. Mon père gardait de ses années d'armée des souvenirs qu'il embellissait sûrement.

Héloïse m'avait ouvert les yeux sur un autre monde. Plus policé, plus protégé. À seize ans, je croyais avoir fait le tour de la société, je pensais les paysans seuls détenteurs de la pauvreté, et la noblesse unique héritière des arts et de la culture.

Les deux premières années que j'ai passées à Limoges m'ont ouvert les yeux sur une autre facette de la société. L'indigence, en ville, possède un visage différent que dans les campagnes. Le prix de l'industrialisation, de la marche vers l'avenir, était élevé pour la masse des sans-pouvoirs. J'ai souvent pensé qu'en émigrant vers les milieux urbains les paysans ne gagnaient pas au change.

Je ne vais pas entrer dans un misérabilisme convenu pour te parler de ces années limousines. J'ai reçu ces épreuves comme des expériences. J'en suis sortie, j'aurais pu y rester. J'ai cependant payé le prix fort en m'abandonnant à des sentiments qui m'ont conduit à prendre de terribles décisions. Encore cette jeunesse que je cueillais à pleines mains, qui me donnait l'impression de posséder le monde. Je ne doutais de rien, je croyais en mon étoile. Je ne regrette rien, j'ai vu le bonheur en face, je l'ai regardé sans baisser les yeux. Tu es aujourd'hui la preuve vivante que j'ai bien fait d'aller au bout de mes certitudes.

*

* *

Clarence House, juillet 1860

L'encre noircissait le papier, brillait d'abord puis perdait de son éclat en séchant. L'écriture de Jeanne, légèrement penchée, formait des pleins et des déliés. Pas d'hésitation dans le choix de ses mots pour exprimer le ressenti de ses souvenirs, sa main tenait fermement la plume.

La page remplie, elle tourna la tête vers la prairie. Un nuage au ventre rond, sombre et menaçant, avançait vers la maison. Les premières gouttes de pluie commencèrent à strier l'horizon. Une fraîcheur nouvelle lui tomba sur les épaules. Elle se redressa, tendit le bras pour saisir un châle posé sur le lit près d'elle. Elle ferma les yeux au contact de la douceur de la laine, la caressa. La couleur autrefois bleue était passée, il ne restait que des traces délavées d'un ton aujourd'hui oublié. Sa mère l'avait tricoté aux aiguilles. L'ensemble donnait l'impression de pétales de fleurs reliés les uns aux autres par un point tige léger. Sur le bord, des franges lui effleuraient les bras. Depuis son premier voyage, il ne l'avait pas quittée.

Elle le portait le premier matin de son premier jour de travail. Georges faisait semblant de ne pas l'attendre, pourtant il n'avait rien entrepris avant son arrivée. Il était bourru mais bon garçon dans le fond. Peu habitué à expliquer sa pratique, il avait du mal à mettre des mots sur ses gestes si précis.

Il avait posé sur la table devant Jeanne des rebuts d'assiettes, de tasses, des vases ébréchés ou trop piqués pour être repris, supports indispensables pour former les ébauches de ses premières peintures. La jeune fille s'habitua facilement à ses nouveaux instruments. Des spatules en os côtoyaient de nombreux pinceaux de formes et de dimensions différentes ; des plats, des longs, des petits, tous montés sur plume, destinés à modeler, à cerner, à putoiser.

L'odeur de l'atelier lui serra le cœur. Cela sentait l'essence grasse, fabriquée à partir de résine de pin, semblable à celle utilisée par Héloïse. Elle s'en emplit les narines pour s'approprier l'endroit comme un animal marquant son territoire.

Les couleurs s'étalaient sur la table autour d'elle, poudres fines venues des profondeurs de la terre. Oxydes de fer, de cuivre, cobalt, manganèse, antimoine, chrome. Beautés endormies attendant sagement qu'une main experte réveille leur flamboiement caché.

Jeanne apprit à les travailler, à les fondre, à amplifier leurs tons, à intensifier leurs couleurs, à extirper le meilleur d'elles-mêmes. Elle obtenait des bleus ardents, des turquoises lumineux, des jaunes vifs.

Georges prenait garde de ne pas se laisser dépasser par la vivacité d'esprit de la jeune fille. Il sentait un bouillonnement et un enthousiasme peu communs.

Les ouvrières de l'atelier des useurs de grain n'approchaient pas de Jeanne et s'en méfiaient. Son teint délicat révélait une enfance passée à l'abri des turpitudes qu'elles connaissaient. Elle n'appartenait pas à leur monde. Georges ne se souciait pas de ces détails. Jeanne l'amusait par ses reparties cinglantes sur la vie en ville. Il gardait juste ses distances car il lisait parfois dans ses yeux les regrets d'un temps dont il ignorait tout.

Elle crut d'abord à une similitude entre la peinture sur porcelaine et l'huile sur toile qu'elle avait pratiquée avec Héloïse. Elle se trompait. Georges la laissa commettre ses erreurs autant pour l'amener à les comprendre que pour étouffer cette confiance en elle qui la rendait impatiente. Ses premiers résultats la déçurent. Ses œuvres sortaient du four sans éclat, les couleurs étaient brûlées ou détruites par la chaleur. Des taches apparaissaient qu'elle n'avait pas remarquées auparavant. Le pinceau ne répondait pas toujours à sa demande. Elle recommençait sans fin.

Elle avalait ses douze heures de travail sans un soupir. Laissant cependant retomber la pression de son corps à la vue de la maison de son hôtesse. Elle s'élançait vers son lit et, sans la présence du père qui préparait chaque soir une soupe chaude dans laquelle baignait un morceau de pied de cochon, Jeanne n'aurait pas eu le courage de manger.

— Tu as de la chance, maugréait-il. Si tu étais chargée de famille, il te faudrait cuire toi-même la nourriture et laver le linge. Profite, ma fille, un jour viendra où je ne serai plus là !

Elle dormait déjà.

Elle revit le jeune batteur de pâte. Âgé d'environ une douzaine d'années, maigre et grandi trop vite, ses yeux noirs rappelaient à Jeanne le regard paternel. Sa curiosité enfantine l'attirait vers cette jeune femme différente des autres, solitaire, évitée par les ouvrières que son chapeau de paille et son châle, pourtant usé, impressionnaient. À l'heure de la débauche, il approchait comme un chat voulant se laisser apprivoiser. Dans ses yeux agressés par les poussières des ateliers naissaient des larmes de fatigue qui traversaient son visage. Ses mains tremblaient encore d'avoir trop serré la batte à assouplir la pâte.

Elle lui sourit en guise de bonjour.

— Je m'appelle Louis, fit-il en se frottant à elle.

Il portait une casquette de grosse toile grise qui lui mangeait la moitié du visage et cachait sans peine ses cheveux.

— Elle est trop grande pour toi, répondit Jeanne en se penchant vers lui pour apercevoir son minois.

— Tu parles de quoi ?

— De ta casquette, bien sûr ! ironisa la jeune fille.

— Elle était à mon père !

— Tu lui as volée !

— Non, je l'ai prise quand il est mort !

— Oh, excuse-moi, je ne savais pas !

— C'est pas grave. Il était useur de grain chez Alluaud, c'est la tuberculose qui l'a eu.

Loin de s'épancher sur cette misère-là, Louis semblait en tirer une certaine fierté. Il avait mis ses mains dans ses poches et avançait à larges foulées avec une démarche chaloupée.

— T'as vu mon travail. Je suis un chanceux, le père Meyze achète la pâte déjà broyée et préparée, je n'ai qu'à la maintenir belle comme une mariée. Bien blanche, bien souple. Dans les grandes manufactures, ils ont des presses à bras. Ils enfournent les matières premières dans une sorte de tonneau métallique qui contient des galets. Tu as un pauvre môme qui tourne toute la journée ce broyeur jusqu'à ce que le mélange devienne liquide. Et toi, fit-il soudain en regardant Jeanne, c'est comment ton nom, d'où tu viens, où tu habites ?

Ils logeaient dans le même quartier, un peu plus bas, dans un faubourg près de la Vienne. Sa maison se trouvait dans une rue si étroite que pas un rayon de soleil ne pouvait y pénétrer. Jeanne s'y rendit à plusieurs reprises. Cela humait l'humidité et la pourriture. Des immondices jetées des fenêtres s'accumulaient devant les portes. Des rats en quantité vivaient au milieu des hommes. Les familles des ouvriers porcelainiers s'agglutinaient ainsi, se regroupant, pour se sentir moins seules. Ils attiraient, par leur mode de vie, toutes les maladies qui se repaissaient de la misère.

Jeanne se préservait en se lavant quotidiennement, en changeant de linge, en allant marcher le dimanche avec son père sur les chemins qui bordaient la rivière. Elle entraîna vite avec elle le jeune Louis, qui découvrait les charmes de la Vienne et pouvait apercevoir, encore proches, les premières prairies de la campagne limousine.

Malgré elle, Jeanne était attirée par l'eau, y trempait ses mains, se déchaussait pour y plonger ses pieds. Elle aimait observer les humeurs de la rivière, sa course, la vie qui l'habitait. Ils avaient pourtant dû marcher loin pour dépasser les troncs d'arbres qui l'étouffaient.

— Tu sais nager ? demanda Louis.

— Presque, répondit fièrement Jeanne. Si le père n'avait pas eu peur que le courant m'emporte, je saurais bien aujourd'hui. Mais l'Auvézère n'est pas franche.

Le père bougonnait dans sa moustache, son menton tremblait au souvenir de la mère emportée un matin d'hiver.

L'apprentissage de Jeanne dura deux saisons. Petit à petit, les motifs qu'elle décorait sortaient du four en gardant leur éclat. Elle maîtrisait la préparation des couleurs ainsi que les mouvements apportés aux pinceaux pour former une rose, un bleuet, pour réaliser des guirlandes légères sur les ailes des assiettes ou des semis de fleurs.

Georges était avare en compliments. Cela ne la décourageait pas, elle savait apprécier le résultat de son propre travail.

M. Meyze ne perdait pas son temps à la féliciter, il observait ses progrès, soupirait, repartait. Un jour pourtant, il ne put s'empêcher d'admirer l'intensité des fleurs qui ornaient un vase après la cuisson.

— Je savais que j'avais raison, marmonna-t-il dans sa moustache.

Ce n'était pas un compliment, c'était, pour Jeanne, le plus formidable des encouragements.

*

* *

Ce fut le père qui le premier parla de ce qu'il observait. Il avait parcouru assez de contrées sauvages, vu tant de peuples dominés à cause de batailles perdues, qu'il savait faire la part des choses.

— C'est pas une vie ! remarqua-t-il un soir en suivant des yeux la silhouette malingre du jeune Louis qui s'éloignait dans la rue traversée par des rigoles d'eaux usées et des restes de pots de chambre vidés à la hâte.

— Que veux-tu dire ?

— Tu as vu sa maigreur ? Et puis, pour un gosse de son âge, travailler douze heures d'affilée, ça ne devrait pas exister !

Jeanne porta son regard sur la silhouette malingre.

— J'ai croisé des peuples opprimés, réduits en esclavage, continuait le père. Je vais pas te dire que les enfants y sont heureux, mais ils ne travaillent pas douze ou quinze heures par jour. Il ne fera pas de vieux os, c'est sûr ! En plus, cette humidité venue de la rivière, ça n'arrange rien !

— Il est payé, tu ne peux pas comparer ! s'insurgea Jeanne.

— C'étaient ces garçons qui gardaient les moutons et les vaches, c'étaient eux qui aidaient à ranger le foin à la saison des moissons. C'est vrai, les parents ne leur donnaient rien, mais ils vivaient au grand air, ils dormaient dans la chaleur des bêtes, ils écoutaient les soirs d'hiver les vieux leur raconter les orages et les gelées, leurs guerres et leurs luttes. Regarde-les aujourd'hui, leurs yeux rouges, leur toux. Ils finiront comme leurs pères. C'est quoi, cette poussière blanche qui flotte dans les ateliers ? Je l'ai remarquée quand je vais te chercher !

— Elle provient des tours utilisés pour faire disparaître les points noirs qui se forment pendant la cuisson sur les pièces de porcelaine. Quand j'y vais, je tousse aussi.

— C'est la mort, cette poussière ! Ils en reviendront de leur industrialisation !

Jeanne ouvrit les yeux. La manufacture dans laquelle elle travaillait était modeste, mais les enfants qui passaient leur temps autour des fours et des tours ressemblaient à des esclaves. Ils toussaient, leurs yeux pleuraient, leurs mains tremblaient. Ils passaient au moins seize heures par jour dans cette souffrance. Ils n'avaient pas plus de quatorze ans.

L'atelier des femmes n'avait rien à leur envier, pas aéré, la poussière blanche se posait partout : sur la terre battue du sol, sur les tables. Pour ajouter au tableau, les murs de bois et de torchis, tachés par endroits de salpêtre, refoulaient une humidité malsaine.

Elles n'étaient pas mieux loties que les enfants. Elles toussaient aussi, leurs yeux agressés étaient rouges et leurs paupières lourdes. Les jeunes rattrapaient en aspect les plus vieilles.

Tout le monde travaillait douze heures par jour dans cette ambiance.

Quand elle traversait l'atelier parfois, Jeanne ne manquait pas d'observer ce monde qui lui semblait sacrifié sur l'autel du modernisme.

Elle ne put s'empêcher d'en faire la remarque à Georges. Il releva la tête, la tourna doucement vers sa voisine, lui lança un regard en coin.

— Alors là, si tu veux qu'il t'embauche et par la suite garder ton emploi, je ne te conseille pas de t'occuper de ça ! C'est pas tes affaires !

— Ça ne te choque pas de voir ces gosses trimer comme des bêtes de somme ?

— Ce que ça me fait, c'est mon problème ! J'ai commencé ma formation quand j'avais dix ans parce que ma mère, qui peignait déjà dans l'atelier chez Alluaud, m'a encouragé à dessiner. Je travaille douze heures par jour depuis cet âge-là, ça ne m'empêche pas de vivre !

— Ta mère doit être fière de toi aujourd'hui.

— Elle est morte de la tuberculose, elle avait trente-cinq ans !

— Toujours cette poussière ! remarqua Jeanne.

— Dans les ateliers des peintres, il n'y en a pas, tu le sais bien !

Jeanne ne répondit pas, elle se cognait à un mur chaque fois qu'elle essayait de mettre du bon sens sur des situations.

Georges soupira, passa sa main sur son front, reprit son travail.

— Tu vas pouvoir adhérer à la société de secours mutuel, bientôt, fit-il soudain en traçant d'un geste précis un filet d'or sur la bordure d'une coupe à fruits. Enfin, quand tu seras vraiment embauchée et considérée comme une spécialiste du décor.

— Tu adhères à cette association ?

— Ils ne sont pas venus me chercher, je suis trop isolé, c'est ceux des grandes manufactures ou des chambrelans.

— Tu crois qu'ils vont s'occuper du sort des enfants ?

— Ils défendent surtout leurs propres intérêts, c'est tout le monde pareil.

Le jour commençait à baisser, la fenêtre n'apportait plus assez de lumière. Georges alluma les lampes à gaz qui attendaient sur le bord de la table. Une belle clarté leur permit de continuer leur travail.

Jeanne s'appliquait sur le tracé d'un ruban ondoyant qu'elle allait marier à une guirlande de petits bouquets. Elle comptait poser cette bonbonnière une fois terminée sur le bureau de M. Meyze pour le persuader de l'embaucher enfin. Elle ne désirait que cela. Pouvoir rapporter quelques sous, ne plus avoir à demander au père pour acheter un chapeau ou une paire de chaussures ou offrir une crêpe à Louis le dimanche dans une buvette du bord de Vienne.

Le père s'ennuyait à Limoges. Il était trop vieux pour chercher une activité. Ses rhumatismes l'obligeaient souvent à rester assis toute la journée. Il ne demandait pas grand-chose. Sa maigre pension lui suffisait. Il s'inquiétait pour sa fille. Ce travail à la ville, il ne le comprenait pas. Il préférait la misère à la campagne. L'air y était plus sain. Les paysans ne respiraient pas ces poussières funestes qui envahissaient les ateliers et il appréciait mieux la modestie d'une cabane au fond des bois, la solitude, plutôt que l'entassement de tous ces gens dans des maisons insalubres, dans lesquelles il avait l'impression que la mort rôdait à chaque coin. Il ne supportait pas l'odeur fétide des rues souillées par toutes sortes de détritus. Il désirait retourner vers les chemins creux et les clairières léchées par un rayon de soleil.

La mauvaise saison arrivant, les jours raccourcissaient, l'humidité prenait plus d'espace, il avait froid. Un froid qui lui engourdissait les membres autant que pendant les nuits glacées dans les déserts d'Égypte. Il voulait rentrer chez lui. Il lui tardait que Jeanne touche enfin sa première paye. Il pourrait retourner sur les bords de l'Auvézère.

L'hiver passa sans que sa fille ne lui annonce la bonne nouvelle.

— M. Meyze réfléchit, il me donnera sa réponse au printemps.

VIII

Rencontres

Le père dépérit, cessa de se nourrir correctement et alla noyer son chagrin et vider sa bourse dans une taverne où on lui servait un vin rouge frais et acide comme du vinaigre, mais dans lequel il oubliait son abattement.

Louis aida Jeanne un soir à le retrouver. La chambre était abandonnée, la soupe froide, sa paillasse désordonnée.

— Je te parie qu'il est à la taverne de Saint-Martial ! s'exclama le jeune garçon.

— Qu'est-ce qu'il y ferait ?

— Il boit, pardi ! Ils y sont tous, le soir, à vider leur verre de piquette. Ça leur donne du courage pour repartir le lendemain !

C'était un endroit sombre et bruyant, encombré de tables et de chaises accumulées sans ordre. Cela sentait la vinasse et le tabac bon marché. Des lampes à pétrole envoyaient une lumière parcimonieuse. Des ouvriers de tous âges s'y côtoyaient, parlant fort et vidant leur verre autant que leur bourse. Une jeune serveuse au regard pétillant évoluait au milieu de tout ce remue-ménage, se laissait caresser les fesses ou murmurer des mots doux dans les oreilles. Elle souriait, haussait les épaules, se déplaçant entre les clients avec l'agilité d'un écureuil.

Jeanne ne remarqua pas son père tout de suite. Ses yeux avaient du mal à s'habituer à l'atmosphère enfumée et à la semi-obscurité.

— Il n'y a pas beaucoup de femmes, murmura-t-elle à Louis.

— C'est sûr, elles ont autre chose à faire ! Tiens, regarde-le avec le beau Joachim, il a l'air de lui en raconter des histoires !

Jeanne n'avait jamais vu son père aussi volubile et agité. Elle le croyait renfermé et secret, se laissant mener par ses souvenirs d'armée, bon mari et père attentif. Elle découvrait un homme plein de fougue, au verbe haut, le poing levé pour mieux appuyer ses convictions.

Un jeune ouvrier, la casquette vissée sur le coin de sa tête, buvait ses paroles tout en remplissant son verre que le père vidait sans reprendre sa respiration.

— Dis donc, il en tient une ! s'écria Louis en lui donnant un coup de coude dans le bras. Le Joachim a pas l'air mal aussi !

En un éclair, Jeanne se persuada qu'elle était la seule coupable d'une telle situation. Elle n'hésita pas une seconde, traversa la pièce et se précipita à ses côtés.

— Viens, le pressa-t-elle en tirant la manche de son veston, on rentre !

Le père n'avait pas fini son histoire. Il se recula comme s'il avait été agressé, marqua sa surprise, la reconnut.

— Ah, ma fille, te voilà ! Tu en as mis du temps !

Dans sa moustache presque grise étaient posées des gouttes de vin qui scintillaient sous les lampes à huile.

— On rentre, fit Jeanne.

— Dis donc, s'étonna Joachim, tu ne m'avais pas dit que tu avais une si jolie fille ! Tu la sors d'où ? Tu nous la cachais ?

— Viens ! insista-t-elle.

— C'est Jeanne ! affirma le père. C'est ma fille ! C'est une artiste !

— Une artiste ? interrogea Joachim.

— Elle est peintre sur porcelaine chez le père Meyze ! lança Louis, fier de montrer son savoir. C'est vrai qu'elle est artiste, tu verrais les jolis dessins qu'elle a faits, avec de la peinture ! Faut être savant pour pouvoir arriver à ça !

Joachim se redressa non sans mal, se retint contre le dossier de sa chaise, releva sa casquette pour dégager son front.

— Une artiste, voyez-vous ça ! Mais c'est qu'elle est belle à croquer, celle-là !

Il approcha de Jeanne, lui caressa la joue et dans un mouvement étonnamment vif, la blottit contre sa poitrine. Elle se débattit un instant pour s'en débarrasser, sentit la force de l'homme, regretta sa faiblesse.

Le père en fut dégrisé en quelques secondes. Retrouvant dans sa mémoire les gestes de combat entre soldats, le soir autour des bivouacs, il envoya à Joachim un coup de poing puissant que le garçon reçut en pleine figure. Il lâcha sa prise, recula, frotta son nez ensanglanté, se retourna pour répondre à l'agression.

Jeanne eut le temps de prendre son père par la main et de l'emmener au-dehors.

— C'est de bonne guerre ! remarqua l'aubergiste à l'attention du jeune homme. Tu n'avais pas à prendre sa fille comme ça. La prochaine fois, tu lui apportes des fleurs !

Deux jours plus tard, Joachim attendait Jeanne à la sortie de son travail. Elle ne pensait pas à lui et ne le reconnut pas. Il avait pris le temps de se laver les mains, de dépoussiérer son pantalon, de peigner ses cheveux noirs qu'il avait cependant cachés sous sa casquette. Pour la voir, il avait embauché une demi-heure plus tôt le matin.

Comme à son habitude, Jeanne avait posé sur sa tête son bonnet de laine tricoté autrefois par sa mère. Des mèches folles s'en échappaient et, soulevées par un air frais, fouettaient son visage. Une cape de grosse toile la protégeait du froid et elle était chaussée de godillots achetés à son arrivée.

Son allure, ses grands yeux bleus et ses lèvres bien dessinées impressionnèrent le jeune ouvrier. Il se demanda s'il ne rêvait pas trop.

Louis l'avait rejointe et ils arpentaient la rue côte à côte. Joachim les suivit un moment, n'osant pas les aborder, se rapprochant imperceptiblement d'eux jusqu'à ce que le jeune garçon sente sa présence.

L'ouvrier porcelainier s'excusa pour son attitude dans la taverne, demanda des nouvelles du père, proposa de marcher avec eux, s'intéressa au travail de la jeune fille. Jeanne n'arrivait pas à se détendre. Ce grand gaillard qui avait poussé son père à boire ne lui revenait pas. Il était poli, plaisantait avec

Louis, mais la familiarité avec laquelle il l'avait abordée l'embarrassait.

Restée très vague sur sa vie, elle ne songea pas à savoir chez qui il travaillait et où il habitait. Elle s'éloigna à la première occasion, prétextant une course urgente.

Son père devenait son principal souci. Depuis qu'elle lui avait interdit de boire, sa mélancolie s'était aggravée.

Le Limousin s'enfonçait dans un hiver rigoureux. Les journées étaient si courtes que les ouvriers ne voyaient plus la lumière naturelle depuis longtemps. Après leur travail, ils vivaient dans la nuit.

Jeanne essayait de raisonner son père.

— Même si j'avais la confirmation de M. Meyze, tu ne pourrais pas partir, la maison doit être glaciale ! Tu y mourrais de froid !

— J'avais fait une réserve de bois !

— Les placards sont vides, il n'y a plus de volaille, plus de légumes. Je t'en prie, sois patient, au printemps tu pourras partir !

— Quand j'ai donné permission à la marquise de t'apprendre à lire et à écrire, j'avais d'autres projets pour toi, ma belle ! Comme la jeunesse est ingrate ! Vas-tu finir ici, à respirer les maladies de la ville, alors qu'il fait si bon vivre sur les bords de la rivière ?

— Tu oublies les mains de la mère, plongées dans l'eau glacée, et ses membres durs comme du bois quand l'onde l'avait presque gelée ! Non, la misère est partout la même. Mme Héloïse m'a abandonnée parce qu'une femme doit obéir à son mari ! Alors, je resterai vieille fille, mais je ne veux pas d'un homme qui me commande que je dois aimer !

— Fontaine, je ne boirai pas de ton eau ! s'écria le père. Il y en a tant qui ont dit ça avant de succomber aux sirènes d'un regard noir !

Chaque soir ou presque revenait, comme apportée par un courant d'air, la chanson de la discorde et des regrets.

Quand elle était partie à son travail, le père se rendait dans une autre taverne mais se débrouillait pour ne pas s'enivrer trop et pour être rentré au retour de Jeanne. Mais sa soupe n'était pas assez cuite. Il avait oublié d'y plonger les pommes de terre ou n'avait pas pensé à aller chercher un morceau de porc.

Après plusieurs semaines, Jeanne avait fini par se laisser apprivoiser par Joachim, qui n'avait pas lâché prise, tout en gardant ses distances. Il la trouvait hautaine et orgueilleuse mais se sentait fier de marcher à ses côtés.

Un dimanche, il entraîna Jeanne et son père dans le centre de Limoges, à une fête qui se déroulait dans la rue de la Boucherie. L'endroit était noir de monde. Une odeur de graillon circulait alentour et soulevait l'estomac de la jeune fille. C'était une rue étroite qui rejoignait le bas de la ville à la place des Bancs, plus haut. Dans le caniveau coulait une eau sanguinolente, venue de l'abattoir installé tout à côté. De nombreuses échoppes de bouchers s'alignaient les unes à côté des autres. Devant chacune d'elles avaient été dressées des claies sur lesquelles pendaient des boudins et des saucisses. Une tête de cochon trônait dans chaque boutique, la bouche ouverte, parce que la mort avait surpris l'animal dans un dernier cri d'agonie.

Les ouvriers et les bourgeois se côtoyaient, se bousculaient, achetaient suivant leur bourse une part de gras de porc sur laquelle restait accroché un morceau de viande, le tout enrobé dans un papier journal. C'était écœurant, cela tachait les doigts et laissait des traces épaisses et luisantes autour de la bouche mais, après tant de privations, c'était bon de se remplir la panse pour quelques sous. Des vignerons venus de la Dordogne avaient installé, sur des tréteaux et des planches, des tonneaux de vin rouge qu'ils vendaient au verre.

Enivrée par l'agitation et les odeurs, Jeanne posait mille questions à Joachim sur son métier, la vie dans les ateliers, le sort des enfants. Elle maugréait sur leurs conditions de travail, sur leur misère, sur ce monde qu'elle découvrait et détestait. Lui revenait l'autre partie de son enfance, celle de la douceur des journées sur les bords de l'Auvézère, des odeurs d'huile de pin dans l'atelier d'Héloïse, de la caresse de sa mère sur ses cheveux. Elle ne parlait jamais à son père de ce genre de regrets. Il aurait bouclé son baluchon dans l'heure et l'aurait obligée à le suivre.

Elle trouvait un exutoire à critiquer ouvertement la condition des ouvriers porcelainiers. Ses arguments faisaient écho à la lutte que menait Joachim auprès de ses camarades. Il entendait des paroles qui le confortaient dans ses idées, exprimées avec justesse.

— J'aurais pas su si bien le dire, répétait-il, mais tu as raison. Qui t'a appris à parler comme ça ?

Il travaillait chez Alluaud, une des plus importantes fabriques de Limoges. Dans un temps où les manufactures avaient une durée de vie plutôt courte, l'entreprise Alluaud existait depuis presque quarante ans. C'était une usine moderne construite dans le quartier des Casseaux, près du port du Naveix. Elle était tenue par une puissante famille de la région qui possédait également des carrières de kaolin plus au sud ainsi que des moulins à pâte sur les bords de la Vienne.

— C'est un malin, le patron, il maîtrise la fabrication de la porcelaine du début jusqu'à la fin.

Joachim était ouvrier qualifié, il confectionnait les moules dans lesquels chaque pièce serait coulée et cuite. Il était fier de son métier. Mais malgré sa jeunesse, il toussait comme un vieux et avait du mal à retrouver son souffle après une longue marche. Jeanne le voyait, lui demandait de lui décrire son lieu de travail, si la poussière blanche s'incrustait comme partout dans les ateliers.

— Ils ont surtout cherché à éviter qu'on se bouscule, qu'on perde du temps. C'est pour ça que chaque bâtiment est réservé à un labeur particulier. C'est sûr qu'à la cuisson c'est pénible ! Les manœuvres sont pas toujours à la fête. Autour des fours, ils crèvent de chaud toute la journée. Ils n'ont pas le droit d'arrêter. Les cazetiers, les encastreurs, les polisseurs respirent des poussières. Les enfourneurs et les chauffeurs vivent à moitié nus, et là, tu as des gosses qui reçoivent des ordres qu'ils n'ont pas le droit de discuter, sinon, dehors et on en met un autre !

— C'est pareil chez M. Meyze. Louis a de la chance de travailler douze heures, ses petits camarades, au four, restent plutôt plus de seize heures, et même parfois la nuit et un dimanche sur deux pour ne pas arrêter le four. Voilà quelque chose qui ne pourra pas durer !

— Nous, continuait Joachim, on est dans un autre bâtiment, on façonne les moules dont on nous a donné les plans. On est des gars qualifiés, on a suivi des formations pour apprendre à les lire, car je sais lire, moi, mademoiselle !

Il lui saisit la main, la serra dans la sienne, comme s'il prenait conscience soudain de sa chance d'être instruit et de marcher dans les pas d'une aussi belle personne. Jeanne n'était pas de cet avis.

— Holà, jeune homme, nous n'avons pas gardé les oies ensemble, lâchez-moi !

Elle lui envoya un regard de coin, dans lequel il sut lire à quel point sa liberté comptait pour elle.

Cherchant son père dans la foule, elle le retrouva devant une barrique de vin, un verre plein à la main, en grande discussion avec le vigneron.

— C'est un gars de Bergerac ! s'exclama-t-il en apercevant sa fille qui venait vers lui. Ça fait bien trente ans qu'on s'était pas vus ! Je travaillais chez son père avant la Révolution. Tu trouves pas que le monde est petit ?

Jeanne le laissa à ses souvenirs. Il paraissait savourer ces instants, elle ne pouvait pas les lui enlever. Ils restèrent ainsi une partie de l'après-midi à écouter un homme parler de ses vignes, du temps qui passait, de la Révolution qui n'avait rien résolu, des guerres napoléoniennes qui avaient amputé le pays d'une jeunesse si utile.

Joachim piétina un bon moment autour d'eux, soupira, proposa une promenade sur les bords de la Vienne, rien n'y fit, Jeanne demeura près de son père, le laissant vivre cette éclaircie au milieu de sa mélancolie.

— Tu viens au bal ce soir ? demanda encore le garçon.

— Non, demain je travaille.

Il lui fit un signe de la main et s'éloigna rapidement d'un bon pas. Jeanne le sentit dépité, mais le sourire de son père, sa volubilité lui suffisaient pour considérer la journée comme réussie.

Quand le vieil homme s'allongea le soir sur sa paillasse, elle le devina encore tout frémissant de gaieté.

— Ça fait du bien de revoir un gars du pays, murmura-t-il dans sa moustache avant de ronfler comme un bienheureux.

Dès le lendemain matin, Jeanne alla frapper à la porte de M. Meyze. À la seconde où elle entra dans son bureau, il comprit qu'elle ne lâcherait pas.

— C'est bon, annonça-t-il avant qu'elle ouvre la bouche, je te signe un contrat, tu as gagné ! Tu auras 5 francs par jour, je le renouvellerai chaque lundi.

— Pourquoi pas chaque mois ? Ça vous évitera de la paperasse. Vous ne serez pas déçu par mon travail. Avant le printemps prochain, vous serez obligé de m'augmenter.

— Tu ne doutes de rien, ma fille ! s'écria-t-il en la raccompagnant. Allez, ne perds pas de temps, file !

Elle avait gagné ! Elle allait recevoir une paye. Le père pourrait rentrer en Dordogne et finir ses jours sur les bords de l'Auvézère. Elle se sentait assez forte désormais pour affronter toutes les épreuves. Le beau Joachim avait intérêt à bien se tenir et à prendre ses distances, Jeanne ne sacrifierait jamais son indépendance pour les grands yeux d'un jeune porcelainier.

Elle annonça la nouvelle à Georges qui la félicita sans plus.

— Remets-toi au travail et vite, sinon il risque de changer d'avis !

— Quelle mouche te pique ? Tu as peur que je prenne ta place ? Je te suis reconnaissante pour ta patience et ton temps perdu à m'expliquer. Tu penses que je suis une ingrate ? Tu as bien tort !

Elle enfila sans plus attendre sa blouse, posa sur sa tête son bonnet de coton léger et s'assit devant son poste de travail.

Elle n'en parla pas de suite à son père. Elle attendrait la fin des gelées. Il serait capable de boucler son baluchon pour partir sans retard.

Elle fit semblant de ne plus voir son désœuvrement et ses conséquences.

Plus que la société dans laquelle ils évoluaient et qu'il ne comprenait pas, l'éloignement de Jeanne, son émancipation, son impossibilité à la gérer lui donnaient l'impression de son inutilité. Sa fille lui échappait alors qu'il avait toujours compté pour elle. Quand la mère vivait, ils formaient une vraie famille. Aujourd'hui, l'éclatement de leur unité le désorientait. Il était trop vieux pour dicter sa loi, elle était trop grande pour obéir encore à ses ordres. Elle était maintenant sevrée. Comme le chaton devant quitter sa mère, et l'oisillon s'envoler, Jeanne avait abandonné le nid, il lui fallait comprendre cela.

Un matin du mois de mars, alors qu'il faisait une belle chaleur depuis une semaine, il attendit que sa fille soit partie pour sortir de dessous son lit une besace préparée depuis longtemps. Il déposa sous l'oreiller un anneau d'or rapporté de ses guerres, pris sur le cadavre d'un compagnon de misère. Il laissa la clé à la logeuse ainsi qu'un petit mot griffonné sur le coin d'une feuille de journal. Il retourna vers sa chère rivière, il lui semblait que l'âme de sa femme flottait au-dessus d'elle et dansait au gré de ses tourbillons.

IX

Les conséquences d'un abandon

Clarence House, juillet 1860

MON CHER GARÇON,

J'avais l'impression d'un abandon de la part de mon père. Une sorte de petite mort comparée à la grande de ma mère. J'en ai souffert, mais j'étais fière et ne l'ai pas montré.

Ma force de caractère, je la devais à l'enfance bénie au cours de laquelle j'avais grandi dans l'ombre d'une jeune femme instruite et ouverte au monde. Face à la société dans laquelle j'évoluais, la misère que j'approchais, à mes propres difficultés, il me fallait bien tout.

J'avais conscience que, si je continuais à vivre de la sorte, c'est-à-dire à travailler douze heures par jour, à rentrer exténuée, à n'avoir qu'un jour par semaine pour laver mon linge et respirer l'air de la rivière, mes forces physiques me lâcheraient trop tôt. J'observais les femmes des usines, la plupart marchaient pieds nus, s'abritaient de la pluie sous leurs jupons relevés. Elles traînaient le dimanche une marmaille en haillons, le visage recouvert de morve et de poussière, les yeux rougis de trop pleurer, préparée à entrer en apprentissage pour sortir de leurs hideuses maisons.

Nous pénétrions dans la civilisation industrielle. Limoges s'éveillait à cela comme le pays entier. Pour lire à la dérobée des morceaux de journal que mon père avait abandonnés près de sa paillasse, je savais le prix de ce progrès. J'imaginais dans quelles conditions vivaient les mineurs qui extrayaient de la terre le charbon indispensable pour faire tourner les machines à vapeur. La mécanisation en était encore à ses débuts, mais ce mouvement avançait à grands pas, foulant de sa puissante empreinte des pans entiers d'une société qui vivait auparavant dans l'artisanat ou à la campagne.

Je pouvais imaginer la vie des ouvriers ailleurs puisque j'avais sous les yeux le quotidien d'une masse que leur travail n'enrichirait jamais.

J'étais surtout révoltée par le sort des enfants et des jeunes. Je me souvenais des petits bergers qui partaient garder les troupeaux de moutons dans les coins reculés du Périgord. De ceux, dans les bourgs, qui ramassaient le bois et confectionnaient des fagots, des corvées d'eau qui leur étaient dévolues. Nous en apercevions parfois avec Héloïse, lorsque nous parcourions le pays à la recherche d'un point de vue qui l'inspirait. Ils n'avaient jamais d'argent, ne savaient ni lire ni écrire, mais le sourire qu'ils offraient à leurs visiteurs illuminait des visages sereins.

Je découvrais ici des petits esclaves, souffre-douleur de leurs responsables, aussi malheureux qu'eux. Ils n'avaient pas le temps de grandir et usaient leur souffle et leurs membres avant d'être adultes.

J'observais Louis, devenu une sorte de jeune frère pour moi. Il cherchait ma compagnie pour éviter de rentrer trop tôt chez lui. Il n'en pouvait plus de voir trimer sa mère, le soir, après ses douze heures de travail à l'usine, d'entendre gémir ses frères et sœurs parce qu'ils avaient faim et ne comprenaient pas pourquoi ils se sentaient si mal. Louis, comme les autres, payait au prix fort l'entrée dans la modernité. Dans quel état physique arriverait-il à l'armée, quand l'heure de la conscription aurait sonné ?

Je suis restée un an chez M. Meyze. Je fis des progrès, j'appris à travailler plus vite et de mieux en mieux. Je suis devenue une véritable décoratrice sur porcelaine. Cela me consolait à peine de n'avoir plus le temps de peindre de vrais tableaux. J'étais volontaire et préférais, le soir, ouvrir un livre offert par Héloïse pour le parcourir et recopier des pages d'écriture. J'ai toujours pensé qu'une femme instruite avait de meilleures chances dans la vie, même si cela ne me servait pas à grand-chose à cette période.

En 1824, M. Meyze demanda l'autorisation aux autorités de transférer sa manufacture dans le village de Solignac, à une dizaine de kilomètres au sud de Limoges. Je suppose pour des questions de droits d'octroi sur le bois à l'entrée de la ville. Je me suis retrouvée à la rue du jour au lendemain. Georges l'a suivi. La plupart des ouvriers et des ouvrières ont repris le travail dans la plus grande manufacture, chez Alluaud. Je n'avais pour ainsi dire aucun contact avec les femmes de l'atelier. Elles me considéraient comme une étrangère. Elles ignoraient mes origines pauvres, voyaient en moi une ambitieuse. Joachim disait que j'étais fière et hautaine. Louis ne pensait rien de cela. Il prenait les gens comme ils étaient et s'en contentait. Il ne jugeait pas.

Je suis restée quelque temps sans emploi. L'envie me venait de retourner chez mon père, dont je n'avais aucune nouvelle. J'ai tenu bon, je ne voulais pas abandonner Louis. Et puis, qu'aurais-je fait là-bas ? Héloïse n'y était pas, je ne me voyais pas reprendre la charge de ma mère dans la lingerie du château de Payzac, d'ailleurs elle avait dû y être remplacée depuis longtemps.

J'ai frappé à bien des portes. Je n'avais aucune lettre de recommandation de M. Meyze. C'était un individualiste qui ignorait ses confrères. Ces petits patrons de l'époque ne se fréquentaient pas, ne se parlaient pas. Entre les anciens ouvriers reconvertis en chefs d'entreprise et les manufacturiers enrichis dans un autre domaine, comme la magistrature ou le négoce, n'existait aucune relation.

Quand j'y repense aujourd'hui, il me semble que, s'ils avaient su partager leurs problèmes, leurs difficultés, peut-être en auraient-ils profité pour améliorer le sort de leurs ouvriers.

Je me suis enfin présentée chez Alluaud. M. Meyze m'avait permis de garder quelques pièces abîmées à la cuisson mais représentatives de mon travail. C'était un soir, au moment de la débauche. Joachim m'avait pris un rendez-vous avec le contremaître de l'atelier de décor. Je vis arriver mon camarade tout fringant, un sourire radieux accroché aux lèvres, les mains dans les poches de son pantalon de grosse toile, la casquette vissée sur le côté de son crâne. Il saluait d'un mouvement de la tête les ouvrières qui sortaient des ateliers, avec, sur le visage, un air condescendant. Il connaissait sa valeur professionnelle. Il était spécialisé, instruit, il se mêlait plus facilement aux peintres, aux poudreurs, aux brunisseurs qui formaient l'élite du métier.

Il me permit d'être embauchée. Je pénétrais dans un monde qui touchait plus à l'industrialisation, je sortais de l'artisanat.

La misère, au quotidien, était encore plus flagrante.

Jeanne soupira, trempa sa plume dans l'encrier posé près d'elle. Elle perdit son regard dans le bouquet de fleurs qu'elle avait composé le matin même, des roses cueillies dans le jardin. Quelques pétales s'en étaient détachés et gisaient autour du vase. Elle n'y toucha pas.

On frappa à la porte, une jeune fille au teint blanc, le rose aux joues, entra dans la pièce. Elle portait avec attention un plateau d'argent sur lequel s'alignaient une théière fumante, quelques gâteaux secs posés sur une coupe fine, une tasse sur une soucoupe, un sucrier et un pot à lait, l'ensemble en porcelaine si délicate qu'elle en était presque transparente. Un décor de fleurs bleues donnait à ces pièces toute leur richesse. Jeanne avait emporté ce service complet au moment de son départ. Il restait le lien entre l'ancien et le nouveau monde.

Elle sourit à la soubrette, bouscula ses feuilles noircies de son écriture penchée pour lui permettre de poser son plateau sur le bureau. L'odeur du thé et des scones lui emplit les narines. C'était un rituel très anglais auquel elle s'adonnait avec plaisir.

Cette ambiance feutrée, encouragée par les tapis et le tissu fleuri des fauteuils, s'opposait aux images qui trottaient dans sa tête.

*

* *

Des temps durs commencèrent pour la jeune fille. L'usine des Casseaux se trouvait à petite distance de la Vienne, près du pont Saint-Étienne. Ses fours à bois dressaient leur imposante silhouette au-dessus des bâtiments. Une fumée noire en sortait jour et nuit qui, sans vent, redescendait sur les quartiers alentour et brouillait la vue. Les horaires de Jeanne se durcirent. Elle devait travailler quatorze heures par jour si elle voulait avoir son dimanche. Elle rentrait si tard le soir qu'elle avait à peine le courage de manger un morceau de lard sur une tranche de pain avant de s'effondrer sur son lit.

Le temps de la soupe chaude du père, du linge lavé et séché, de la chambre propre était révolu. Sa solitude se mit à lui peser, ainsi que le silence paternel. Pourquoi n'écrivait-il pas ? Pourquoi ne répondait-il pas à ces petits mots simples qu'elle postait de temps en temps ? Elle fouilla sa malle de voyage dans laquelle elle caressa ses pauvres souvenirs d'un autre temps. Le jupon d'organza, la barrette de nacre, ses couleurs, ses dessins, l'album des *Fables* de La Fontaine, le livre d'André Chénier, dans lequel elle avait glissé les lettres d'Héloïse. La marquise lui avait peut-être écrit de nouveau, ou bien s'était-elle lassée de ne pas recevoir de réponse ? Où était-elle maintenant, dans quel pays lointain ? Vers quels rivages ? Peignait-elle encore ? Était-elle revenue au château de Payzac ? Toutes ces questions restaient en suspens.

Jeanne pleurait certains soirs devant un tel gâchis. L'idée germait dans sa tête de revenir sur les bords de l'Auvézère ou de partir à la recherche de sa chère marquise.

Elle maigrit, son teint se fana. Louis lui en fit la remarque.

— Tu es malade ? Pourtant, tu ne tousses pas !

— Je me languis de mon père, de ma mère, d'Héloïse.

— Ah ! fit simplement le garçon, qui avait entendu cent fois l'histoire du passé de son amie. Ça va rien changer, il vaudrait mieux que tu cherches un fiancé. Le Joachim, t'as pas remarqué comment il te regarde ! T'as pas grand-chose à dire pour qu'il te tombe dans les bras.

Jeanne se tourna vers Louis. Il était pâle, ses joues creuses trahissaient une sous-alimentation chronique. Des cernes noirs couronnaient un regard trop humide. Il avait grandi pourtant, mais sa maigreur s'accentuait.

— Qu'est-ce que j'ai, pourquoi tu me dévisages comme ça ?

— Je croyais que tu avais repris un travail plus intéressant, chez Alluaud. Qu'est-ce que tu y fais ?

— Ils m'ont mis aux presses à bras, je tourne toute la journée pour écraser les matières premières de la pâte. Ils ont trouvé que j'étais fort, que j'avais de bons résultats. Ma pâte est très liquide, très fluide, fine, comme une mariée, je te dis !

Il sautillait sur le trottoir, ricanait, enfonçait d'un geste vif sa casquette sur son front. Jeanne savait la vie difficile du garçon, elle en avait vu d'autres de son âge tourner le cylindre dans lequel roulaient des galets qui écrasaient la poudre blanche. Elle avait pu mesurer le poids de leur fatigue qu'une petite nuit de sommeil ne reposait pas. Elle soupira. Elle n'avait pas le pouvoir de lui changer sa vie.

Depuis qu'il l'avait aidée à retrouver du travail, Joachim devenait empressé. Il l'attendait chaque soir à la sortie de l'usine. Malgré la présence de Louis, il l'accompagnait un bon bout de chemin, lui frôlait l'épaule, projetait des promenades pour le dimanche suivant, proposait d'aller au bal. Elle restait polie, l'écoutait à peine, le remerciait du bout des lèvres et le quittait sans autre manière.

— Je ne te plais pas, je ne suis pas assez bien pour toi ! s'écria-t-il un soir alors qu'elle était seule, devant le refus d'un rendez-vous prochain. Pour qui tu te prends, avec ton chapeau à fleurs et ton air de grande dame ? C'est moi qui t'ai permis de travailler ici, tu serais à la rue, sinon, tu pourrais me remercier !

Une pluie fine commençait à tomber, l'ourlet de sa robe était déjà humide, ses chaussures percées laissaient entrer l'eau qui collait ses bas à sa peau. Elle avait froid aux pieds. Son chapeau de paille s'affaissait et les fleurs pendaient lamentablement. Elle le posa et se couvrit la tête de sa robe relevée. Un jupon encore blanc, cadeau de son père, sortit au grand jour, provoquant, chez Joachim, une fureur jusque-là contenue.

Il la saisit brutalement, la traîna dans une petite rue sombre qu'ils venaient de dépasser, posa sa bouche sur celle prête à hurler de Jeanne. Elle se débattit, il était fort. Ses larges mains soulevaient le jupon tandis que ses bras la maintenaient contre la façade humide d'une maison. Elle sentait les pierres du mur lui labourer le dos, ses pieds pataugeaient maintenant dans les chaussures perméables. Joachim fouillait dans les dessous, atteignait la culotte percée, caressait l'intimité de Jeanne pendant que son souffle puissant lui fouettait le visage. Elle réussit à hurler, à se débattre, il tenait bon mais il n'arrivait pas à ses fins. Au bout de sa patience, Joachim la coucha à même les pavés de la rue, s'effondra sur elle sans autre manière. Elle sentit son ventre se déchirer, une douleur aiguë la paralysa, elle cessa de se défendre. Il donnait des coups de boutoir sur le jeune corps maintenant à sa merci, prenait son plaisir, soufflant comme une bête de somme. Quand il eut terminé sa besogne, il se releva, remonta son pantalon, lui sourit d'aise.

— Tu me devais bien ça ! La prochaine fois, si tu te laisses faire, ça sera plus facile. Tu verras, un jour, tu prendras du plaisir !

Elle se retrouva seule, couchée sur les pavés luisants, froids et durs, s'empressa de remettre en place son jupon et sa jupe souillés et mouillés. Elle avait mal aux reins, à ses poignets endoloris. La brûlure qui lui labourait le bas-ventre ne s'éteignait pas, elle saignait à présent. Elle se releva, rajusta ses vêtements, posa son pauvre chapeau tout flétri sur ses cheveux en désordre, regagna sa chambre. Elle avait cessé de pleurer, mesurait son impuissance à se défendre, contrôlait une sourde révolte qu'il lui faudrait cacher longtemps et qui la laissait aussi anéantie que l'épreuve physique qu'elle venait de subir.

Elle alla chercher un baquet d'eau fraîche au puits de la cour, se dévêtit entièrement et, découvrant enfin ce corps que sa mère lui défendait de regarder, se lava avec minutie, passant dans les coins les plus secrets, caressant les seins fermes et le ventre rond, frottant les reins douloureux. Rien ne devait subsister de Joachim.

Elle ne se confia à personne, retourna à son travail. Une brûlure vive lui dévorait toujours le bas-ventre. Elle avait cependant cessé de saigner. Elle décida de terminer le mois et de rentrer en Périgord. Cela suffisait, ce monde ne lui convenait pas, elle avait encore le choix de préférer une autre sorte de misère.

Joachim la regardait maintenant comme le chasseur, sa proie. Ricanant avec ses collègues de travail, il passait près d'elle, lui frôlait l'épaule, la dépassait et allait l'attendre au coin de la rue. Elle changeait d'itinéraire chaque soir, rentrait chez elle en courant, se demandait pourquoi Louis avait disparu.

Son absence répétée conduisit Jeanne vers la masure du jeune garçon. Il était couché au fond de l'unique pièce, sur une paillasse crasseuse, respirant les miasmes des moisissures, du froid que le printemps n'avait pas encore chassés, de la saleté. L'endroit était sombre, éclairé seulement par une minuscule fenêtre qui donnait sur une ruelle abandonnée par le soleil. Trois enfants en bas âge jouaient sur le sol avec de vieilles bobines de fil et se les disputaient en criant. Jeanne tapa dans ses mains pour les apeurer comme elle le faisait avec les poules de sa mère. Ils se turent, rentrèrent leurs têtes dans leurs cous, allèrent se réfugier dans un coin abandonné de la pièce. Personne ne les surveillait.

Sans sa casquette, Louis paraissait encore plus maigre. Ses prunelles étaient si enfoncées dans leurs arcades qu'elles se distinguaient à peine. Un sourire forcé, cachant une réelle souffrance, détendit cependant ses lèvres fines. La fièvre l'obligeait à se découvrir, des gouttes de sueur perlaient sur son front. Il eut une quinte de toux, se redressa pour s'en soulager.

— Il faut voir un médecin, proposa Jeanne.

— Avec quoi tu veux qu'on le paye ? Quand on a réglé le loyer, il reste à peine pour nourrir ceux-là ! Il leva le bras et montra de son doigt tendu la fratrie qui ne pipait mot. Ça ira mieux demain, fit-il pour s'encourager lui-même.

Avec le temps, sa santé ne s'améliora pas. Jeanne ne pouvait pas l'abandonner. Son départ dépendrait maintenant de la guérison de son ami.

Pour l'instant, la priorité était de solliciter un médecin pour venir l'examiner. La paye de la jeune fille ne suffirait pas à régler une visite en plus du loyer et de la nourriture. Ils en étaient tous au même point. Le trésor absolu s'appelait bonne santé.

Elle demanda à sortir plus tôt un soir, prit le temps de changer de robe, de repeigner ses cheveux emmêlés. Elle cira ses chaussures percées pour leur donner meilleure allure, posa sur sa tête son chapeau, dont elle avait recousu les fleurs et tressé de nouveau la paille effilochée. Elle étendit sur ses épaules son châle encore frais, finalement sortit de dessous le plancher l'anneau d'or que son père lui avait laissé. Pour en tirer le meilleur prix, il valait mieux ressembler à une femme d'artisan ou de contremaître plutôt qu'à une misérable ouvrière.

Quand elle quitta sa chambre, sa logeuse l'attendait avec un paquet ficelé entre les mains.

— Cette fois-ci, ma belle, je crois que votre père vous a enfin écrit !

X

Le froid et le chaud

C'ÉTAIT ÉGALEMENT SA LOGEUSE qui lui avait recommandé de demander à rencontrer le Dr Legendre, à l'hôpital général.

— Depuis le consulat, l'endroit est redevenu propre, l'argent rentre pour le gérer, mais j'ai vu une telle misère pendant la Révolution que les pauvres avaient l'autorisation d'aller mendier dans les rues. Pensez donc, les religieuses avaient été chassées, la nation avait d'autres chats à fouetter ! Vous pouvez y aller en toute sécurité, maintenant.

Elle parcourut d'un pas décidé les couloirs à la recherche du praticien qui officiait ici.

Les malades étaient alignés dans des lits étroits aux montants de fer, le long de grandes salles claires. Dans le calme de la douleur, elle percevait des gémissements, des pleurs. Un cri parfois traversait les murs. Une odeur de sueur et d'excréments parcourait les couloirs, mêlée à des effluves d'eau de lavande que les religieuses revenues devaient vaporiser de temps en temps.

Elle attendit longtemps, assise le long d'un mur froid. La nuit tomba derrière les vitres d'une large fenêtre. Les lueurs des lampadaires, dans la rue, tremblaient sous le souffle du vent. L'ombre s'étalait autour d'elle, comme les bras d'un géant se fondant sur les murs et le plafond. On alluma les lampes à pétrole suspendues dans les coins. Des allers-retours de malades et d'infirmières obligeaient les patients en attente d'une consultation à rester éveillés. Pourtant, un vieil homme, arrivé depuis peu de temps, dormait profondément et lançait des sifflements venus de sa gorge qui détendaient l'atmosphère. Jeanne sentait parfois le sommeil la gagner. Elle bénissait cependant ce repos forcé qui lui permettait de reprendre des forces.

Les derniers soubresauts d'une douleur encore réveillée la conduisirent à se livrer au Dr Legendre. Il lui rappela le marquis de Payzac, qu'Héloïse lui avait présenté. Le même regard perçant, plein d'assurance et de certitude, la chevelure peignée en arrière, les larges favoris qui lui mangeaient la moitié des joues. Le sourire était différent. Ici, c'était un plissement des lèvres qui marquait la patience et l'attention à écouter les maux de l'humanité.

Elle lui parla à mots voilés du viol qu'elle avait subi, elle lui offrit son intimité pour qu'il calme ses inquiétudes, ferma les yeux pendant la consultation. Elle entendait la respiration régulière du médecin, sentait ses mains froides et douces lui caresser la peau.

— Eh bien, ma fille, déclara-t-il pour conclure, il vous a déchiré le vagin. Vous êtes encore enflée, mais la cicatrisation est bien avancée. L'inflammation est réduite. Vous allez vite guérir. Cela fait trois semaines, je ne peux pas pronostiquer ou non une grossesse. Attendons pour voir. Vous pouvez aller vous plaindre à la police, si vous le souhaitez. Voulez-vous que je vous donne un certificat médical qui atteste de ce viol ?

À quoi bon rouvrir de si vives blessures ? Elle avait peut-être cherché à plaire à Joachim. Trop de sourires, trop de familiarité, trop de rendez-vous le dimanche après-midi.

— N'allez pas vous mettre dans la tête qu'il avait des circonstances atténuantes ! s'écria le docteur devant la mine désolée de Jeanne. Si vous ne voulez pas d'histoires, évitez ce garçon autant que vous pourrez, il recommencera à la première occasion. Votre visage, votre teint sont de bien beaux cadeaux venus de vos parents. Dans le milieu dans lequel vous évoluez, ces richesses-là ne peuvent être que dérobées. Je suis désolé pour vous, il vous sera plus difficile de trouver un bon mari ! Un matin cependant, vous vous réveillerez et vous aurez oublié. Croyez-moi.

Il fut ensuite question de Louis. Elle décrivit l'état du garçon, parla de ses inquiétudes.

— Je dois aller le voir ! Si je considère son état sérieux, je le ferai hospitaliser. Soyez tranquille, je vais m'occuper de lui ! Pour l'instant, je ne vous fais payer que cette visite. Nous verrons plus tard quand j'aurai examiné votre ami !

Elle avala, ce soir-là, un reste de bouillon de légumes que sa logeuse lui avait vendu en début de semaine. Elle s'assit dans son lit, remonta l'oreiller dans son dos, contre le mur, décacheta l'enveloppe qui venait d'arriver avec autant de précautions que si elle avait ouvert le tabernacle contenant le Saint Graal.

Plusieurs lettres d'Héloïse étaient jointes à celle de son père.

Mon petit, écrivait-il, *j'ai racheté des poules et rentré du bois. Le jardin est prêt à être ensemencé, j'attends les graines que j'ai commandées. Prends garde à toi. Ton père qui t'aime.*

La marquise est revenue l'été dernier, elle t'a laissé des lettres. Elle était bien triste de ne pas t'avoir revue.

Elle ouvrit avec empressement chacun des courriers. Cela faisait cinq ans qu'elles s'étaient quittées, Héloïse et Jeanne. Cinq longues années au cours desquelles tant d'événements avaient ponctué sa vie.

Elle tremblait et pleurait. Elle se croyait forte, elle redevenait une petite fille abandonnée par deux femmes et un homme.

Elle se précipita sur les mots et les phrases d'Héloïse avec la gourmandise d'une affamée. Le papier sentait l'essence de pin, la peinture en poudre, les fleurs des champs. Il avait l'odeur de la marquise. Elle le frotta contre son visage, le renifla, le respira. Elle l'aurait mangé si elle avait pu.

Des mots tendres étaient plantés sur le papier blanc filigrané. Des « mon enfant », « ma belle », des « tu me manques », « grandis-tu avec sagesse ? », « quand nous reverrons-nous ? », « travailles-tu ton écriture, ta lecture ? », « as-tu dessiné les paysages autour de ta maison comme tu me l'avais promis ? », « as-tu appris d'autres fables de M. de La Fontaine ? », « je suis revenue pour te voir », « où es-tu, ma belle ? », « ton père refuse de me parler »,

« je sais que tu n'es pas loin ! ». Des lettres se terminant par des « je t'en prie, donne de tes nouvelles, écris-moi, as-tu besoin d'aide ? ».

Tout se mélangeait dans sa tête. Rien n'avait plus d'ordre. Héloïse l'appelait, comment avait-elle pu ne pas l'entendre ? Elle murmura une prière, s'endormit contre l'écriture appliquée de la marquise de Payzac, ce papier sur lequel elle avait posé sa main. Jeanne sentit un flot d'espérance lui brouiller les sens.

Avant de partir travailler, le lendemain matin, elle demanda à sa logeuse de lui prêter un couteau de cuisine. Elle le coinça dans son jupon. Elle le saisirait ce soir si Joachim approchait trop près d'elle.

*

*   *

Clarence House, juillet 1860

La vie est curieuse, écrivit Jeanne après avoir laissé fondre sur sa langue le délicieux gâteau parfumé au gingembre. *J'étais descendue au plus bas. Je venais de vivre la pire des déchéances, j'étais une femme perdue. Au milieu de ce tumulte, Héloïse m'envoyait un signe.*

Mon destin allait être bouleversé. Pas dans le sens que j'attendais cependant. Louis avait été hospitalisé et traînait un coup de froid qui lui détruisait les poumons. Il donnait l'impression de respirer dans de l'eau et non dans l'air. On lui posait des ventouses tous les jours.

— Ça active la circulation sanguine, expliquait le docteur, qui croyait à cette sorte de médication.

Mais les plissements de son front et ses soupirs ne me laissaient pas beaucoup d'espoir quant à sa guérison.

La fièvre ne passait pas, il se noyait de l'intérieur. J'ai beaucoup prié à cette période. Pour Louis, pour moi. Dérisoires suppliques qui demandaient des miracles. Les dés pourtant devaient être jetés depuis longtemps. Le hasard des rencontres construit une vie, la bouleverse parfois de telle manière que l'on ne s'en remet jamais.

Je me souviens comme si c'était hier de ce matin frais d'avril. Nous étions en 1826, je venais d'avoir vingt ans. J'ai pleuré le soir de mon anniversaire, sur ma solitude et le sort qui semblait s'acharner contre moi. En essuyant mes larmes, je me suis juré de m'en sortir coûte que coûte. Ce jour-là, j'ai presque souhaité voir mourir Louis plus vite pour pouvoir repartir chez mon père, et retrouver Héloïse. J'étais prête. J'avais remis dans mon carton tous mes trésors éparpillés à mon arrivée dans ma chambre pour me sentir chez moi. J'avais rendu à ma logeuse le couteau qu'elle m'avait prêté et en avais acheté un qui ne me quittait pas. Joachim, cependant, avait pris ses distances, il me laissait tranquille. Peut-être était-ce sa manière à lui de me remercier d'avoir fait hospitaliser Louis et de payer ses médicaments.

J'étais passée voir mon jeune ami sur son lit d'hôpital. Sa faiblesse, le chant humide de sa respiration, la sueur qui perlait sur son front, sa maigreur, son regard suppliant, je prenais sur moi pour ne pas m'effondrer de chagrin devant lui.

— Ma Jeannette, me soupira-t-il, je m'en vais. C'est pas la peine de prier ton Bon Dieu, car je ne crois pas qu'il va t'entendre. D'ailleurs, c'est mieux comme ça !

Ses yeux se mouillèrent, sa main frôla la mienne.

— Je reviens te voir ce soir. Il faut te battre, tu es jeune, tu vas t'en sortir !

Je ne l'ai pas quitté, je me suis enfuie.

Dans l'atelier de décoration, M. Joseph m'avait confié l'application des premières lithographies au décor. Après mes résultats satisfaisants, il développa le procédé dans tout l'atelier.

J'étais placée seule dans un coin devant la fenêtre. J'avais un don pour la peinture, disait-il. Il me confiait des pièces relativement importantes, des vases, des surtouts, des plats ronds ou ovales. J'avais besoin d'une grande concentration pour aligner les filets d'or ou les guirlandes de bleuets.

Le bavardage de mes collègues, alignées le long d'une grande tablée, m'aurait gêné. Cet isolement, évidemment, n'arrangeait pas les relations entre elles et moi.

J'étais prise par mon travail, focalisée sur des pétales de roses que je trouvais trop fades. J'avais décidé de mélanger de nouveau ma poudre de vermillon dans de l'essence de pin, mais de la concentrer plus.

Un doigt passa soudain sur le vase posé près de moi, le caressa, s'y attarda. Un doigt long et fin attaché à une main magnifique. Une deuxième main tout aussi belle se saisit de l'objet. Il n'était pas cuit, je l'avais terminé la veille. La peinture restait fragile. Je me suis insurgée contre ce geste parfaitement inconscient.

— N'y touchez pas, il n'est pas passé au four, vous allez lui faire attraper la poussière, je serai obligée de tout recommencer !

Je me suis tournée vers l'intrus. J'ai croisé le regard d'un homme jeune, inconnu, qui me souriait. Il a reposé précautionneusement l'objet sur la table.

— Pardonnez-moi, mademoiselle, je ne pensais pas vous importuner.

Il me parut grand, j'étais assise. Il portait un costume de velours sombre, une chemise blanche fermée au col par un nœud de satin beige. Le marquis de Payzac possédait de semblables vêtements. Son visage, rasé de près, présentait des traits fins, presque enfantins. Il m'envoya un sourire franc, reflet d'une force tranquille.

Il s'attarda près de moi, j'entendais le timbre de sa voix, douce mais ferme. Curieux de tout, il posait mille questions sur la profession de décoratrice. Le contremaître lui répondait d'une manière obséquieuse. Lui qui d'habitude donnait des ordres sans trembler. Je détestais cette présence à mes côtés, cela me troublait et m'obligeait à travailler comme si c'était mon premier jour. Je sentais parfois des effluves d'un parfum délicat, mélange de musc et de tabac, emplir mes narines. Il frôla à plusieurs reprises ma main, cherchant sans doute à percer le secret de mon talent. Il se saisit soudain d'un livre posé sur la table, que M. Meyze m'avait offert à mon départ, sur la technique de la peinture sur porcelaine. Il le feuilleta, laissant passer de longues minutes. Un grand silence traversait l'atelier, on aurait pu entendre voler un papillon. J'étais impatiente de voir ce visiteur disparaître. Je perdais du temps et ma concentration.

— Il est à vous ce document, mademoiselle ? me demanda-t-il. Vous savez donc lire !

Je me suis tournée vers lui, je pense qu'il a su parfaitement traduire sur mon visage mon étonnement à l'entendre poser cette question et mon impatience à le voir disparaître. Il a plongé son regard sombre dans mes prunelles bleues, nous nous sommes compris en quelques secondes.

— Votre talent, mademoiselle..., bredouilla-t-il. Je vous félicite.

Il est enfin parti !

Je te laisse imaginer, mon cher garçon, l'agitation qui ne m'a pas quittée de la journée. J'étais en colère du temps que je venais de perdre, et à peine troublée par cette lumineuse apparition.

Les femmes de l'atelier, à qui rien n'avait échappé, me lançaient des regards de curiosité et de mépris. Un manège qui dura toute la journée. Pour la pause de midi, la plus vaillante avança vers moi et me lâcha, méprisante :

— Celui-là sera-t-il assez bien pour toi ?

Ce jeune homme s'appelait Pierre Peyrat, c'était le fils d'un des plus importants notables de Limoges, propriétaire de manufactures et de carrières de kaolin. C'était ton père, mon cher enfant !

XI

Le destin s'en mêle

JEANNE NE VIT PAS LE PRINTEMPS, cette année 1826. Une semaine après cette apparition curieuse d'un jeune homme de la bonne bourgeoisie de la ville, elle l'avait déjà oublié.

Louis s'éteignait. Son agonie dura trois jours. Le Dr Legendre n'avait laissé aucun espoir à la jeune fille. Elle était descendue sur les bords de la Vienne annoncer la nouvelle à la mère du garçon. Elle l'avait trouvée à côté du port du Naveix, tapant sur sa planche à laver un trousseau qu'elle s'efforçait de rendre propre. Elles étaient une dizaine de femmes qui plongeaient leurs mains dans l'eau froide de la rivière, tordaient et tournaient des draps et du linge de corps. Derrière elles, de grandes lessiveuses, installées sur des trépieds, pleines comme des ventres repus, laissaient chanter leurs couvercles soulevés par le bouillonnement de l'eau de lavage. Un enfant à moitié nu, la morve au nez, les pieds rougis par le froid du matin, surveillait les feux et les alimentait de morceaux de bois pris dans un fagot. Sur la prairie, alentour, s'étalaient comme à une exposition leurs linges propres qui commençaient à sécher avant l'arrivée du soleil. Cette tradition de la campagne rapportée à la ville rappela à la jeune fille les lessives annuelles étalées autour du château de Payzac, en été.

Mise au courant du sort de son fils, la mère de Louis haussa les épaules en continuant son travail.

— Ils vont tous me les prendre, ces satanés porcelainiers, soupira-t-elle. Après le père, le fils s'en va aussi.

— Vous devriez aller le voir, cela lui ferait plaisir ! proposa Jeanne.

— J'ai pas trop le temps. Et puis, je peux rien lui promettre ! Je dois penser à l'avenir. Voilà une paye de moins. Comment je vais nourrir les autres ? Payer le loyer ? Même si je mets les petits au travail, ça fera pas assez !

Elle donna de grands coups de battoir à des chemises de coton fin, pathétique vengeance sur une dentelle portée par le corps délicat d'une femme née dans l'autre monde. Elle soupira, se calma. Elle n'avait plus rien à dire. Jeanne fit demi-tour et regagna l'hôpital. Elle y passait ses soirées et y retournait au petit matin avant d'embaucher.

Elle tenait la main de Louis lorsqu'il expira. Elle lui baisa le front, lui caressa les cheveux et sortit de la chambre. Le jour se levait, les lampadaires, dans la grande salle et les couloirs, avaient été éteints. Une lumière dorée, rasante, traversait l'espace comme un appel vers la vie.

Elle pensa à Héloïse. Qu'aurait-elle fait devant une telle épreuve ? Elle aurait prié, elle avait la foi.

Jeanne allait maintenant pouvoir partir. Elle avait honte de ce dessein. Mais c'était une évidence, plus rien ne la retenait dans cette ville. Elle écrivit à la marquise. Une lettre pleine d'amertume et d'espoir aussi. Elle lui criait ses regrets d'avoir abandonné cette enfance bénie, son ingratitude envers sa seule amie. Elle revenait. Ce projet tenait tant de place dans sa tête qu'elle en aurait presque oublié le sort tragique de Louis. Pour se donner bonne conscience, elle décida d'aller le dimanche suivant à la messe dans la cathédrale Saint-Étienne. Elle y rencontrerait forcément tous les bourgeois de la ville, mais elle sentait que, là-bas, le Bon Dieu l'écouterait avec plus d'attention.

*

* *

Louis aimait quand les cheveux de Jeanne, libres et souples, lui tombaient sur les épaules. En souvenir de lui, elle les peigna longuement, les retint avec la barrette de nacre offerte par Héloïse, puis posa sur sa tête son cher chapeau de paille sur lequel elle avait ajouté une fleur de soie fraîche, achetée avec les derniers sous qu'il lui restait de l'anneau d'or vendu.

Elle enfila des vêtements propres, souleva le col blanc de sa chemise qui mettait en valeur la peau fine de son cou. Elle se serait trouvée plutôt bien si un coup d'œil sur ses chaussures ne l'avait pas découragée. Les semelles bâillaient comme des bouches béantes. Elle serait obligée de marcher en relevant les pieds pour ne pas tomber. Elle avait oublié de les recoudre. Le froid aux pieds ne la quittait pas, elle s'y était habituée. Le printemps arrivait, elle pourrait enfin changer ses bas de laine toujours humides contre d'autres plus légers.

Pour ce matin, elle tira sur sa jupe jusqu'à ce que ses chaussures disparaissent derrière le volant qui touchait presque terre.

Comme elle s'en doutait, la cathédrale Saint-Étienne attirait tout ce que Limoges comptait de marchands, de magistrats, des patrons porcelainiers. Les calèches avançaient sur le parvis, les unes derrière les autres, et déversaient des familles entières qui pénétraient dans l'édifice, mangées par la fraîcheur et l'ombre protectrice de l'église.

Jeanne les observa un moment, décidée à rentrer seulement quand le ballet des toilettes aurait cessé. C'était un spectacle incroyable, toutes ces robes chatoyantes, ces couleurs radieuses, ces chapeaux hauts de forme, ces ombrelles qui ne protégeaient de rien. Les fouets qui claquaient sur l'échine des chevaux, les talons qui résonnaient sur les pavés de granit, les éclats de voix, le tumulte d'une agitation inaccoutumée, Jeanne en avait la tête qui tournait.

— Bonjour, mademoiselle, comment allez-vous ?

Elle sursauta, fit un mouvement d'épaule, dirigea son regard vers cette voix qu'elle avait déjà entendue.

Pierre Peyrat se tenait près d'elle, droit comme un *i*, tournant entre ses jolies mains son chapeau de feutre gris perle agrémenté d'un gros-grain noir.

Elle lui sourit, le salua poliment.

— Vous m'avez reconnue ? Je n'étais pas de très bonne humeur, ce matin-là ! Nous n'avons pas le temps de regarder tourbillonner les mouches, vous savez !

— Votre travail m'a beaucoup intéressé. Peut-être pourrons-nous en reparler plus tranquillement.

Les cloches se mirent à sonner à toute volée, appelant les paroissiens à rentrer dans la cathédrale avant que les portes ne se ferment.

— Je vous souhaite une bonne journée, monsieur ! s'écria Jeanne en franchissant les marches de pierres grises de l'édifice.

Il la regarda avancer avec sa démarche ondulée. Il remarqua la taille fine, la chevelure noire qui coulait comme une source fraîche sur les épaules. Il la trouva grande et élancée. Quelqu'un le bouscula, il se cambra et se laissa diriger par les derniers paroissiens.

C'était la première fois que Jeanne pénétrait dans la cathédrale Saint-Étienne et, bien sûr, assistait à une messe.

Elle fut éblouie par la hauteur de la nef et, en peintre accomplie, émue par les admirables vitraux, leurs dimensions, leur nombre. Les rayons du soleil levant venaient se fracasser sur les couleurs qu'ils exaltaient. Elle ne douta pas un instant que Dieu, ici, entendait mieux les prières.

Elle était là pour Louis, pour lui dédier une bougie qu'elle achèterait à la fin de l'office, petite flamme de vie pour que ne s'oublie pas la mort d'un enfant. Sous ces voûtes magnifiques, elle se sentait plus précieuse, plus proche du Tout-Puissant. Avec les chants et la liturgie, elle avait l'impression d'accompagner son jeune ami vers un paradis saturé de lumière céleste.

Au détour de son regard qui balayait le lieu, elle aperçut la nuque caressée par des boucles sombres du jeune homme qui l'avait accostée. Elle en fut troublée et ne la quitta plus des yeux.

Jeanne était comme le chat qui, tombant d'un toit, se retrouve sur ses pattes. Elle avait chu dans l'enfer d'une société sans pitié parce qu'oubliée dans la grande tombola du bonheur. Elle y connaissait la misère. La violence, elle l'avait subie jusque dans sa chair ; l'injustice, elle l'avait ressentie dans la mort d'un ami. Elle était encore debout, fière, avec la certitude qu'elle pouvait accomplir de belles choses. Sa force intérieure ne l'abandonnait pas.

Ce jeune homme assis près d'un pilier, qui priait et s'agenouillait, elle avait envie soudain de pénétrer dans son univers, de connaître ses habitudes, ses richesses intérieures, ses limites. Héloïse, marquise de Payzac, l'avait introduite dans sa sphère privée, lui avait offert une relation presque intime. Elle se persuada qu'il lui serait aussi aisé de conquérir le monde de ce jeune homme dont la vue lui faisait battre le cœur. Jeanne était forte, mais elle possédait encore la naïveté de l'inexpérience.

Elle l'attendit, debout sur le parvis de la cathédrale, après avoir allumé un cierge et bâclé une prière. Le flot des paroissiens se déversait sans discontinuer, tous surpris par une lumière franche qui obligeait à cligner des yeux.

Les cloches sonnaient à toute volée, le satin des toilettes scintillait, les grands châles glissaient sur les épaules, les chapeaux se cognaient les uns aux autres. Des enfants soudain libres jouaient à cache-cache dans les jupons de leur mère.

Jeanne observait ce bruissement d'une classe sociale dont elle ne connaissait pas les codes. Elle attendait, il n'émergeait pas de ce courant régulier. Il était peut-être sorti par une porte latérale, ou bien avait-il rencontré une personne avec laquelle il discutait ? Une femme, peut-être.

Elle se redressa, tira sa jupe vers le bas pour s'assurer que ses chaussures n'étaient pas visibles, rajusta son chapeau.

— Vous voilà bien songeuse !

Il se tenait près d'elle, elle ne l'avait pas vu passer. Elle sursauta, tourna la tête, lui offrit un sourire qui le surprit.

— J'avais prévu d'allumer un cierge pour quelqu'un, j'attendais que tout le monde soit sorti, mentit-elle.

— Je vous accompagne, nous allons avancer à contre-courant.

Il lui saisit le bras et la poussa vers la porte encore encombrée de gens moins pressés de quitter l'endroit.

Cela lui coûta une pièce de monnaie qu'elle aurait bien gardée. Mais Dieu veillait et berner avait un prix.

Elle posa sa bougie près de la précédente et, savourant l'attente du jeune homme, pria de nouveau pour Louis, pour sa mère qui lui manquait, pour les vivants qu'elle n'oubliait pas.

Ils marchèrent longtemps côte à côte, jusqu'à atteindre les bords de la Vienne. Il lui offrit une limonade, lui demanda de lui parler de son métier.

Elle raconta l'enfance près d'une marquise, l'apprentissage de la peinture, la découverte de l'écriture. Elle était honnête et avoua le départ d'Héloïse, la mort de sa mère, son besoin de liberté loin de sa chaumière natale.

Il aimait l'exotisme et trouva ce destin excitant.

Ils avaient vingt ans tous les deux, des désirs plein la tête, un tempérament semblable. Ils se moquaient des conventions.

Un souffle de vent la décoiffa, elle posa son chapeau, découvrant une chevelure de jais retenue par une barrette de nacre. Il caressa les mèches rebelles, eut envie de la prendre dans ses bras. Elle se recula, prit ses distances.

— Monsieur, êtes-vous un enfant gâté à qui rien n'est refusé ? Croyez-vous correct de vouloir embrasser une jeune fille inconnue en pleine rue ?

Il était bien élevé et s'excusa.

Jeanne songea que tout allait trop vite.

— Je vous remercie pour ces instants, je dois vous quitter.

— Vous reverrai-je dimanche prochain à la sortie de la messe ?

— Je ne pense pas. Un jour peut-être, si le hasard nous réunit de nouveau.

Elle le planta là, désolée cependant de lui offrir un départ précipité sous une démarche chaotique. Elle avait mal aux pieds.

Quand elle entra dans sa chambre, elle trouva soudain son univers étriqué. Elle fit des yeux le tour de la pièce, tomba sur la caisse de bois qui attendait un prochain départ. Elle aperçut ses trésors qui débordaient comme s'ils n'avaient pas assez d'espace ; le tableau d'Héloïse, le livre des *Fables* de La Fontaine, le jupon d'organza. Elle s'en saisit, le caressa, pensa que ce serait bien de le mettre un jour. Elle recousit consciencieusement ses semelles. Le fil cassait souvent, il ne tiendrait pas. Elle fouilla dans ses poches, dans son vieux sac de velours noir, il ne lui restait pas assez pour acheter une nouvelle paire de chaussures. Elle ne se nourrirait que de pain sec et de bouillon de légumes, elle devait pouvoir s'offrir celle qu'elle avait aperçue dans une vitrine de la rue du Clocher. Elle ne partait pas encore.

Quelques jours plus tard lui revint la lettre qu'elle avait envoyée à Héloïse. La gouvernante du château de Payzac lui indiquait que Mme la marquise n'était pas actuellement en Périgord. Elle se trouvait à Paris dans l'attente d'une nouvelle affectation de M. le marquis qui venait de quitter son poste de consul du roi à Cadix. Le retour de ce courrier à son expéditeur montrait la volonté de ne pas encourager Jeanne à reprendre contact avec Héloïse. C'était peine perdue, elle possédait sur d'anciennes missives l'adresse parisienne de sa chère marquise.

XII

La mémoire du cœur

Clarence House, juillet 1860

TU DOIS TE DOUTER, mon garçon, que je revis Pierre Peyrat. Plus vite que je l'aurais imaginé. Dans la semaine qui suivit, le contremaître me fit appeler dans son bureau. Pierre était là, un sourire accroché aux lèvres. Je me souviens, il portait le même costume sombre que lors de sa première visite, sa cravate était en soie pourpre. Je dus m'asseoir. Il m'expliqua que son père et son grand-père avant lui, propriétaires de carrières de kaolin, fournissaient des pâtes à porcelaine à des fabriques parisiennes. Pierre avait poursuivi ses études pendant que ses frères, plus âgés, géraient la manufacture Locré, rue de La Fontaine-au-Roi, à Paris. Leur père venait de vendre cette usine, tandis que son commerce de pâtes continuait. Sa famille s'était toujours intéressée plus à l'extraction et aux matières premières qu'à la finition des pièces de porcelaine. Pierre aurait aimé créer à Paris un atelier de décors. C'était la raison pour laquelle mon travail le passionnait. M. Alluaud, mon patron, un ami de son père, lui avait donné l'autorisation de visiter son usine, il était tombé sur moi.

Bien entendu, je fus très déçue par cette explication qui me mettait face à un homme dont l'attention ne semblait retenue que par ma formation.

— Vous êtes une personne éduquée, qui concentre une grande curiosité et un talent reconnu. Seriez-vous prête à me suivre à Paris ?

Je regardais M. Joseph, le contremaître, d'un air interrogateur, je n'arrivais pas à comprendre qu'il accepte de me laisser partir. Je croyais qu'il tenait à moi.

— Vous m'avez bien dit, petite, qu'après la mort du Louis plus rien ne vous retenait ici ! J'ai pensé que cette proposition pouvait vous intéresser !

Après tout ce que j'avais vécu, l'agression de Joachim, la disparition de Louis, j'étais réellement désorientée, je m'étais confiée à lui.

Mon regard allait de l'un à l'autre, je sentais le rouge me monter aux joues. Plus tard, Pierre m'avoua que le désarroi qui se lisait sur mon visage l'avait profondément ému. J'ai demandé à réfléchir. Je venais d'envoyer un courrier à Héloïse.

Mon idée première était de retourner chez mon père. Cependant, ma tendre amie ne se trouvait pas en Périgord. La proposition de Pierre me paraissait précipitée et peu digne de confiance. Je ne savais rien de lui, comment accepter de le suivre dans une ville inconnue ?

Je l'ai regardé longuement, insistant sur chaque détail de son visage. Comme s'il était vital pour moi que je puisse me souvenir de la couleur exacte de ses yeux, de la courbure de ses lèvres, de la ligne de son nez, de ses boucles folles. J'ai sondé son regard, exploré l'éclat qui s'en dégageait, essayant de mettre à nu son âme. J'étais prête alors à le portraiturer avec l'aide seule de ma mémoire. Je me souviens de son grain de beauté sur sa tempe gauche, de sa barbe sombre, qu'il avait dû oublier de raser ce matin-là, de ses favoris qu'il coupait assez haut, dégageant ainsi son visage. Je me souviens et je te vois, mon cher garçon, aussi précisément que si tu étais près de moi.

Jeanne cessa d'écrire, releva la tête un instant puis replongea sur sa feuille à moitié noircie, se relut, se saisit dans un geste impulsif du portrait de son fils placé devant elle sur son bureau.

— Pierre, murmura-t-elle en posant son doigt sur le visage figé. Je ne pensais pas que ce serait aussi douloureux de t'extraire de ma mémoire.

Elle reprit sa plume, la trempa de nouveau dans l'encrier et laissa courir ses souvenirs.

Je ne sais pas combien de temps je suis restée là, sans bouger, les yeux inscrits dans ceux de ce jeune homme presque inconnu, comme si je voulais le clouer au pilori. Toujours est-il que, sans M. Joseph, qui se mit à racler sa gorge, peut-être y serions-nous encore.

Dans un geste machinal, j'ai rajusté mon chignon et, lui lançant un dernier coup d'œil, je suis sortie. Je venais de perdre un temps précieux sur mon travail.

Depuis la mort de Louis, Joachim ne me suivait plus le soir sur le chemin du retour. D'ailleurs, je ne le voyais plus. Débauchait-il plus tôt ou plus tard, passait-il par une autre porte ? Quoi qu'il en soit, je gardais mon couteau neuf dans la ceinture de mon jupon. S'il approchait de moi, j'avais deux mots à lui dire. Louis me manquait, mais aussi mon père, ma mère, Héloïse. Les douleurs physiques de mon agression s'estompaient petit à petit. La vraie blessure était intérieure, je me réveillais chaque matin avec cette honte comme si j'avais sur le corps la marque d'un galérien. Le Dr Legendre avait raison. Comment pourrais-je un jour expliquer à un homme cette vérité sans qu'il en doute ? Pourrais-je d'ailleurs aimer avec cette douleur qui, par moments, me déchirait les entrailles ? Une bonne nouvelle dans cette descente aux enfers, je n'étais pas enceinte. C'était une victoire pour moi.

J'avais fortement impressionné Pierre, il me l'avoua plus tard. Il m'attendait à la sortie de mon travail, un peu à l'écart du monde ouvrier qui filait vers la rue comme une coulée d'eau va vers la rivière.

Il s'était posté dans l'ombre d'une porte cochère et me happa au passage.

Commença alors un temps plus doux. Il m'emmenait dans son tilbury à travers la campagne, m'offrait une collation dans un restaurant discret loin des rumeurs de la ville, m'expliquait ses projets et m'attachait à lui de jour en jour.

Malgré son jeune âge, il possédait un côté protecteur qui m'attirait. Depuis le départ de mon père, j'évoluais si seule que toute mon énergie et ma confiance en moi ne suffisaient pas. J'étais comme un oiseau tombé trop tôt du nid, je m'étais cassé les ailes et du temps serait nécessaire pour guérir de cette sorte de blessure. Pierre devenait l'attelle qui soutenait mon âme meurtrie. Il était gai, insouciant, généreux. Il aimait m'écouter parler de mes connaissances en peinture, nous échangions des commentaires sur des livres que j'avais lus et qu'il s'empressa d'acheter. Il s'étonna de mon point de vue sur le sort des ouvriers porcelainiers, des enfants en particulier. Sur ce sujet, j'étais intarissable et lui fichais dans le cœur des flèches empoisonnées par une atroce réalité. Qu'y pouvait-il ?

— Il faudra du temps, disait-il. Un jour, des machines les remplaceront.

— Que feront-ils alors ?

— Ils appuieront sur des boutons ! Nous sommes dans l'ère de la mécanisation. L'acier est devenu une matière première indispensable. À l'avenir, on en utilisera de plus en plus. C'est l'heure des grands travaux. Les routes se multiplient, les voies navigables aussi. Vous verrez, un jour nous aurons une ligne de chemin de fer qui reliera Limoges à Paris, et bien d'autres villes entre elles. Les campagnes se dépeuplent, les villes s'étendent. Rien ne peut arrêter le progrès.

— Que fait-on des enfants dans ce monde sans pitié ?

— Il y a là un vrai problème ! En Angleterre, de nouvelles lois viennent d'être adoptées pour les protéger. C'est un fait, en France, personne n'en parle ! Mais j'en reviens à mon idée d'une machine un jour si complexe à actionner que les patrons seront obligés d'employer des gens instruits et, bon an mal an, les enfants devront prendre le temps de grandir et d'aller à l'école. L'expansion a un prix, dans nos manufactures de porcelaine, nous n'avons pas le choix.

— Crois-tu que ton père ou M. Alluaud seraient moins riches si leurs ouvriers travaillaient moins

d'heures chaque jour, s'ils envoyaient les enfants à l'école ?

— Leur salaire est nécessaire à leur famille !

— Leur aumône, plutôt. Ne pas leur donner plus reste bien pratique pour ne pas augmenter leurs parents. Un jour, ils se révolteront.

Pierre évoluait dans un monde étranger à toute lutte sociale. Il n'était pas méchant mais ne souhaitait pas regarder la réalité en face de peur qu'elle l'empêche de vivre à sa manière. Il me rappelait les bons chrétiens qui, la semaine, ne pratiquaient pas la charité et allaient à la messe le dimanche pour se faire pardonner. Cela pouvait durer une vie entière.

Mais c'était un gentil garçon, fiable, plein d'attention.

Nous ne pouvions nous voir que le dimanche après-midi et quelques minutes chaque jour. J'étais trop fatiguée le soir pour prolonger le temps avec lui. Je voulais aussi garder mes secrets. Je lui donnais rendez-vous loin de ma minuscule et peu confortable chambre. Il ne savait pas où je logeais, mais il me voyait me refermer lorsque les journées étaient trop chargées.

Nous construisions un temple, pierre après pierre, sans nous en rendre compte.

Nous étions réservés comme le peuvent être deux jeunes gens de vingt ans pleins d'espérance. Mais je sentais bien qu'il voulait aller plus loin. Il ne se contentait plus de poser sa bouche sur ma main ou un baiser sage au coin de mes lèvres. Afin de m'apprivoiser encore, il m'offrit un chapeau de paille claire orné de nombreuses fleurs en soie, retenu par un ruban bleu, et une robe simple, agrémentée d'un volant, adoucie sur le col par une dentelle chantilly. Je portais cet ensemble le dimanche. J'avais pu m'acheter une paire de chaussures à l'apparence délicate mais en carton-pâte. Je n'avais pas les moyens de m'offrir du cuir. Sous ma robe, elles étaient bien cachées et Pierre ne se souciait pas de ce genre de détails.

Jeanne reposa sa plume dans l'encrier. Elle n'avait pas bu tout son thé, il était froid maintenant. Elle sonna, la petite soubrette apparut dans la pièce, se saisit du plateau abandonné sur le bureau. Tout bruit était ici feutré. On ne marchait pas dans cette maison, on survolait le sol. Pas un pas ne venait troubler la quiétude, pas une porte fermée trop brutalement, pas un cri ni un appel. Depuis qu'elle avait commencé à écrire, Jeanne n'entendait que le crissement de la plume sur le papier. Une rose du bouquet perdit ses pétales. Ils se posèrent en silence sur l'acajou du meuble. Un souffle de vent gonfla les voilages. La fenêtre était entrebâillée. Jeanne se leva, marcha vers elle, attirée par ce mouvement, comme une respiration. Une brise entrait et lui caressa le visage. La lumière, dehors, s'estompait. Une ombre encore douce recouvrait le pré. Le cheval noir avait disparu. Restaient son baquet d'eau et une botte de foin entamée. Tout alentour et dans la maison semblait déjà endormi. La vieille femme bâilla, retourna à son bureau. Parler de Pierre n'était pas une mince affaire. Leur histoire s'était évaporée dans le temps et l'espace, subsistaient des souvenirs ténus, déformés, forts aussi. Pour combien oubliés par la mémoire. C'était si loin, elle aurait pu croire qu'elle avait rêvé s'il ne lui restait son fils, preuve vivante d'un moment de vie entré dans les brumes du cerveau.

*
* *

Jeanne avait oublié son souhait de quitter Limoges. Une année venait de passer. Avec Pierre, ils ne construisaient aucun avenir, ils se fréquentaient, partageaient au jour le jour une amitié amoureuse qui en restait à des caresses et de sages baisers. Pierre avait peur d'effaroucher la jeune fille s'il se montrait plus pressant. Un matin, Jeanne reçut une lettre d'Héloïse. Tout se troubla dans son esprit. L'envie de la revoir se cognait à cette réalité qu'elle se cachait, elle s'était attachée à Pierre et n'avait plus le désir de le quitter. Il lui fallut enfin ouvrir les yeux et prendre du recul sur son quotidien, son travail, sa relation certes agréable mais sans lendemain. Héloïse lui promettait une formation chez un grand peintre parisien, une vie douce à ses côtés. M. le marquis allait partir à La Havane, il venait d'être nommé consul général du roi. Ce poste prestigieux lui avait été proposé grâce à sa connaissance parfaite de la langue espagnole. Sa femme le suivrait plus tard. C'était pour elle un voyage long qu'elle allait reculer autant que possible. Son impatience de revoir la jeune fille la rendait fébrile. Elle s'en réjouissait d'avance.

Jeanne avait besoin de réfléchir. La tentation de se placer sous la protection de la marquise était forte. Le temps venait de tourner une page. Qu'en penserait Pierre ? Ne la laisserait-il pas s'envoler vers d'autres cieux ? Son projet d'atelier de décoration semblait remis en cause par une famille peu pressée de le voir repartir à Paris, ou bien était-ce un prétexte pour continuer une relation ?

Elle griffonna un mot qu'elle lui remit alors qu'il l'attendait au coin d'une rue.

— Ce soir, je ne peux pas rester, déclara-t-elle en lui baisant la joue. J'ai un rendez-vous, insista-t-elle devant sa mine déconcertée.

Elle le quitta, inconsciente des dégâts qu'elle provoquait et de leurs conséquences. De son écriture appliquée, elle expliquait ses doutes sur une relation qui n'avait aucune chance d'aboutir. Elle lui ouvrait les yeux sur le monde qui séparait leurs deux familles, et lui faisait prendre conscience qu'un jour prochain on demanderait à Pierre de cesser cette relation. Devant de telles évidences, Jeanne lui annonçait qu'elle allait quitter Limoges pour rejoindre la marquise de Payzac à Paris, qui souhaitait lui faire intégrer un prestigieux atelier de peinture. Elle lui disait toute son affection, son attachement, elle espérait le revoir un jour dans de meilleures conditions.

Pierre devint furieux. Il allait perdre la seule personne qui savait l'écouter, le prendre au sérieux, avec qui il avait du plaisir à passer du temps. Benjamin d'une fratrie de quatre garçons, il restait l'enfant chéri d'une mère possessive qui refusait de voir grandir son dernier fils. Son père avait d'autres chats à fouetter. Il ne prêtait pas attention à ce garçon ou cédait à ses caprices pour avoir la paix. Jean-Baptiste Peyrat avait toujours travaillé en famille et accordait maintenant une confiance absolue à ses fils aînés en leur ouvrant les livres de compte. Descendant d'une vieille lignée de notables limousins, il avait su faire prospérer l'héritage de ses parents. Dignes héritiers d'une dynastie aisée, les deux générations géraient avec justesse les affaires familiales. Ce projet de Pierre d'un atelier de décoration à Paris était une bonne idée, tous le reconnaissaient. Mais le garçon était dispersé et n'arrivait pas à se concentrer sur un seul sujet à la fois. Depuis quelque temps pourtant, son père le devinait plus attentif, ses idées se mettaient en place, son sens des réalités se précisait, avec elles une ouverture d'esprit tout à fait inédite dans son milieu. Pierre parlait du sort des ouvriers, de leurs enfants, et trouvait injuste la vie qu'ils menaient.

— Mon fils devient fou, disait sa mère en se signant.

Cette petite femme qui avait grossi avec l'âge promenait une silhouette large à travers la maison. Ses vêtements sombres rappelaient à tous sa grande piété. Des boucles noires tombant sur ses épaules, qu'elle avait offertes à Pierre en héritage, jaillissaient d'un bonnet de dentelle, donnant l'impression qu'elle sortait du lit.

— Priez pour vous, ma mère. Au moment du jugement dernier, Dieu comptabilisera vos bonheurs et votre compassion envers autrui.

— Mais je suis charitable, mon garçon, je n'oublie pas les pauvres, je distribue des vêtements, de la nourriture.

— Demandez à votre mari si une augmentation de leurs salaires et une diminution de leurs journées de labeur ne seraient pas mieux. Avez-vous visité ses mines de kaolin, avez-vous vu dans quelles conditions ces gens travaillent ? Et ceux qui n'ont pas d'emploi, savez-vous comment ils vivent dans leurs taudis et leurs caves infectes ?

— Mon fils est socialiste, monsieur ! criait-elle à son mari. Qu'ai-je donc fait au Bon Dieu ?

— Je serai un précurseur, maman. Dans mon atelier de décoration, les ouvriers seront bien traités, travailleront dix heures par jour et auront tous leurs dimanches. Quant à leur salaire, je les veux décents, quitte à augmenter nos tarifs. De toutes les manières, pour valoriser une belle pièce, rien de mieux que de la vendre à un prix exorbitant.

Devant un tel point de vue, Jean-Baptiste Peyrat ne pouvait que soupirer et avait une manière bien à lui de changer de conversation quand celle-ci ne lui convenait plus. Les propos de Pierre étaient à l'opposé de ce qu'il avait vécu. Avec ses frères, ils avaient fermé la manufacture Locré à Paris. Sa porcelaine trop chère ne se vendait plus. Le prix élevé du transport de la pâte et du bois grevait les marges. La crise boursière, venue d'Angleterre, obligeait les banques à restreindre les crédits. Il était devenu trop compliqué de vouloir investir dans la capitale. Il n'avait pas à se plaindre, beaucoup d'entreprises faisaient faillite autour de lui.

L'idée germait dans sa tête de construire à Limoges une grande manufacture et d'y fabriquer une porcelaine de haute qualité. La pâte était produite sur place et les forêts limousines fourniraient encore longtemps le bois nécessaire à la cuisson. Il avait donc acquis une maison de bonne dimension, située sur la place des Grandes-Carmes, dans l'espoir de l'utiliser comme fabrique de porcelaine. Il devait cependant attendre des jours meilleurs. Toutes ses économies venaient d'y passer.

Malgré ses points de vue qu'il devrait revoir, le projet de Pierre arrivait à point nommé, mais il lui faudrait le convaincre de créer cet atelier à Limoges et non à Paris. La capitale en possédait déjà de nombreux qui achetaient la porcelaine blanche. Jean-Baptiste souhaitait reprendre l'idée de son ami François Alluaud, qui était presque le seul à vendre des pièces décorées. Tous ces petits artisans, anciens ouvriers, ne comptaient pas. Mais Pierre n'avait pas compris qu'on ne pouvait pas impunément décider de prix prohibitifs afin d'améliorer le sort des employés. On n'en était pas encore là.

Cela faisait une bonne semaine que Pierre avait révélé ses opinions. Jean-Baptiste Peyrat y pensait encore en tournant inconsciemment les pages de son livre de comptes. Il se redressa de son fauteuil, attentif soudain aux bruits de dehors amplifiés par la fenêtre ouverte. Les sabots des chevaux résonnaient sur les pavés de la rue, un cocher hurla, une porte claqua dans la maison. Il soupira. Des pas assourdis par le tapis du couloir approchaient, quelqu'un frappa.

Sans attendre de réponse, Pierre entra, précédant sa mère qui le suivait depuis le salon, comme un petit chien espérant une récompense.

Il avait le regard fixe, le teint pâle, ses gestes désordonnés trahissaient une grande agitation.

— Je souhaiterais, monsieur, prendre mon indépendance. Pouvez-vous me donner la permission de m'installer dans l'appartement de la rue Ferrerie ?

De cette manière, je ne dérangerai plus maman, et je pourrai préparer mon projet en toute tranquillité !

Jean-Baptiste ne répondit pas. Il connaissait si bien cette maladie de jeunesse.

— Qu'en pensez-vous, monsieur ? insista Pierre.

— Je vais y réfléchir, mon garçon, mais *a priori* je n'y vois pas d'inconvénient. À ton âge, en effet, tu dois quitter les jupons de ta mère. Je te donnerai ma réponse très vite.

— Merci, monsieur.

Il ne posa pas son regard sur ses parents, il était déjà ailleurs. Il s'évapora dans l'espace comme un feu follet dans la nuit.

— Que lui arrive-t-il ? demanda Mme Peyrat.

— Il doit y avoir une femme derrière cela, il faudra songer à le marier !

— Il est trop jeune, mon ami ! soupira-t-elle en s'éventant nerveusement.

Jean-Baptiste Peyrat n'avait pas pour habitude d'entretenir une conversation soutenue avec son épouse. Il se contentait de phrases lapidaires qui n'en avaient que plus de portée. Il connaissait très bien l'influence d'une maîtresse sur un jeune garçon, il savait aussi la précarité de ce genre de relation. Dans son milieu, tous les hommes passaient par un tel apprentissage. Cela fortifiait le sang et mettait les idées en place. La fragilité de Pierre n'était qu'apparence. Tout allait vite rentrer dans l'ordre.

XIII

Interrogations

JEANNE AVAIT RESSORTI SA CAISSE de bois et, le cœur brisé, s'apprêtait à donner sa démission à M. Joseph. Pierre avait été une belle parenthèse, elle l'aimait, cela ne faisait aucun doute, mais ils ne pouvaient rien construire ensemble, et l'idée de reprendre la peinture avec Héloïse lui provoquait des palpitations dans la poitrine.

Elle avait besoin du confort que la jeune marquise lui promettait, de se sentir en sécurité, d'avoir un avenir. À Limoges, elle restait l'ouvrière qui traînait une misère sans fin, qui n'avait aucune espérance. Elle se persuadait que Pierre, un jour, repartirait vers son milieu familial. Avec le temps, il l'oublierait. À moins qu'il vienne un jour la rejoindre à Paris, ils pourraient alors vivre un grand amour. Que de beaux desseins elle envisageait ! Elle en eut des frissons. Même si elle partait, rien n'était perdu. Pour l'instant, elle voulait revoir son père, sentir la main maternelle d'Héloïse, évoluer dans un milieu convenable, tout se mélangeait dans sa tête. Toutes ses pauvres affaires étaient entassées entre les livres, le tableau, des trésors qui n'avaient pas vu le jour depuis plusieurs années. Les cadeaux de Pierre, la robe, le chapeau, un jupon aussi beau que celui qu'elle possédait déjà se mêlaient à tout ce bric-à-brac. Elle s'en irait dès qu'Héloïse lui aurait donné son adresse à Paris. En attendant de recevoir l'ultime courrier, elle pourrait prévenir M. Joseph afin qu'il se prépare à ce départ. Elle remonta vers la manufacture de M. Alluaud. Malgré son projet, elle sentait un pincement au cœur qu'elle n'arrivait pas à déchiffrer. Le visage de Pierre apparaissait dans sa tête. Comment avait-il réagi à son petit mot ? Le reverrait-elle ? S'était-il vexé ? Elle en était là de ses réflexions quand elle l'aperçut qui l'attendait devant une porte cochère. L'heure des explications avait sonné. Elle était prête.

Il portait, ce jour-là, un costume de gabardine gris clair et une cravate perle enroulée autour de son col de chemise blanc.

— Mon Dieu, Pierre, vous allez à noce ? Je ressemble à une bohémienne à côté de vous !

— J'ai à vous parler.

— Je vais être en retard et M. Joseph va me retenir une partie de ma paye.

— Ne vous inquiétez pas pour cela !

Il lui prit la main et, allongeant le pas, l'entraîna à l'opposé de la manufacture. Ils parcoururent une rue encombrée de monde. C'était l'heure de l'embauche, les employés arrivaient en groupes. Curieux d'un tel spectacle, ils lançaient des coups d'œil discrets vers le jeune homme, fils de bourgeois, et cette fille à l'allure d'une ouvrière qui se laissait mener comme un animal à l'abattoir. C'était un fait, ils n'avaient rien de deux amoureux unis par une même complicité. Les commentaires allaient bon train jusqu'à ce qu'ils croisent une demi-douzaine de femmes que Jeanne reconnut dans l'instant. Elles travaillaient dans l'atelier de décoration de M. Joseph. Elle les connaissait toutes. Les regards se mêlèrent. Celles-là savaient que les apparences étaient trompeuses. Elles avaient assisté à leur rencontre, et elles étaient au courant que Pierre était revenu.

— Ah, ben voilà ! s'écria la plus grande. Elle l'a eu ! Elle est forte, quand même !

— Elle a peut-être des charmes cachés, répondit une autre.

— C'est vrai qu'il faut de l'imagination pour lui trouver quelque chose, renchérit une troisième.

— Dis donc, gronda la première en direction de Jeanne, tu seras pas là à l'embauche. J'en connais un qui va pas te rater !

Elles se mirent à rire et s'éloignèrent.

Jeanne avait du mal à reprendre sa respiration. Pierre marchait vite, ne lui laissait aucun répit pour souffler. Ils remontèrent ainsi jusqu'au centre-ville, traversèrent plusieurs ruelles étroites, arrivèrent enfin devant un immeuble ancien, percé de fenêtres imposantes. Il la lâcha puis, se tournant vers elle, saisit son visage entre ses larges et fines mains.

— Pardonne-moi, mais je n'avais pas le choix.

Il la précéda dans un hall de petites dimensions, mais propre, aéré par une vitre ouverte au-dessus de la porte d'entrée. Ils franchirent deux étages par un escalier de bois étroit mais bien ciré. Ils pénétrèrent dans une vaste pièce baignée de la lumière du matin, richement meublée d'un salon Louis XV revêtu d'un satin fleuri. Un grand lit recouvert du même tissu se cachait derrière un paravent décoré de scènes champêtres. Des tableaux anciens agrémentaient les murs. Jeanne ne vit qu'eux. Elle s'en approcha, commença à les observer précisément, relevant des détails, retrouvant son instinct d'élève attentionnée.

Pierre lui saisit les mains et l'attira vers elle.

— Jeanne ! murmura-t-il avant de la prendre dans ses bras et de l'embrasser comme il ne l'avait encore jamais osé.

Ce baiser réveilla ce qui dormait en elle. Ce qu'elle avait entrevu avec ce garçon, ce qu'elle avait pressenti. Collés l'un à l'autre, ils ne formaient plus qu'une seule masse, ils s'épousaient.

Pierre enfin se recula, la laissa ivre d'un tel accord.

— Jeanne, commença-t-il, je ne veux pas vous perdre. Je désire vous garder. Vous quittez votre emploi, et nous nous installons ensemble dans cet appartement. Vous avez besoin de repos. Bien sûr, j'ai quelques obligations familiales que je devrais assurer.

— Vous voulez faire de moi votre maîtresse, je vais devenir une femme entretenue ! Mais vous n'y songez pas !

— Donnez-moi le temps de préparer ma famille à l'idée de vous épouser. Ensuite, nous partirons à Paris et vous pourrez enfin retrouver votre marquise et reprendre vos cours de peinture. Il ne faudra pas oublier de former quelques décorateurs sur porcelaine. Qu'en pensez-vous ? N'est-ce pas un magnifique projet ?

Jeanne lui caressa la joue. Comment ne pas fondre devant un tel regard, et cette moue enfantine qu'il gardait encore ?

— Je ne sais pas, bredouilla-t-elle. Est-ce bien raisonnable ?

Il lui ôta son chapeau, déboutonna son manteau. Tenta de lui dégrafer sa robe. Il semblait peu expérimenté et manquait d'assurance. Il paraissait cependant déterminé. Elle le laissa cheminer jusqu'au bout de ses intentions. Quand elle se retrouva en simple linge de corps, à son tour, elle lui défit sa cravate, ouvrit la chemise, embrassa le cou délicat. Elle avait peur. Ce secret qui lui pesait autant qu'un morceau de granit à un noyé, ses chairs longtemps meurtries, la crainte d'une semblable souffrance, rien n'était oublié. Ni les paroles du Dr Legendre : « Il vous sera plus difficile de trouver un bon mari. » Pierre ne représentait-il pas le billet gagnant à la grande loterie d'une union parfaite ? N'avait-elle pas cherché à le revoir ce dimanche matin à la sortie de la messe ? Elle avait sa part de responsabilité dans leur liaison. Ils n'étaient pas là par hasard. Ils venaient de construire une histoire qui aboutissait à cet événement. Jeanne tournait autour d'une vérité qu'elle refusait de reconnaître, elle aimait Pierre. Elle l'aimait depuis ce jour marqué de la disparition de Louis, où il avait posé sa main magnifique sur un vase entièrement recouvert de palmettes or et de feuillage. Elle l'aimait mais pensait leur relation sans lendemain, alors elle se brimait et s'accordait le choix d'une autre vie.

Elle s'offrit à cette chair jeune et ferme, aux caresses de ces longs doigts souples et curieux de son intimité. Elle s'imprégna de cette odeur de jeunesse mêlée aux senteurs riches du musc et du tabac. Elle laissa les boucles sombres lui effleurer le visage et le corps. Ses craintes à souffrir se dissipèrent sous la douceur d'une étreinte respectueuse et délicate. Pierre allait lui donner le goût du plaisir. Elle le pressentait. Elle en oublia de se rendre à son travail, de sortir et de manger. Ils restèrent ainsi la journée entière à se choyer et à se resservir d'une jouissance toujours différente.

Quand le soir tomba, que la pièce depuis longtemps abandonnée par les rayons du soleil se donna aux premiers soubresauts de la nuit, elle songea à Héloïse, aux projets qu'elles avaient envisagés ensemble. Que penserait-elle d'un si rapide revirement ? Avait-elle assez aimé pour comprendre Jeanne ?

— Je dois me rendre à Paris, déclara-t-elle dans le silence des baisers. Il faut que je rencontre Mme de Payzac !

— Nous irons, mon ange ! murmura Pierre.

Ce garçon si doux venait de ressusciter l'expression de sa mère. Elle se reput encore de la saveur sucrée de cette bouche.

*
* *

Jean-Baptiste Peyrat réunit ses fils, ce dimanche matin, dans le grand salon dont les larges baies vitrées donnaient sur le jardin. Plein ouest, la pièce s'illuminait en soirée. Les volets ouverts, les tentures tirées ne suffisaient pas pour distribuer une belle lumière. Les fauteuils de style Empire, agrémentés de dorures et recouverts d'un satin vert sur motifs de couronnes d'or, semblaient si précieux que, pour ne pas les abîmer, ces messieurs s'étaient assis sur le bord, les jambes serrées l'une contre l'autre comme s'ils allaient d'un coup se mettre debout. De belles pièces de porcelaine décorées richement d'or et de couleurs précieuses s'exposaient sur les tablettes en marbre des commodes et les tables d'acajou. Des tableaux Ancien Régime agrémentaient les murs ornés d'un papier peint à rayures. Au sol, un parquet de chêne sombre s'enrichissait de quelques tapis persans de belle facture.

Pierre observa sa fratrie. Trois hommes d'âge mûr, portant chacun un habit sombre sur une chemise immaculée. Pas une touche de fantaisie dans ces tenues strictes. Les visages étaient fermés, ombrés par des favoris particulièrement fournis. Aucune femme n'était admise dans ce genre de réunion. La richesse du décor ne suffisait pas à donner la moindre gaieté à ces instants. C'était le père qui parlait et lui seul. Personne n'aurait osé lui couper la parole, chacun attendait son tour pour s'exprimer. Surtout ne pas le contrarier, tel était le mot d'ordre.

Pierre soupira, se glissa dans le fond du fauteuil, croisa les jambes. Cette position sentait l'insolence, personne pourtant ne releva. Il avait prévu de passer la journée sur les bords de la Vienne avec Jeanne. Ils prendraient le tilbury et rouleraient en direction du nord de la ville, jusqu'à ce qu'ils trouvent un coin qui leur convienne. Ils déjeuneraient sur l'herbe. Il dormirait pendant que Jeanne choisirait un paysage à peindre. Ensuite, il dételllerait la jument et apprendrait à son amoureuse à monter avec élégance, il avait tout prévu pour cela. Ils rentreraient quand la rivière s'assombrirait. Il était heureux, Pierre. Jeanne était belle, cultivée, sensible, autoritaire parfois, mais il aimait cela. Curieuse de tout, elle le laissait lui apprendre quelques bonnes manières indispensables pour, un jour, lui faire honneur. Ils allaient former un couple magnifique.

Ils étaient installés ensemble rue Ferrerie depuis deux ans maintenant. Le hasard leur avait souri. La marquise avait dû suivre son mari à La Havane. Elle ne savait pas quand elle reviendrait. Elle était désolée. Pierre en était ravi. Jeanne avait quitté son travail et se consacrait de nouveau à la peinture. Quel bonheur de la voir enfiler sa large blouse tachée de mille tons et son bonnet de laine ! Elle passait ses journées devant son chevalet et ses couleurs, et se perdait parfois sur un détail qu'il n'avait même pas remarqué. Quelle patience elle avait, comme elle savait choisir dans ses poudres et les décliner ! De son côté, il aménageait son futur atelier, repérait sur une carte les adresses de locaux disponibles qu'un agent immobilier lui avait envoyés. Il planifiait l'organisation des lieux, demandait des conseils à Jeanne, tenait compte de ses réponses. Il était prêt à partir.

En toile de fond de son rêve, Pierre entendait la voix profonde de son père, celle d'un fumeur de cigares, d'un chef de famille peu habitué à être contrarié. Le timbre d'un homme sûr de lui, jamais mis en défaut, exerçant sur son foyer une domination incontestée. Jean-Baptiste Peyrat était un chef de famille respecté par ses frères, ses fils, sa femme, dont les jugements ne se discutaient pas.

Aussi, quand il expliqua son grand projet de manufacture, place des Grandes-Carmes, et la manière dont il venait d'acquérir un terrain par l'intermédiaire son fils aîné, ayant agi comme mandataire, il reçut l'assentiment de tous.

— Nous ne retournerons pas à Paris, déclarait-il sur un ton ferme. Nous allons créer à Limoges des ateliers de décor, les meilleurs de la région. Nous pourrons ainsi envoyer des pièces terminées dans le monde entier. Comme je vous l'ai dit, nous n'aurons pas à supporter les prix excessifs du transport des matières premières. Nous avons tout sur place.

Pierre avait entendu la dernière phrase. Il sentit sa respiration s'accélérer, son cœur battre trop vite.

— Pardon, monsieur, mais pour mon projet j'ai besoin d'être soutenu financièrement. Y avez-vous songé ?

— Tu as une magnifique idée, mon garçon, je m'en suis servi pour mener nos plans à terme. C'est à Limoges que nous ouvrirons des ateliers de décor, non à Paris. Il y en a beaucoup dans la capitale, un de plus ne pourrait pas se développer.

Il se leva, consulta sa montre de gousset retenue par une chaîne d'or à son gilet.

— C'est l'heure de la messe, conclut-il sur un ton ennuyeux.

Toutes ces vies étaient codifiées.

Pierre fut déstabilisé par les propos de son père. Il avait bien avancé dans son projet et sentait que ses études allaient servir à ouvrir un atelier à Limoges, quelle déception ! Il avait promis à Jeanne d'aller à Paris. Elle attendait ce moment. Le Limousin demeurait pour elle une expérience malheureuse, lui restaient trop de souvenirs douloureux. Il la gâtait mais ne pouvait pas laisser la cage fermée. Elle pouvait s'envoler, il la savait forte et déterminée. Il avait besoin d'elle comme l'air qu'il respirait.

— Je dois vous parler.

Pierre barrait la route à son père, se postait au travers de son chemin. L'homme en fut troublé, mit quelques secondes pour reprendre ses esprits.

— Nous allons contrarier ta mère si nous sommes en retard à l'office. Nous verrons cela plus tard.

— Je souhaiterais épouser la jeune fille qui partage ma vie.

— Comme tu y vas, mon garçon ! On ne mélange pas tout dans l'existence. Le plaisir d'un côté, les obligations de l'autre. Si j'avais dû épouser toutes mes maîtresses, je serais à la tête d'un harem ! Divertis-toi, mais restes-en là !

Puis, profitant de la surprise qui paralysait son fils, il se faufila dans le couloir et alla rejoindre sa femme.

— Dépêche-toi, cria-t-il, la voiture attend !

*

* *

Pierre connaissait assez son père pour savoir qu'il ne prenait jamais une décision à chaud. Pour l'instant, l'urgent était de le laisser réfléchir. S'il tardait à lui répondre, alors il reviendrait à la charge. Le jeune homme était conscient du fait qu'il jouait gros. Ses frères avaient été mariés avec des demoiselles de leur milieu. Des filles d'amis, de partenaires, de connaissances assez fortunées pour apporter des terres, une maison, de l'argenterie, des meubles de prix. Élevées dans quelque couvent ayant échappé à la folie destructrice des révolutionnaires, elles se devaient d'être des mères attentives, sachant broder, prier, lire avec talent. Toutes devenues des pièces de mobilier, bons ventres et bourses remplies. Point d'amour entre elles et leurs maris, point de complicité, de bonheur à se retrouver ensemble. Pierre comprenait pourquoi ses frères restaient sombres et tristes, ne calculant que le montant des économies, des rentes, du rapport des affaires. Heureux de voir naître un fils pour perpétuer le nom.

Lui avait trouvé l'âme sœur, l'oreille attentive. Il s'abreuvait dans le regard clair de Jeanne, il y puisait sa force, sa confiance en lui. Ils s'aimaient comme les amants dans la littérature de Shakespeare, comme Guenièvre et le roi Arthur, comme Tristan et Iseult. Eux n'avaient pas besoin de philtre d'amour. Serait-il capable de mourir pour elle, serait-elle assez courageuse pour se sacrifier pour lui ? La réponse était oui. Il n'en doutait pas.

Au même moment, dans l'intimité feutrée de sa voiture, Jean-Baptiste enfilait ses gants et marmonnait des paroles que sa femme ne comprenait pas.

— Que vous arrive-t-il, mon ami ? Vous parlez dans votre barbe ! Soyez clair ou gardez vos pensées pour vous !

Madame mère se donnait de l'importance dans le cadre intime de la famille.

— Pierre m'inquiète, si vous voulez la vérité ! Il s'est entiché de cette petite qu'il a installée rue Ferrerie. Savez-vous bien qu'il s'est mis dans la tête de l'épouser ! Quelle mouche le pique ?

— Cela est bien contrariant pour notre réputation. Il devra se rendre à la raison. Je compte sur vous pour l'en dissuader, n'est-ce pas ?

— L'éloigner ne servirait à rien, elle partirait avec lui. D'ailleurs, ils avaient envisagé de s'installer à Paris.

— Il m'en a parlé, murmura Mme Peyrat. Voulez-vous que j'organise une fête à la campagne ? Certains de nos amis n'attendent que cela pour lui présenter leurs filles.

— Je vais y réfléchir. Toujours est-il que ce projet doit absolument tomber à l'eau !

— Je suis bien d'accord avec vous, mon cher.

Les cloches de la cathédrale Saint-Étienne sonnaient à toute volée, brouillant les oreilles.

XIV

Bonheur en sursis

PIERRE PRÉVOYAIT d'avoir le consentement de son père pour m'annoncer la grande nouvelle, il allait m'épouser.

En attendant, il faisait bonne figure et trompait le temps. Son frère aîné, Jean, lui confia à cette époque le soin d'aller vérifier les comptes de la carrière de kaolin située à Saint-Yrieix-la-Perche, à une quarantaine de kilomètres au sud de Limoges.

— Je t'emmène, tu vas voir comment travaillent les ouvriers des mines. Je te connais, cela ne va pas te mettre de très bonne humeur.

Nous sommes partis très tôt un matin du mois de juin. Le jour avait déjà percé les brumes légères, une fraîcheur agréable recouvrait les épaules. Nous avons pris le tilbury derrière lequel nous avons installé une malle de voyage. Nous devions rester plusieurs jours sur place.

C'était notre premier grand déplacement. Nous étions heureux comme des enfants. J'avais mis une robe de coton bleu ciel rehaussée de volants plus soutenus. Sur ma tête, je portais toujours le même chapeau, je changeais de gros-grain et de fleurs suivant la couleur de ma tenue. Pierre me gâtait, je n'en oubliais pas mes origines modestes. Je possédais maintenant une paire de chaussures légères fermées de fines lanières, et d'autres plus confortables, moins échancrées pour les jours froids. Il m'avait offert des bottines de cuir délicat et des chaussons d'intérieur en satin. J'étais une femme entretenue, mais je ne partageais pas, j'étais, pour lui, l'unique. Cela me convenait. Je refusais de me projeter, cependant. Comment cette histoire allait-elle se terminer ? Sa famille m'accepterait-elle ? Cela faisait deux ans que nous vivions ensemble, je n'avais jamais rencontré ni ses parents ni ses frères. Que se passerait-il si je tombais enceinte ? Ces perspectives, bien sûr, me venaient parfois, je les chassais d'un coup d'éventail. Une seule chose n'était pas négociable, je désirais revoir Héloïse, j'attendais son retour. J'avais envie aussi de revenir chez mon père. Je remettais toujours au lendemain un voyage en Périgord. Je m'installais dans un confort qui m'endormait. Pierre me voulait différente de sa mère, il me poussait à peindre et m'emmenait sur les bords de la Vienne à la recherche de paysages qui m'inspiraient. Il m'apportait le journal Le Moniteur *tous les matins, je le dévorais comme tous les livres qu'il m'offrait. J'étais consciente des temps terribles que nous traversions. L'industrialisation coûtait cher. Je savais que beaucoup, dans le pays, vivaient misérablement. Limoges n'avait pas le monopole de l'insalubrité des conditions de travail. Dans le Nord, la pauvreté touchait la moitié de la population. À Paris, une grande partie des habitants survivait grâce à la charité. L'utilisation des enfants dans l'industrie confirmait ce que j'avais vu. Traités comme des esclaves, ils travaillaient jusqu'à seize heures par jour pour des salaires de misère. J'étais dégoûtée, mais impuissante. Je n'avais que mes humeurs et mes haut-le-corps pour me révolter. Je pouvais compter les fêtes, les soirées, les bals, les spectacles donnés au profit des indigents. N'aurait-il pas été plus judicieux de lutter contre la pauvreté, de trouver des moyens de la voir disparaître et non de l'entretenir par une charité qui ne satisfaisait que ceux qui donnaient ? Nous étions en 1829, le roi Charles X était au pouvoir. La France était de nouveau une monarchie.*

Je n'avais gardé aucun contact avec mes collègues de travail. Dès le premier jour, j'avais été mise à l'écart, les femmes me regardaient de haut. Je m'étais démenée pour atténuer les derniers jours de Louis. Chaque dimanche matin, je marchais jusqu'au port du Naveix, cherchais des yeux la mère de mon jeune ami et lui remettais en toute discrétion une petite somme d'argent. Ce geste ne me donnait aucune bonne conscience. J'aurais préféré lui trouver un travail mieux rémunéré, ou pouvoir envoyer ses enfants à l'école. Elle ne me remerciait pas. Je ne lui demandais rien, j'avais l'impression de rembourser une dette. Joachim avait disparu de ma vie. Je ne le croisais plus dans la rue. J'espérais qu'il regrettait son geste.

*
* *

La jument trottait joliment, Jeanne et Pierre s'embrassaient, se racontaient des histoires inventées, riaient de tout et de rien. La chaussée était poussiéreuse, un caillou, parfois écrasé par une roue, soulevait le tilbury, les surprenant. Une chaleur de début d'été commençait à monter mais la vitesse provoquait un courant d'air qui obligeait Jeanne à garder son châle. Pierre menait son attelage avec beaucoup de dextérité. Il connaissait par cœur les réactions de l'animal. Le paysage limousin rappela son Périgord à la jeune femme. La route semblait percée au milieu de profondes forêts. Cependant, le défrichement des campagnes commençait à se voir. De larges landes apparaissaient au détour d'un virage, des taillis longeaient les fossés fraîchement creusés, repousses de vieux châtaigniers coupés pour remplir les fours à porcelaine. Quelques champs minuscules se repéraient devant une maison de paysan construite en torchis. Parfois, l'arrondi d'un four à pain dénonçait une aisance toute relative. Pour nourrir les villes, la campagne se démenait. Restait une misère aperçue sous la maigreur d'un semeur ou la silhouette frêle d'une femme qui portait un seau d'eau.

Ils arrivèrent en milieu de journée, après s'être arrêtés déjeuner dans une minuscule auberge plantée sur le bord de la route au milieu de nulle part.

La carrière grouillait d'un monde de misère. Tous étaient recouverts d'une poussière blanche. Leur peau, leurs vêtements, le sol sur lequel ils marchaient, leurs pieds nus ou leurs sabots. Devant Jeanne s'étalait un trou percé dans les entrailles de la terre, à ciel ouvert, large comme une vallée entre deux collines, si profond que l'on n'en voyait pas le fond. Des sentiers tracés le long des pentes rejoignaient différents points. Un pont suspendu reliait les bords opposés. La précieuse argile blanche récoltée par les hommes s'appelait kaolin. Jeanne apercevait ces travailleurs de la roche, silhouettes courbées du lever du soleil jusqu'à son coucher, à piocher comme de beaux diables pour extraire des sortes de cailloux blancs. Ils en remplissaient ensuite des corbeilles que des femmes et des enfants posaient sur leurs têtes. Un cortège de ces pauvres hères remontait le sentier jusqu'en haut, s'arrêtant sur le bord du précipice pour laisser à d'autres le soin de vider leurs panières. Jeanne observa un moment ces gamins qui n'avaient pas plus de cinq ans. Ils marchaient à peine, butant sur chaque caillou de leur chemin, pleurant sous le poids de leur charge. Une femme parfois se retournait, prenait la main d'un plus petit, d'un plus faible, et le tirait jusqu'en haut.

Elle retenait son souffle devant un spectacle aussi terrible.

Pierre revint du bureau du contremaître. C'était une espèce de cabane fabriquée en torchis et en planches, posée sur le bord du précipice.

— C'est une belle découverte, remarqua-t-il, cette argile blanche extrêmement fine dont notre sous-sol est si riche. C'est Turgot, l'intendant du Limousin, il y a soixante ans, qui encouragea les premiers essais de fabrication de porcelaine à Limoges. Après qu'un savant du nom de Villaris eut prouvé les propriétés du kaolin. On leur doit beaucoup à l'un et à l'autre. Savez-vous que vous êtes devant le tout premier gisement de kaolin de la région ?

Jeanne ne répondit pas. Comment pouvait-il être indifférent à ce pitoyable spectacle ? Comment pouvait-il ne pas se sentir rebuté par la souffrance de ces enfants qui n'atteindraient pas l'âge adulte ?

— Pierre, fit-elle, êtes-vous insensible à la misère du monde ?

— Non, bien sûr, mais qu'y puis-je ? Voulez-vous que je la prenne sur mon dos ? Que je me révolte contre mon père qui possède deux autres carrières ? Si je lui demande de mettre ces gens au chômage, il en viendra d'autres, croyez-moi ! Et ceux-là, sans travail, que vont-ils devenir ? Devons-nous les laisser mourir de faim ?

— Mais les enfants, Pierre !

— Nous en avons déjà parlé, je n'ai pas le pouvoir de changer les choses ! J'ai eu l'occasion de participer à des réunions entre les patrons et leurs employés. Je connais par cœur leurs doléances : de meilleures conditions de travail, des salaires supérieurs. Ils veulent un règlement intérieur négocié. Jamais je n'ai entendu parler du sort des enfants. Aucune revendication ne le mentionne. Mon père est également propriétaire de moulins à pâte à porcelaine et à émail, ils se trouvent à Limoges sur les bords de la Vienne. Vous y constaterez des conditions de travail identiques. Je suis né dans cette famille, j'en possède les codes. Même si je voulais tout changer, je n'en aurais pas les moyens. Il faudra du temps, mon ange, pour que tout cela change. Nous ne le verrons pas. Ce siècle n'y suffira pas !

— Ce monde est violent ! s'écria Jeanne. Mais vous avez peut-être raison, le fruit n'est pas mûr. Il en faudra de la souffrance pour qu'ils puissent enfin le cueillir et s'en nourrir. Peut-être attendent-ils une autre révolution !

— Vous êtes une utopiste, chère Jeanne. Le monde est plus compliqué. Quand le roi Louis XV a ordonné la prospection du sous-sol du pays à la recherche de cette argile blanche, c'était pour alimenter la manufacture royale de Sèvres. Il y avait, dans ce projet, une préférence à vouloir en trouver dans le royaume et faire travailler ses propres sujets. Il aurait pu importer du kaolin d'Allemagne ou de Chine. Il a imposé aux chercheurs des sondages dans les provinces françaises. Cela évidemment n'enlève en rien la cruauté de ce travail pour les enfants !

Il lui baisa les doigts et l'aida à monter dans le tilbury.

Ils firent le tour des trois carrières appartenant à la famille Peyrat et rentrèrent à Limoges.

*

* *

Cette escapade en bas Limousin me donna l'envie de descendre respirer l'odeur de ma chère rivière. Pierre en profiterait pour rejoindre quelques jours sa famille à la mer. Mon père connaissait ma nouvelle situation, je ne lui cachais rien depuis deux ans. Je me sentais enfin le courage d'affronter son regard sombre, dans lequel je lirais tant de reproches. Je partis un jour de grande chaleur, avec pour seul bagage une valise en peau de chameau que Pierre m'avait prêtée.

L'Auvézère et la petite maison de mes parents eurent du mal à me réapprivoiser. La disparition de ma mère restait gravée dans ma chair comme une cicatrice qui n'arrivait pas à se refermer. Durant mon séjour, je la voyais partout, j'entendais ses pas écraser les cailloux du sentier, je sentais son souffle dans mon dos, j'apercevais sa silhouette frêle qui se penchait sur le bord de l'eau. Mon père ne me reprocha rien. Son bonheur de me revoir effaçait sa honte de me savoir vivre comme une femme entretenue. J'essayais cependant de le rassurer sur mon avenir. Je lui parlais de Pierre, de la même jeunesse qui nous rapprochait, de son projet de m'épouser. Il me souriait et changeait de conversation. Nous profitions des matinées fraîches pour marcher le long de l'Auvézère, nous montions jusqu'au village de Savignac acheter son journal, nous poussâmes jusqu'à Payzac. J'eus des bouffées de nostalgie à la vue du château. Les volets étaient fermés, Héloïse loin, la demeure s'était endormie. Je dessinais, installée sous les frondaisons des grands arbres quand la chaleur recouvrait le pays d'une chape de plomb. J'écoutais chanter la rivière, je cherchais le fantôme de ma mère au-dessus de ses eaux limpides. Je laissais passer le temps tandis que mon père s'asseyait près de moi et, posant des bésicles sur son nez, me commentait les dernières nouvelles qu'il trouvait dans la revue locale. Comme la vie me paraissait douce ! Comme j'aurais aimé que se prolongent ces bonheurs simples ! Je lui proposai de revenir près de moi à Limoges. En vain. Je savais qu'il avait enfin trouvé la paix après bien des combats.

Les forges se réveillaient, les paysans des alentours venaient ici compléter leurs maigres revenus. L'endroit s'agitait. Quand le vent portait, on entendait crier les charretiers, mugir la rivière mise à contribution, souffler le haut-fourneau. Mon père semblait aimer ce bouillonnement. Il avait lié connaissance avec ces hommes de labeur et, le soir, approchait de leurs maisons pour se mêler à leurs conversations.

J'étais heureuse de repartir retrouver Pierre. Je me sentais soulagée de savoir mon père moins pris dans sa solitude. Il me laissa m'envoler parce qu'il savait que ma vie était ailleurs. Il n'avait jamais cherché à m'enchaîner. Il acceptait de payer au prix fort cette liberté. Je promis de revenir, j'étais sincère, il le savait.

*
* *

Jean-Baptiste Peyrat avait bonne mine. Son visage buriné par un soleil généreux lui donnait des airs de vieux loup de mer. Il relisait pour la deuxième fois le compte rendu des visites de Pierre dans ses carrières de kaolin. Son fils aîné venait de les lui remettre et attendait ses commentaires.

— C'est curieux, ces notations concernant les conditions de travail des enfants. Ce n'était pas le propos, remarqua Jean.

— De quoi se mêle-t-il ? Je voulais connaître les rendements, un point c'est tout. Nous allons comparer avec les années précédentes, nous saurons ainsi si nous allons dans le bon sens. Je te remercie. Je les garde pour l'instant.

Jean se leva. Son père le congédiait toujours de la même manière. Poliment mais fermement.

Jean-Baptiste Peyrat posa les documents sur son bureau, repensa à la demande de Pierre. Il voulait épouser sa maîtresse. Il en avait reparlé alors qu'ils passaient tous du bon temps sur la Riviera. Heureusement, aucun membre de la famille ne semblait solidaire de cette lubie.

L'homme sourit de la naïveté de son fils. Cette fille devait le mener par le bout du nez. D'ailleurs, ces notations sur le sort des enfants dans les carrières de kaolin, il aurait juré que cela venait d'elle. Comme ses lubies sur leurs horaires de travail. Cette fille, il ne l'avait jamais vue ni même aperçue. Personne n'était capable de lui dire à quoi elle ressemblait. Il pourrait demander à son valet de pied de les suivre quand ils sortaient le soir. Comment mettre Pierre devant les réalités ? Comment lui démontrer qu'on n'épousait pas sa maîtresse ? Il pourrait le convaincre de la garder après un mariage arrangeant ! Ce serait encore la meilleure des formules. Avant tout, son fils devait se rendre compte par lui-même qu'aucune ouvrière ou paysanne n'était capable de briller dans son milieu. Les bergères n'épousaient pas les princes.

— Ce sera dur pour lui, mais il faut un vrai choc. Après, Pierre comprendra, marmonna-t-il dans sa barbe.

Il sonna son domestique qui apparut dans la porte, aussi empesé que son employeur.

— Alfred, vous allez suivre M. Pierre et me dire à quoi ressemble sa maîtresse du moment. Avant que je parachève mon projet, je dois être sûr qu'elle est présentable.

— Comptez sur moi, monsieur.

Alfred était de la même trempe que son patron. Leur rigueur d'esprit se rejoignait dans une communion parfaite sur la valeur des choses, les traditions et la place de chacun. Un véritable mimétisme existait entre le valet de pied et le grand bourgeois au regard noir encerclé de favoris qui lui cachaient la moitié des joues, au ventre rebondi de gros mangeur, à la démarche lourde, semblant écraser ses chaussures de cuir fin à chacun de ses pas.

Jean-Baptiste Peyrat quitta son bureau, longea le couloir jusqu'au salon.

La maison respirait l'encaustique et le parfum du tabac, mélange curieux du travail des femmes et du plaisir des hommes. La pièce baignait dans une belle lumière. Madame avait ouvert les baies vitrées, les rayons clairs du soleil se posaient ainsi sur les bibelots en porcelaine. Elle se tenait dans un coin, le visage barré d'un éclat qui laissait apparaître des mèches dorées dans ses cheveux. Penchée sur un ouvrage au point de croix et entourée de fils de coton de différentes couleurs, elle semblait profiter de cet éclairage bienfaisant.

— Que vous arrive-t-il, ma chère ? Pourquoi une telle clarté ? Savez-vous bien que le soleil abîme les tentures et les tapis ?

— C'est l'été, mon cher, mon médecin me dit que j'ai besoin de clarté. Je dépéris dans l'obscurité.

— Hum, fit Jean-Baptiste Peyrat, qui préférait une épouse rangée dans l'ombre comme un vieux meuble de famille plutôt qu'une femme trop lumineuse. Voulez-vous bien refermer les volets !

Il se laissa aller dans un fauteuil près de la cheminée de marbre rouge, tandis que madame s'exécutait.

— Je souhaiterais que nous organisions une fête un de ces dimanches, à la campagne. Pouvez-vous demander à votre gouvernante de nous arranger cela ? J'attends également la liste des invités afin de donner mon accord. Pour la date, voyez avec Alfred.

— C'est une bonne idée que vous avez là, mon ami ! s'écria-t-elle, souriant en pensant qu'elle avait elle-même suggéré cette hypothèse à son mari.

Il la récupérait aujourd'hui à son compte. C'était bien ainsi.

Il sortit de sa poche de veste un cigare qu'il alluma, refoula une épaisse fumée qui forma une brume autour de lui. Madame toussa puis reprit son ouvrage.

Sans un mot de plus, il se leva et quitta la pièce.

*

* *

Pierre, sans le savoir, était un livre ouvert pour Alfred. Il travaillait dans cette maison depuis bien avant la naissance des garçons, c'était dire sa connaissance de la famille. Quand son patron lui demanda de surveiller le jeune homme, le valet de pied prit cela pour un jeu. Avant lui, les trois autres frères avaient fait l'objet d'un même intérêt. Il enfila un costume sobre et sombre, posa sur sa tête un chapeau haut de forme, empoigna sa canne à pommeau d'argent, cadeau de son employeur pour bons et loyaux services, et sortit par la porte des domestiques. Il traversa une partie du centre-ville et se posta rue Ferrerie, devant l'hôtel particulier des Pétiniaud de Beaupeyrat, qui jouxtait l'immeuble dans lequel Pierre s'était installé.

Ces grands bourgeois devaient recevoir ce soir-là. Le porche situé à côté du bâtiment principal restait ouvert, des domestiques allaient et venaient entre les communs et les voitures des invités. C'était un manège incessant.

À travers les fenêtres des salons, Alfred contempla un instant les immenses lustres en cristal de Bohême illuminés de mille feux. De la rue s'entendaient le bruissement des robes, le glissement des chaussures fines sur les parquets précieux, le bourdonnement des conversations. Parfois, un air de violon perçait l'ensemble comme un appel au bonheur. Alfred aperçut le fiacre de Jean-Baptiste Peyrat qui se garait devant l'entrée. Madame, toute de parme vêtue, une plume longue et recourbée dans ses cheveux, en descendait ainsi que monsieur. Il posa la main de sa femme sur son poing, sans un regard vers elle, avança dignement.

Par réflexe, Alfred recula, traversa la rue et se posta sur le trottoir d'en face. Au moment où il donnait un coup d'œil à la porte de l'immeuble voisin, il aperçut Pierre qui sortait au bras de Jeanne. Il sentit son cœur battre dans ses tempes, il aurait pu les rater, il s'en était fallu de peu. Il enfonça son chapeau haut de forme sur son front et marcha calmement derrière le jeune couple.

Il devait se rendre à l'évidence, cette jeune femme possédait une silhouette ravissante. Plus grande que la moyenne, ses épaules frôlaient celles de Pierre. Sa taille fine était mise en valeur par un large ruban. Elle portait un chapeau de paille agrémenté d'un gros-grain bleu foncé de la même couleur que les volants de sa robe. Cela ne faisait aucun doute, Pierre devait lui offrir ses toilettes. Mais quel port, quelle allure ! Et ces boucles noires qui tombaient en cascade dans son dos, sa tenue d'une correction et d'une discrétion qui rappelait celles d'une femme mariée et effacée. Au milieu de la famille Peyrat, elle ferait de l'ombre à ses éventuelles belles-sœurs, sans parler de madame, qui n'a jamais eu beaucoup d'attrait.

Le jeune couple marcha jusqu'au théâtre. Alfred le voyait se parler, rire, échanger. Monsieur détestait ce genre de rapport avec le beau sexe. S'il recevait cette femme, il la remettrait vite à sa place. Cette relation était vouée à l'échec. Au vu des apparences, cette personne ne pourrait pas s'intégrer dans une famille pour qui les traditions avaient valeur de religion.

Lorsqu'il se retourna pour partir, il s'aperçut qu'il n'était pas le seul à les surveiller. Un grand gaillard se tenait près de lui, le regard fixé sur le couple. La casquette vissée sur le bord de sa tête, habillé comme un ouvrier d'un pantalon de grosse toile et d'une chemise à carreaux, serrée dans une ceinture de flanelle, il avait les mains dans les poches et ne semblait pas se rendre compte du manège d'Alfred. Il ne douta pas l'avoir déjà aperçu rue Ferrerie devant l'immeuble.

— Ils vous intéressent ? demanda Alfred en donnant un coup de menton en direction des jeunes gens.

— Je la connais, je l'ai fait embaucher chez Alluaud. C'était la misère quand elle est arrivée à Limoges. Regardez-la aujourd'hui qui joue les grandes dames ! Elle a oublié que son père était un ivrogne et qu'elle se donnait comme une chienne dans un coin de rue. C'est le fils Peyrat, elle va le plumer.

— Je crois, mon garçon, que vous êtes dépité. Elle n'a pas voulu de vous. Elle a traversé le miroir, il est trop tard !

— Salope ! cria Joachim.

— Je vous en prie, de la tenue !

Le jeune ouvrier cracha par terre et, gardant ses mains dans ses poches, s'en retourna vers son monde.

Pierre et Jeanne avaient disparu, happés par la cohue qui pénétrait dans le théâtre. Alfred allongea le pas et regagna la maison de la place des Carmes.

*

* *

— Eh bien ! soupira Jean-Baptiste Peyrat.

Inconsciemment, il se préparait à une nouvelle qui allait le contrarier. Pour cacher sa mauvaise humeur à venir, il avait fait tirer les tentures des fenêtres. Son bureau, d'habitude clair, se retrouvait baigné dans une pénombre qui lui donnait l'impression de le protéger.

— C'est, en effet, une charmante créature, monsieur.

Alfred se lançait dans un exercice qu'il connaissait bien. L'idée étant d'amener Jean-Baptiste à tirer des conclusions comme s'il avait rencontré lui-même la personne dont il était question.

— Mais encore !

— Belle prestance, taille fine. J'ai très peu vu les traits de son visage. Je ne peux vous parler que de son allure générale.

— Si nous la comparons à Mlle Angèle. Quelle est votre observation ?

— Monsieur était très épris, n'est-ce pas ?

— Cela ne vous regarde pas !

— Mlle Jeanne, c'est son nom, est différente !

— Mais encore !

— M. Pierre peut la sortir sans crainte. Je dirais, si j'osais, qu'elle a une allure de duchesse !

— En est-elle ?

— Sûrement pas, monsieur. J'ai rencontré par hasard un homme qui l'a connue avant. D'après lui, elle possède une belle expérience de la chose. Vous voyez ce que je veux dire !

— Bon, mais dans un salon, serait-elle trop éclatante ?

— Je ne pense pas, monsieur. Elle brillerait d'une autre manière.

— Il me faut m'en rendre compte par moi-même. Organisons cette réception.

XV

Un jour mémorable

Nous étions en juillet 1830. Il y a, dans la vie, des dates qui marquent d'un sceau les destinées. Juillet 1830 fut de celles-là pour moi.

Pierre est arrivé un soir, tout heureux de m'annoncer que ses parents organisaient une partie dans leur « campagne », près de Limoges. J'étais invitée.

— C'est un premier geste de mon père, me dit-il, il veut vous rencontrer. Encore quelques mois et nous aurons sa bénédiction, nous allons pouvoir nous marier. Je suis si heureux ! Je sais que vous allez plaire à tout le monde, mon ange.

Il était comme un enfant à qui ses parents venaient d'offrir son premier vrai cadeau. Plus que cela, il attendait une reconnaissance de son choix.

Pour ma part, un pressentiment curieux m'envahissait. J'essayais de le chasser de ma tête pour profiter au mieux de cette opportunité.

Cher Pierre, c'était un rêveur qui croyait que ses désirs allaient se transformer en réalité.

Il m'offrit, pour l'occasion, une robe en soie indienne rose, dont le jupon était surmonté d'un tulle rebrodé de minuscules pois. Le bustier, peu décolleté, mettait en valeur la poitrine sans la montrer. Il insista pour l'achat d'un chapeau de paille comme je les aimais, rehaussé d'un ruban rose et de fleurs en satin du même ton. Nous allions marcher dans l'herbe, je souhaitais porter mes chaussures à lanières.

Ce fut une journée inoubliable, mais pas dans le sens que l'on pourrait croire. Je m'étais promis de garder mes distances avec tout le monde, il me fallut une grande force de caractère, j'y suis parvenue.

La famille Peyrat possédait une belle propriété au sud de Limoges. Des terres à perte de vue constituées de prairies grasses, de bois riches d'arbres centenaires, une ou deux fermes et leurs métayers. La maison était composée d'un seul corps de bâtiment, et percée de larges fenêtres sur deux étages. Pas de fioriture, pas de signe d'ostentation, elle se suffisait à elle-même. On y arrivait par une allée cavalière ombragée de vieux tilleuls. La façade arrière comportait une grande terrasse entourée d'un muret agrémenté de vases Médicis. Un jardin à la française apparaissait dès qu'on franchissait la volée de marches qui permettait d'y accéder. C'était un enchantement. En Angleterre, plus tard, je n'ai rien vu de pareil. Tout était structuré. Des bordures de buis taillés au cordeau enfermaient des parterres de roses que la chaleur de juillet avait flétries, mais le charme opérait. Mon souvenir a peut-être embelli ce lieu qui garde en moi la mémoire de Pierre. Il y avait foule dans les salons baignés de lumière. Mais le spectacle se jouait dehors, où des tables immenses avaient été dressées sous les frondaisons des vieux charmes. Une vaisselle magnifique, bien sûr, se dressait sur des nappes de damassé blanc.

Pierre me présenta sa mère. Une petite femme épaissie par l'âge, dont le regard vif se posait sur les invités avec l'insistance d'une maîtresse d'école. Ses boucles blondes lui couvraient les épaules, elle les chassa d'un geste d'impatience. Elle portait, je me souviens, une robe de taffetas parme, resserrée sous la poitrine à la mode de Joséphine, laissant déborder des seins flétris mais généreux. Elle me gratifia d'un sourire presque enfantin que je saisis au vol comme la promesse d'un don. Puis elle fit tourner le manche de son ombrelle entre ses doigts gantés et s'envola.

Ses belles-filles l'entouraient. J'ai oublié leurs visages, je les ai si peu vues. Je n'ai pas le souvenir d'une quelconque sympathie. Elles ne me saluèrent pas, soudain occupées à surveiller un enfant indiscipliné ou à observer une femme trop exubérante.

Jean-Baptiste Peyrat était assis dans un fauteuil de style Empire, au milieu de sa pelouse. Il croisait les jambes et balançait son pied droit chaussé de fines bottines dont le cuir brillait sous la lumière. Il fumait un énorme cigare et échangeait avec ses invités ses points de vue sur les événements politiques du moment.

— Ils sont inquiets, me chuchota Pierre. Tu sais qu'à Paris l'Assemblée a été dissoute en mai. Les dernières élections ont amené trois cents députés de gauche contre deux cent vingt et un avant. C'est un revers pour eux.

— Le roi Charles X va légiférer par ordonnance. Il sera intraitable, expliquait le voisin de droite de M. Peyrat. C'est le chef suprême de l'État.

— N'empêche, l'opinion est mécontente. J'espère que nous n'en arriverons pas à une nouvelle révolution ! s'exclamait un troisième en sirotant un alcool fort qui lui empourprait les joues.

J'avais suivi, bien sûr, dans Le Moniteur, *les événements qui secouaient la classe politique dans la capitale. La presse était forcément contre le roi puisqu'elle se sentait muselée par lui.*

— Si le roi tente de légiférer, reprit M. Peyrat, ce sera un coup de force du plus mauvais effet. Il ne pourra que resserrer les liens qui tiennent le peuple. La réaction pourrait être violente. Vous avez raison, mon ami, Charles X pourrait préparer une révolution !

Il se tourna alors vers moi, au moment où il expulsait un énorme nuage de fumée de sa bouche. Son visage reste inscrit dans ma mémoire. Son regard surtout. Il me gratifia d'une attention concupiscente, à moins que ce soit la manière dont les maquignons évaluent le bétail sur les marchés. J'avais peu d'expérience des hommes, mais il y a des manières que les femmes sentent instinctivement.

Il me jaugea sur ma capacité à me maîtriser, commençant la conversation par une agression frontale concernant ma façon de m'immiscer dans des sujets qui ne me regardaient pas.

— Qu'avez-vous donc contre le travail des enfants ? Que feraient tous ces pauvres bougres sans nous ? On leur donne le pain qui les nourrit, sinon ils retourneraient dans leurs misérables campagnes. Savez-vous ce qu'est une manufacture à gérer ? Connaissez-vous les difficultés que nous rencontrons pour arriver à des comptes équilibrés ? Chacun a ses problèmes, mademoiselle.

— Je vois, monsieur, ai-je répondu en dirigeant mon regard sur la réception et son cadre.

Ses amis ne pipaient mot, mais je sentais une ironie sous les épaisses moustaches.

Pierre me tira par le bras pour me signifier que l'entrevue était terminée. Je me forçai à offrir une révérence et tournai le dos.

À table, on me plaça à côté des belles-filles. Pas deux mots ne furent échangés. J'observais la fratrie. Comment Pierre pouvait-il s'en sortir au milieu de ces visages déconfits, de ces gros mangeurs portant sur leurs ventres le résultat de leurs agapes. Je repensais à Louis, à la sous-alimentation chronique de ses frères et sœurs. C'était un fait, les apparences ne jouaient pas en la faveur de ces bourgeois bien nourris qui allaient prier le dimanche à la messe.

— Qu'avez-vous, mon ange ? me murmura Pierre à l'oreille. Vous ne mangez rien.

— Emmenez-moi, s'il vous plaît !

— Ce n'est pas comme ça que nous gagnerons ! Soyez patiente !

Je passai la journée à aller et venir entre les invités, je cherchais Pierre quand quelqu'un l'avait retenu. Je buvais de l'excellente citronnade.

Jean-Baptiste Peyrat approcha de moi vers la fin de l'après-midi.

— Connaissez-vous les projets de Pierre, mademoiselle ?

— Vous voulez parler de l'atelier de décor qu'il souhaite ouvrir à Paris ?

— Entre autres.

— Il a autre chose en tête ?

— Vous le savez très bien !

— Non, monsieur.

— Comment voyez-vous l'avenir avec Pierre ?

— Eh bien, nous pensions aller à Paris. J'ai le projet de reprendre mes cours de peinture auprès de la

marquise de Payzac, qui se trouve actuellement à La Havane avec M. le marquis et...

— Et quoi encore, vous avez l'intention de vivre dans le péché le reste de votre vie ?

Je n'ai pas répondu à cette question. Je n'avais pas envie de me lancer dans un improbable réquisitoire sur ses points de vue si différents des miens.

— Laissez Pierre tranquille, mademoiselle. Retournez dès à présent chez votre marquise et oubliez-le. C'est un garçon rêveur qui passera vite à autre chose !

Ses yeux charbonneux me scrutaient comme s'il voulait percer les secrets de mon âme. Je l'ai fixé avec une telle audace qu'il en a tressailli. J'ai même aperçu un mouvement de sourcils dans son impassible visage. Je lui ai ensuite tourné le dos et ai rejoint le tilbury qu'un cocher avait garé sur le bord du fossé. Quand je me suis enfin retournée, j'ai vu qu'il n'avait pas bougé. Il m'avait observée pendant que je m'éloignais de lui. J'ai eu, à cette seconde, une terrible prémonition.

Pierre tenait déjà les rênes de sa jument. Il m'a tendu la main, j'ai lu dans ses yeux cette candeur extrême que l'on retrouve chez les personnes qui refusent de regarder la réalité en face.

*
* *

À la fin du mois de juillet, Charles X sortit de son chapeau quatre ordonnances qui mirent le feu aux poudres. Il suspendit la liberté de la presse, dissolut la Chambre, restreignit le droit de vote.

Les journalistes, furieux, rédigèrent une protestation dans laquelle ils refusaient chacune des mesures prises par le souverain. Ils décidèrent de sortir simultanément leurs journaux, annonçant qu'ils ne reconnaissaient pas le nouveau gouvernement qui venait d'être mis en place.

Afin d'éviter la sortie du Globe, *du* Temps *et du* National, *le roi fit intervenir la police. Bien entendu, cette provocation de la part du pouvoir amena une série d'émeutes à travers la capitale. Douze mille hommes furent déployés, autant pour éviter la parution des publications que pour dissiper les révoltes.*

À la fin du mois, des barricades s'élevèrent à travers Paris. Le mouvement devint révolutionnaire. Contre toute attente, les troupes lancées à l'assaut des insurgés fraternisèrent avec eux. De ce fait, Paris fut vite à leur solde. Le roi et la cour se retirèrent à Rambouillet tandis que les députés créaient une commission municipale. Majoritairement monarchistes, ils prirent en main cette petite révolution et proposèrent un changement de dynastie. Louis-Philippe d'Orléans fut appelé sur le devant de la scène. La branche cadette de la maison Bourbon remplaça donc l'aînée. Le 2 août, Charles X abdiqua. Louis-Philippe fut proclamé roi des Français. Commençait l'époque de la monarchie de Juillet.

Comment pouvais-je imaginer que mon destin serait si intimement lié à ces vicissitudes historiques ? Depuis si longtemps, ma vie se trouvait ballottée au gré des événements politiques du temps. Mon père et son retour de Russie, Héloïse partie à Dantzig et revenue pour disparaître de nouveau, happée par une révolution en Espagne.

Nous ne parlions pas, Pierre et moi, de cette journée au cours de laquelle j'avais rencontré les siens.

Nous étions cependant conscients de la menace qui pesait sur nous. C'était une évidence, Jean-Baptiste Peyrat m'avait ouvertement demandé de disparaître de la vie de Pierre. Sa famille, sous la coupe de cet homme dominant, n'avait fait que confirmer son souhait par son attitude méprisante envers moi.

XVI

Le dernier rendez-vous

JEAN-BAPTISTE PEYRAT croyait la partie facile. Il avait tout organisé dans sa tête. Il manquait cependant quelques détails à préciser. Curieusement, il ne s'en préoccupait pas. Il les chassait d'un soupir d'ennui quand ils revenaient effleurer son esprit.

Jeanne l'avait surpris par sa prestance, ce charme indéfinissable dont Alfred avait essayé de lui parler. Elle lui avait plu, beaucoup plu. Cette jeune femme grande, élancée, au port altier. Sa manière effrontée de le regarder comme s'il était tout à coup le gibier et elle, le chasseur. La conquérir était devenu son obsession. Le petit détail à régler avait pourtant son importance, Pierre. Comment donc éloigner son propre fils de son champ de tir ?

Le pouvoir, l'argent, les décisions appartenaient au père. Tout dans la maison et dans les affaires dépendait de ses humeurs. Pierre devrait rentrer dans le rang.

Dans un premier temps, Alfred fut désigné pour espionner Jeanne. Il le connaissait, il était discret et aux ordres. Avec lui, rien ne s'ébruiterait.

Chaque semaine, le vieux domestique rendait compte à son employeur.

Et décrivait toujours la même existence. Jeanne se promenait ou partait avec le tilbury à la campagne, chargée de son chevalet et de ses peintures. Pour ces sorties, elle portait des tenues simples, presque modestes.

Alfred en rajoutait pour exciter l'envie de M. Peyrat, sans réfléchir aux marques qu'il traçait dans l'inconscient de son interlocuteur.

— Mademoiselle porte sa blouse de peintre avec un grand talent ! expliquait-il. Ils sont allés au théâtre, elle était vêtue d'une robe de velours bleu sombre assortie de dentelles blanches. Tous les hommes la regardaient. M. Pierre semble très épris. M. Pierre a l'air si heureux. Cette personne lui apporte un bonheur qui se lit sur son visage.

— Hum, marmonnait M. Peyrat, dont l'impatience à mettre Jeanne dans son lit s'accroissait de jour en jour.

*

* *

Pierre demanda un rendez-vous à son père que ce dernier fut obligé de lui accorder.

— Vous ne m'avez pas répondu, monsieur. J'attends toujours, je ne peux pas laisser Jeanne dans cette situation inconfortable. Y avez-vous réfléchi ?

Le jeune homme paraissait impatient et énervé, il ne pouvait rester assis et marchait de long en large dans le bureau, dont les tentures étaient encore tirées.

— Avez-vous quelque maladie aux yeux, monsieur ? fit-il soudain en levant la tête vers l'espace assombri de la pièce. N'aimiez-vous pas la lumière auparavant ?

Jean-Baptiste Peyrat ne répondit pas. De quoi se mêlait-il ? Pour qui se prenait-il, pour son confesseur ?

— Mon garçon, commença-t-il, je ne pense pas que vous pourrez épouser cette personne ! Elle n'a pas de dot, pas de famille et une réputation sulfureuse. Cela mettrait notre parentèle dans l'embarras et porterait atteinte à notre notoriété.

— Mais, monsieur...

— Ne me coupez pas et asseyez-vous ! Il vous faut une petite femme aimante et bonne mère dont les enfants seront fiers de leur ascendance maternelle. Abandonnez cette créature, laissez-la rejoindre sa marquise, dont elle parle avec autant de familiarité que si elle était sa cousine. Cela est choquant ! Je vous offre la responsabilité d'un atelier de décoration à Limoges, cela vous occupera.

— J'ai compris, monsieur. Eh bien, je me priverai de votre accord pour me marier. Jeanne sera mon épouse malgré vous, mes frères et mère. Je partirai avec elle à Paris et me contenterai de la part d'héritage que mon grand-père m'a laissée. Nous saurons vivre modestement. Cela ne l'embarrassera pas. C'est l'avantage des femmes qui ont manqué. Elles n'ont pas besoin du même train que ces filles de bourgeois gâtées et capricieuses, laides de surcroît.

Jean-Baptiste Peyrat ressentit quelque chose d'inconnu au fond de sa poitrine. Un sentiment nouveau qu'il expérimentait à présent. Jamais aucun de ses fils n'avait osé lever la voix devant lui. Jamais personne de sa famille ne s'était opposé à lui de la sorte. Il se trouva dans l'incapacité de se défendre. Il racla sa gorge le temps de reprendre ses esprits. Deux contrariétés se chevauchaient. Pierre lui désobéissait et Jeanne du même coup allait lui échapper. Pierre semblait déterminé. Il avait tout prévu, rien ne semblait pouvoir l'arrêter dans son projet.

Jean-Baptiste Peyrat ne supportait pas l'échec. Il venait de vivre la fermeture de sa manufacture de Paris, cela suffisait. De surcroît, il ne pouvait tolérer de se sentir rabaissé par un membre de sa famille.

Pierre, d'ailleurs, n'attendit pas de réponse. Il traversa la pièce comme une furie, claqua la porte en sortant, faisant trembler les murs.

Madame mère, qui brodait au salon, leva le nez, pensa à un courant d'air, reprit son ouvrage.

Alfred, qui remontait de la cuisine, vit passer Pierre dans le couloir. Sa démarche rapide et assurée, ses bras qui se balançaient le long de son corps, cela provoqua une animation inhabituelle dans cette maison qui ne respirait qu'au rythme des horloges. Il haussa les sourcils, comprit que plus rien ne serait désormais comme avant. Ce garçon venait de changer le cours des choses.

*
* *

Pierre arriva rue Ferrerie plus tôt que d'habitude. Jeanne rangeait ses pinceaux et ses gouaches. L'appartement sentait l'essence de pin. Le chevalet supportait une toile à peine terminée sur laquelle la jeune femme avait peint la cathédrale Saint-Étienne.

La perspective était réussie, les couleurs traduisaient un automne riant. Pierre observa un moment l'œuvre, tourna ses yeux vers Jeanne, qui allait et venait, encore protégée de sa large blouse de coton tachée de toutes parts. Elle représentait un tableau à elle seule. Des mèches de cheveux détachées de son chignon lui caressaient le visage, sa bouche rose de plaisir s'offrait comme une fleur. Elle ne s'agitait pas, elle traversait la pièce avec une langueur de chatte.

En une seconde, il mesura la chance qu'il avait d'aimer cette femme, prit conscience du précipice d'horreur que lui offrait son père de la quitter.

Il avait besoin de son odeur, de ses caresses, de sentir frémir son corps sous le sien. Il la saisit plus violemment que d'habitude, dégrafa la blouse, la robe, releva le jupon, s'empara de ce corps et la dégusta avec la passion d'un désespéré. Elle répondit à son appel, lui offrit plus qu'il ne demandait, le surprenant toujours. Ils s'aimèrent comme si c'était la dernière fois, comme si le bourreau les attendait.

Quand la lumière du jour céda la place à la naissance de la nuit, elle lui prit le visage entre ses mains.

— Pierre, j'attends un enfant ! annonça-t-elle dans un murmure. Un enfant de vous, quel bonheur !

Il se retint pour ne pas pleurer. Il en avait eu si souvent envie quand il était petit. Il avait appris à garder ses larmes. Ce signe de faiblesse n'était pas autorisé dans sa famille.

— Nous allons nous marier, mon ange. Dès demain, je vais nous inscrire à la mairie. Mon père n'est pas contre, mais il ne veut pas que nous en fassions toute une histoire. Après, nous partirons à Paris. Nous vivons nos derniers moments ici, mon ange, nous allons enfin pouvoir exister au grand jour !

Il l'embrassa, réveilla de nouveau leur désir. Ils s'abandonnèrent encore l'un à l'autre dans une singulière démesure. Ils ne virent pas la nuit tomber, ne sentirent pas la faim les tenailler.

Jeanne avait beau croire en cet avenir lumineux, elle ne pouvait s'empêcher de ressentir une angoisse inaccoutumée. Elle avait besoin, pour se donner du courage, de cette jouissance violente. Elle s'en grisait, jusqu'à en perdre la tête.

Quand ils émergèrent de cette folie de s'aimer, le jour se levait. Pierre savait ce qu'il devait faire. Jamais de sa vie il n'avait senti une telle énergie pour un projet. Sa détermination se lisait dans ses yeux noirs. Il l'embrassa une dernière fois, la quitta doucement.

— À ce soir, mon ange, murmura-t-il avant de lui mordiller le lobe de l'oreille.

Jeanne ne le revit jamais.

Elle attendit toute la journée, sortit sur le trottoir quand la nuit fut tombée. Laissa prendre son attention sur la réception organisée par les Pétiniaud de Beaupeyrat, observa la valse des voitures, la palette de couleurs des toilettes, le concert des conversations. Elle y chercha Pierre, en vain.

Elle marcha un moment le long du trottoir, regagna l'appartement. Commença une nuit longue entrecoupée de sursauts. Pierre ne vint pas.

Elle patienta trois jours, puis se rendit devant la maison Peyrat.

Le spectacle qui l'attendait la saisit d'effroi.

XVII

Retour à la maison

Une tenture funéraire couronnait l'entrée de la maison. Au bas des marches, un corbillard stationnait. Les chevaux piaffaient d'impatience, la voiture croulait sous les bouquets. Des fleurs claires, du blanc, du bleu ciel, du rose pâle. Couleurs symboles de la jeunesse. Elle songea d'abord à Jean-Baptiste Peyrat ou à sa femme. Après tout, c'était dans l'ordre des choses. Les parents partaient en premier. Mais ces gerbes aux teintes pastel ne correspondaient pas aux regrets d'une personne âgée.

Elle avança vers la porte des domestiques. La maison semblait endormie. Tous les volets étaient fermés, un silence tombait sur elle comme une chape de plomb.

Elle traversa de nouveau la rue pour prendre du recul, se cogna contre une personne qui arrivait derrière elle.

— Pardon, monsieur !

— Ce n'est rien, mademoiselle.

— Savez-vous, monsieur, qui est mort dans cette maison ?

L'homme ouvrit ses yeux comme s'il voyait une apparition divine, eut un mouvement de recul, soupira.

— C'est une bien triste histoire, mademoiselle. M. Peyrat vient de perdre son plus jeune fils. Un accident bête. Monsieur lui avait prêté son phaéton, comme M. Pierre le lui avait demandé. Le postillon a attelé le cheval le plus fougueux de l'écurie. Au lieu d'aller au trot, M. Pierre a poussé l'animal au galop. À la sortie de la ville, sur la route de Pierre-Buffière, une bosse a fait chavirer la voiture. M. Pierre a été expulsé et est tombé à terre, sa tête a cogné un gros caillou.

Jeanne eut un vertige comme si elle venait d'avaler un litre de vin. Elle se retint au poignet de l'homme puis, reprenant ses esprits, s'éloigna.

Alfred traversa la rue, entra par la porte de service.

Jeanne fit le tour de l'appartement, saisit machinalement des objets appartenant à Pierre. Une veste qui gardait son odeur, une cravate en soie qu'il avait tachée. Elle caressa de sa main son ventre à peine arrondi, ne se posa pas la question de son devenir. L'ombre de Pierre planait encore entre ces murs, comme une présence silencieuse.

Avec le temps, elle prit conscience de la manière dont Jean-Baptiste Peyrat venait de l'extraire de la vie de Pierre. La façon employée était brutale et violente. Mais mieux valait un fils mort qu'un fils perdu. La réputation de la « dynastie » demeurait intacte.

Elle plia bagage sans un soupir. Décidée à être partie quand ils reprendraient possession de l'appartement. Elle ne voulait pas les voir. Les larmes ne coulèrent pas. Ses yeux restèrent secs comme un désert aride. Sa lucidité la ramenait sans cesse à l'atroce vérité d'un père sacrifiant son enfant au nom de la paix des familles. Elle devint l'ombre d'elle-même. Il lui manquait le souffle de son amant pour calmer les ardeurs d'un cœur dont les battements lui échappaient.

Quand les malles furent prêtes, que le quotidien fut enfermé comme l'enfant dans son ventre, elle fit appeler un porteur qui les mena jusqu'à la diligence de Périgueux.

Elle ne jeta pas un regard au décor qui avait servi d'écrin à son bonheur pendant presque trois ans. Elle emportait le souvenir de Pierre enfoui dans sa mémoire. Avec son bébé à venir, c'était son dernier trésor.

Deuxième partie

XVIII

Pierre

Clarence house, juillet 1860

> *« Gémir, pleurer, prier est également lâche.*
> *Fais énergiquement ta longue et lourde tâche*
> *Dans la voie où le sort a voulu t'appeler,*
> *Puis, après, comme moi, souffre et meurs sans parler. »*

LA NUIT ÉTAIT MAINTENANT TOMBÉE. Pas une lumière ne traversait la campagne, seul un morceau de lune, que des nuages cachaient par moments, venait percer l'obscurité.

Jeanne resta longtemps debout derrière les carreaux de la fenêtre, le regard fixé vers un passé douloureux dont elle se croyait affranchie. Elle ne voyait rien des ténèbres qui, de leurs ailes noires, recouvraient la campagne. Un chagrin silencieux lui barrait son horizon. Elle ne sentait pas les larmes échappées de ses yeux tracer des sillons sur ses joues jusqu'à ce qu'un spasme lui secouât la poitrine. Elle se redressa, fit demi-tour et regagna son bureau.

La petite bonne avait posé une lampe sur le meuble, laissant réapparaître la photo d'un jeune homme souriant dont les boucles sombres retombaient en désordre sur le front. Un col d'officier lui serrait le cou, lui donnant un air guindé qui contrastait avec son regard doux encore enfantin.

Jeanne se saisit du cadre, caressa le visage à travers le verre. Se pouvait-il qu'un fils ressemblât de la sorte à son père ?

Dans un geste impulsif, elle posa le portrait, attrapant sa plume, la trempa dans l'encrier et se mit à écrire comme elle aurait couru si elle avait pu, sans reprendre son souffle, sans lever les yeux, jusqu'à épuisement.

Une tisane encore fumante refroidissait lentement sur un coin du meuble, elle ne la voyait pas, elle était déjà partie ailleurs, dans le labyrinthe de sa mémoire.

Mon cher amour, je te devais la vérité sur tes origines. Trop de mensonges et de fausses pudeurs ont entouré ton enfance. Trop d'histoires absurdes ont bercé tes jeunes années. Ton père était bien mort, mais pas du choléra, comme on a essayé de te le faire croire. C'était un homme de son temps, bercé par les exploits d'une ascendance trop corsetée pour lui. Il était le résultat de ces débordements de l'histoire qui offraient à sa génération un avenir incertain.

Je suis retournée chez mon père, dans la petite maison au bord de la rivière. Nous étions moins isolés. Une animation nouvelle s'emparait des forges en contrebas qui, depuis quelques années déjà, revivaient grâce à la ténacité de la famille Combescot. Une modernisation de l'outil de production permettait de développer ici la sidérurgie grâce au charbon de bois. Le haut-fourneau, quand il crachait sa fumée noire, me rappelait les grandes cheminées des manufactures limougeaudes. Une vaste halle se dressait maintenant avec sa lourde charpente et ses tuiles plates fabriquées à Tourtoirac. C'était un bâtiment en pierre doté d'un système d'aération à claire-voie très originale. Une maison d'ouvriers était en construction au pied du château, face au haut-fourneau.

On avait parfois du mal à respirer, notre masure s'assombrissait, le potager de mon père en souffrait. Il avait replanté quelques pieds de bleuets tant aimés de ma mère, qui sous l'affront des fumées courbaient leur dos comme s'ils étaient en prière.

Ce coin du Périgord, perdu dans une forêt dense, au milieu de laquelle coulait une rivière sauvage, rappelait certains jours la place des Carmes de Limoges. Des attelages se succédaient sur les chemins caillouteux, les ouvriers s'interpellaient, les chevaux hennissaient. À ces clameurs se mêlaient les ronflements de la soufflerie comme la respiration d'un géant et le clapotis des eaux domptées pour créer une énergie hydraulique indispensable à la bonne marche de l'ensemble. Au loin s'entendait le claquement sourd de la hache sur les troncs, puis le craquement de l'arbre, tel un cri d'agonie, qui chutait sur le sol.

Mon père ne me reprocha rien, mais son regard grave posé sur moi en disait long sur ses pensées.

J'avais le front bas et le cœur gonflé de regrets. J'allais avoir vingt-cinq ans, et ceux que j'avais aimés avaient disparu. Je me sentais vieille, comme si ma vie se trouvait derrière moi. Les mois à t'attendre, je me suis retournée pour essayer d'apercevoir les bribes de mon passé. Je parcourais les sentiers le long de la rivière quand, enfin abandonnée des hommes, elle retrouvait sa course naturelle. J'écoutais les feuilles frémir sous la brise, personne ne m'appelait. Les fantômes venaient me visiter la nuit. Ma foi avait disparu dans les brumes d'un esprit trop perturbé. Je ne me raccrochais même pas à l'espoir que tu représentais.

Pardonne-moi pour l'aveu d'une telle indifférence à ton égard, mais j'avais perdu Pierre, j'étais inconsolable. Il n'y a rien de plus fort et de plus exalté qu'un premier amour. La jeunesse offre des sentiments passionnés qui, plus tard, se transforment en un attachement plus réfléchi. Pour l'heure, la fatalité venait de me crucifier.

Tu es né au printemps 1831. Mon père avait appelé une vieille femme du village de Payzac, réputée de bonne compagnie pour les accouchées. Faiseuse d'anges à ses heures, elle connaissait le secret d'une naissance.

Ce fut long et douloureux, mais curieusement j'avais besoin de cette épreuve pour me donner l'impression que mon corps était encore vivant.

Mon père me trouvait trop faible et trop inexpérimentée pour élever un enfant. J'avais cessé de réagir à toute bonne ou mauvaise nouvelle, j'étais indifférente à tout événement extérieur. Pour ces raisons, il te confia à la sage-femme. Elle avait trouvé une nourrice dans une ferme isolée. Je ne t'ai pas réclamé, tu ne m'as pas manqué tout de suite.

Elle est revenue pour surveiller ma santé, bander mes seins douloureux qui gonflaient sous la poussée du lait.

— T'as raison, ma fille, me disait-elle croyant que je culpabilisais. Trop de ces petits anges rejoignent le ciel, c'est bien de ne pas t'attacher ! Il faut pourtant lui donner un nom.

Je soupirais, lui souriais, ne répondais pas.

Plusieurs semaines passèrent. Mon père, enfin, l'attendit un soir à l'orée de la forêt.

— Appelez-le Pierre ! murmura-t-il sans autre explication.

Je me suis enfin éveillée, un matin du mois de mai, alors que les merles piaillaient dans les grands châtaigniers, que les saules gorgés d'eau verdissaient, que les herbes folles des prairies naissaient sous la poussée des premières chaleurs. Des orchidées sauvages envahissaient les prés, les réveillant de leur long sommeil. Sur le bord de l'Auvézère, des boutons d'or apparaissaient chaque jour plus nombreux. La rivière se réchauffait, des truites glissaient à sa surface en silence, comme des ombres. La vie originelle s'éveillait.

Le garde champêtre du village s'est avancé vers la maison en tendant un pli vers moi.

— C'est pour la petite demoiselle ! s'écria-t-il.

Cela venait de Paris, je reconnus l'écriture dans l'instant.

J'ai senti en moi la poussée du printemps.

Héloïse était rentrée de La Havane et, en attendant une prochaine affectation du marquis, séjournait à Paris. Elle me criait son manque de moi, son désir de me revoir. Elle désirait me montrer ses nouvelles œuvres et entendre mon point de vue plus de profane que d'artiste. Cette lettre était l'appel ardent d'une mère de substitution, d'un monde féminin qui m'avait tant manqué depuis toutes ces années. Je sentis mon besoin d'une affection douce et maternelle, d'une oreille à l'écoute de mes langueurs.

Mon attachement envers mon père restait intact mais, à l'âge des grandes espérances, il ne m'était plus indispensable. L'affection naturelle que j'aurais dû éprouver pour mon fils s'était volatilisée dans les brumes de la déchirure causée par la perte de mon amour de jeunesse.

Mon père, une fois de plus, me laissa partir. L'oiseau s'envolait encore. Je remplissais de nouveau mes malles de mes trésors. J'avais gardé les toilettes offertes par Pierre, les chapeaux, les chaussures, les rubans. Je complétai avec mes livres, mes quelques dessins et peintures. J'emportai aussi les derniers objets qui me rappelaient cet homme jeune que j'avais aimé. Une cravate, un mouchoir, un peigne, sa chevalière oubliée sur notre table de nuit.

En m'éveillant se leva en moi le désir de te prendre dans mes bras. Je suis allée jusqu'à la ferme, je t'ai cajolé avec des gestes encore bien hésitants. J'ai affronté ton regard sombre qui semblait me juger et me charger de reproches.

Tu étais un nourrisson bien potelé, calme et déjà curieux de tout. Tu avais les yeux noirs de ton père et son grain de beauté sur la tempe gauche. Cela m'a troublée d'une drôle de manière. Comme si je t'en voulais de lui avoir volé ses morceaux de vie. Quand je t'ai posé, je savais que je reviendrais te chercher.

Mon cher fils, tu as été conçu dans l'amour d'un homme et d'une femme. Nous avions souvent parlé de l'éventualité d'avoir un enfant ensemble, Pierre et moi. L'idée nous plaisait et nous nous amusions à imaginer à qui de nous deux il ressemblerait.

Tu n'es pas le fruit d'une inconséquence. Nous t'aurions tant aimé. Mais j'avais ma vie à reconstruire. Un enfant n'avait pas sa place sur le chemin que je devais parcourir. Tu sais aujourd'hui à quel point tu comptes pour moi, et je pense ne pas avoir manqué notre rendez-vous pour bâtir ton avenir.

XIX

La Liberté guidant le peuple

— TU VAS AVOIR SOUS LES YEUX la peinture la plus représentative des journées de juillet 1830 ! s'écria Héloïse en se tournant vers Jeanne.

La calèche les déposa devant la porte principale du palais du Luxembourg, dans ce musée réservé aux artistes vivants ou morts depuis peu : David, Gros, Ingres, Delacroix.

Ce mois de novembre donnait l'impression de vouloir continuer un automne agréable. Un franc soleil réveillait Paris malgré des journées de plus en plus courtes. La jeune marquise portait une cape de grosse laine doublée d'hermine sur une robe de taffetas rose. Son chapeau de paille avait les bords relevés à la mode du temps et lui dégageait le visage. Des boucles blondes s'en échappaient à la manière d'une petite fille. Elle avait vieilli pendant ces années de voyage. Ses traits fins chiffonnés par les années n'avaient pourtant rien perdu de leur douceur. Ses yeux clairs regardaient le monde avec toujours autant d'intensité. Ses gestes gardaient toute leur vivacité. Jeanne avait retrouvé la femme pleine d'entrain qui l'avait abandonnée quelques années auparavant. Se lia une complicité affermie par la maturité de deux adultes.

Peu de visiteurs fréquentaient le musée en cette fin d'après-midi. Les deux amies traversèrent plusieurs salles, indifférentes aux plafonds en arches recouverts d'œuvres majeures ou aux peintures exposées sur les murs, pour enfin s'arrêter devant un tableau immense à peine correctement mis en valeur.

— Il paraît qu'ils vont le décrocher et le reléguer dans les réserves. Cette toile pose désormais trop de questions !

Héloïse avait mis sur son nez une paire de petites lunettes cerclées d'or pour mieux contempler l'œuvre.

Jeanne prit du recul. C'était la première fois qu'elle le voyait. Il lui parut nécessaire de le contempler dans toute sa grandeur.

— *La Liberté guidant le peuple*, Eugène Delacroix, lut-elle tout haut.

— Approche, ordonna Héloïse. Regarde cette femme, la poitrine nue, un bonnet phrygien sur la tête, qui guide et encourage les révoltés. Quelle image que son fusil dans une main et un drapeau tricolore dans l'autre ! Est-ce que tu sens l'atmosphère de ce tableau ?

— C'est une scène de combat, suggéra Jeanne. On y voit le symbole de la patrie dans les couleurs des fumées et des nuages. Le bleu, le blanc et le rouge. Des cadavres gisent aux pieds de l'égérie.

— Un suisse, un cuirassier, détailla Héloïse. C'est une femme du peuple qui magnétise les combattants. C'est la représentation de la Liberté pour certains. J'ai des amis qui détestent cette œuvre, elle leur fait peur. Ils y voient l'éternelle révolte du populaire. Aujourd'hui, on veut oublier les journées sanglantes de juillet 1830. Cette toile semble les inscrire dans le marbre. Qu'en penses-tu ?

— Je trouve les événements parfaitement reconstitués. J'aime l'idée de la Liberté représentée par une femme. Le talent pictural d'Eugène Delacroix ne fait aucun doute, ne croyez-vous pas ?

— L'œuvre appartient maintenant à l'État. Elle est sauvée. Même s'ils la relèguent dans une cave, je sais qu'un jour ils la ressortiront. Pour l'instant, tout le monde veut oublier l'étrange situation dans laquelle on a vu des révolutionnaires mettre un roi à la tête du pays. Les fantômes des hommes de 1792 doivent se perdre dans le labyrinthe de l'Histoire.

Elles restèrent un long moment à contempler cette toile hors du commun. Essayant de percer le secret d'un détail. Puis, se reculant l'une et l'autre, admirèrent en silence la force de l'allégorie et enfin sa valeur intrinsèque.

— As-tu entendu parler précisément des journées de juillet 1830, qui ont amené Louis-Philippe au pouvoir ? demanda Héloïse alors qu'elles se dirigeaient vers la sortie.

— J'en sais ce que j'en ai lu dans les journaux régionaux. Mais la presse étant verrouillée, je pense que les éditorialistes sont allés à l'essentiel.

— Je n'étais pas là, mais j'ai eu entre les mains des dessins de Victor Adam, qui a décrit avec beaucoup de réalisme les événements. On y voit la lapidation du carrosse du prince de Polignac, rue des Capucines, les différentes luttes de rues, les manifestations du Palais-Royal et de l'Hôtel de Ville, l'intronisation de Louis-Philippe. Les scènes de barricades évoquent avec une grande précision la violence des combats. Il n'hésita pas à décrire la mort et la souffrance des hommes et des femmes et même des chevaux. On sent, dans ces œuvres, toute la force de la conviction des révolutionnaires.

— J'aime vous écouter en parler, avoua Jeanne en souriant. L'évocation du sujet vous touche autant que le génie de son auteur.

— Je reste cependant l'élève sage de Louis-Étienne Watelet, Dieu ait son âme ! Mais je reconnais que certaines aptitudes sont mises au service d'une propagande nécessaire à la compréhension des événements. J'aimerais avoir ce culot, je n'ai pas été éduquée dans ce sens. Je n'ai aucun sens critique. Tu vois, je te parle de moments historiques avec une indifférente froideur.

— C'est l'artiste qui s'exprime et non la politique. À chacun son talent.

Héloïse sourit puis, approchant de Jeanne, glissa sa main gantée sous le bras de sa jeune compagne.

Paris s'enfonçait dans l'obscurité de la nuit. Les grands et vieux immeubles découpaient leur silhouette sur un ciel dégagé encore lumineux. Une fraîcheur soudaine les fit frissonner l'une et l'autre. Jeanne leva les yeux vers la perspective. Depuis qu'elle était dans cette ville, quelque chose lui manquait qu'elle ne savait pas définir. Observant alors les façades sombres et inertes qui bouchaient la vue, elle comprit que ce minéral immobile s'opposait au frémissement des grands arbres de son Périgord. Les courants d'air qui longeaient les rues rapportaient seulement les relents des déchets de l'humanité agglutinée. Point ici d'odeur de mousse humide, des feuilles séchées sur un sol riche en humus. La Seine, aperçue plus tôt, n'avait en rien le charme de son Auvézère qui chantait sous la révérence des saules et des noisetiers. Ce moment de nostalgie la ramena à Pierre Peyrat, à son enfant abandonné. Un long soupir lui souleva la poitrine, elle se blottit contre la marquise qui marchait vers la calèche postée au coin de la rue.

*
* *

Mars 1832. Jeanne essayait d'oublier sa vie antérieure. Elle revivait dans ce Paris pourtant agité de tous côtés. Pour marquer de son sceau indélébile un passé qui l'avait aussi construite, son père lui envoyait de petites lettres simples et brèves et lui donnait des nouvelles de cet enfant qui grandissait loin de sa mère. Ses premières dents, ses premiers pas, son premier mot, il n'oubliait rien. C'était dit entre deux événements mineurs, comme la naissance de poussins, l'apparition des premières feuilles des pommes de terre, le labourage du jardin ou un voyage jusqu'à Périgueux. Elle avait le cœur qui battait plus fort à l'évocation d'une vie qu'elle avait offerte mais dont elle s'était détournée.

Héloïse ignorait ce lourd secret et ne posait aucune question en découvrant sa jeune protégée portant une robe de belle facture, un chapeau richement orné ou des chaussures de satin clair. Les manières de Jeanne laissaient supposer une relation avec un homme éduqué. Sa façon de s'asseoir, de marcher, de se tenir à table, sa réserve aussi ne lui venaient pas de ses parents. À Payzac, Héloïse avait entendu des conversations mais n'y avait pas prêté attention. Elle attendait avec patience que l'heure des confidences sonne.

Le temps de la révolte s'était dissous dans l'esprit de Jeanne. Les événements l'avaient anéantie, elle en avait refermé la porte pour se préserver de la folie. Elle était l'hôte d'une famille de monarchistes et gardait pour elle ses idées républicaines.

Héloïse lui avait ouvert son atelier de peinture et lui offrait quelques leçons. Jeanne avait entretenu son don et avait approfondi quelques faiblesses durant son séjour à Limoges. Cela se voyait. Ce temps gagné lui servait à présent pour finaliser des paysages dans lesquels la marquise sentait une belle maturité. Elles arpentaient ensemble les grands musées ouverts au public, installaient leur chevalet et leur toile devant une œuvre qu'elles s'évertuaient à reproduire.

— Apprendre à peindre, déclarait Héloïse, c'est recopier encore et encore.

Jeanne avait, par moments, la nostalgie de son pays. Elle pressentait que Paris donnait à respirer des miasmes. Son regret des forêts sombres et du clapotis de sa chère et vivante rivière l'entraînait parfois sur les bords de la Seine, mais la saleté alentour, la couleur de l'eau, son courant sans âme l'obligeaient à regagner le confort protecteur de l'appartement de la marquise de Payzac.

Quand se déclara une maladie qui se mit à décimer la population, la jeune fille n'en fut pas étonnée. Avant d'être en mesure de donner un nom scientifique à ce mal, les médecins semblaient impuissants à en venir à bout. Les gens crurent à des empoisonneurs qui infestaient les viandes et le vin. Chacun se méfiait de son voisin, de son concurrent, de l'air qu'il respirait, de la nourriture qu'il mangeait.

Paris devint une ville fantôme dans laquelle les habitants évitaient de se déplacer d'un quartier à un autre. Quand les scientifiques donnèrent enfin un nom à cette épidémie, le choléra, une terrible panique s'empara de la capitale. Les rues se vidèrent, ne restaient que les charrettes transportant les morts ou les cercueils, accompagnées du grincement sinistre de leurs essieux qui résonnait comme la crécelle d'un pestiféré. La municipalité organisa un nettoyage des ordures, offensant les chiffonniers, qui y virent une concurrence déloyale et se révoltèrent.

Sous le coup de la terreur de ses habitants, Paris espérait des jours meilleurs. Héloïse et Jeanne ne sortaient plus. Finies les visites des musées, l'observation des œuvres de leurs contemporains.

Dans la perspective de son prochain départ pour New York, où l'attendait le poste de consul général, le marquis de Payzac, lui aussi enfermé dans son appartement, compulsait les journaux après avoir maintes fois mis de l'ordre dans les affaires qu'il emporterait.

— Décidément, remarquait-il, Paris est doublement dangereux. Non seulement le choléra sévit, mais en deux mois il y a eu deux attentats contre le roi ! Et à Lyon, nous avons eu la révolte des canuts ! Que demandent-ils enfin ?

— C'est une guerre larvée des riches contre les pauvres, osa Jeanne. Le développement de l'industrie amène les paysans dans les villes. Ils y découvrent une misère terrible !

— Mais pourquoi en vouloir au roi ? Cette situation est la même en Angleterre et ils ne se révoltent pas ainsi !

— Il me semble que Louis-Philippe a trahi les députés qui l'ont amené au pouvoir, monsieur le marquis, la révolution de 1830 a engendré des attentes auxquelles le gouvernement ne répond pas. Les gens sont déçus, alors ils rappellent au souverain ses promesses d'une nouvelle charte.

— Jeanne a raison ! s'écria Héloïse, relevant la tête de son livre.

Son visage délicat apparaissait dans le cercle lumineux crée par l'abat-jour clair d'une lampe bouillotte. Ses mains fines caressaient la couverture de son ouvrage. Jeanne apercevait le nom de l'auteur, Victor Hugo, mais le titre était caché par la dentelle Chantilly qui caressait son poignet.

— Vous voilà bien subversives, mesdames ! protesta le marquis. C'est un fait, je suis de l'autre siècle, et rien ne viendra émousser mes idées. Je reste ce que j'ai toujours été.

— Vous êtes cependant opportuniste, monsieur, rétorqua Héloïse. Vous servez le pouvoir en place sans arrière-pensée.

— Je suis patriote, madame, je sers mon pays avant tout ! Cela ne m'empêche pas de penser qu'en tuant son roi la France s'est coupé la tête à elle-même. Nous avons besoin d'une cohésion nationale. Ces attentats, ces révoltes, ce peuple qui ne sait pas à qui s'adresser, c'est la conséquence directe de l'absence d'une tête couronnée qui se trouvait au-dessus de toutes les contingences. Les Orléans au pouvoir ne comblent pas le vide laissé par les Bourbons en disparaissant. Regardez l'Angleterre, ce pays s'unit autour de son souverain. Il nous donne l'exemple.

Jeanne écoutait ces paroles qui l'amenaient à revoir ses points de vue. Elle était alanguie dans une bergère posée devant une cheminée en marbre de Carrare rose veiné de sillons larges et sombres. Le salon de l'appartement était vaste et lumineux. Le mobilier, très Ancien Régime, retapissé de soie verte, côtoyait des guéridons aux lignes plus pures. Des tableaux peints par la marquise s'alignaient au-dessus de boiseries désuètes qui avaient gardé leur couleur d'origine.

Le marquis avait posé une bouteille de vin sucré sur une table ronde installée devant lui et le sirotait par petites gorgées. Jeanne perdait son regard à travers le breuvage clair et ensoleillé qui lui rappelait sa Dordogne. Ce vin en venait.

— Vous ai-je dit, mesdames, à quel point j'admire votre travail ? avoua-t-il en posant son verre. Je vous félicite, chère Héloïse, pour le choix de vos thèmes. J'ai, avec cette passion que vous entretenez, une concurrence rude. Jeanne s'y adonne également avec un grand talent. N'oubliez pas cependant, chère marquise, les obligations dues à votre charge !

Jeanne n'entendit pas la réponse d'Héloïse, elle eut soudain un éblouissement et une douleur aiguë lui déchira le ventre. Elle se redressa, tenta de contrôler les battements de son cœur. Elle sentit une sueur chaude perler à la naissance de ses cheveux, et toujours cette douleur dans les entrailles. Puis, ne supportant plus la chaleur qui lui montait au visage, elle se leva, tenta d'avancer, se cogna dans un meuble, eut l'impression de se vider de toute la substance de son corps, et tomba au milieu du salon.

XX

Tous ces artistes…

COMMENÇA POUR JEANNE une lutte à mort contre un adversaire implacable. Héloïse mesura dans l'instant la tragique situation de sa jeune amie. Elle envoya chercher un médecin mais n'attendit pas son diagnostic, le temps devenait l'ennemi. Les premières heures comptaient double. Cette femme frêle, qui avait gardé sa taille de jeune fille, toujours occupée de la souffrance de n'avoir pas été mère, se donna sans compter. La lutte de Jeanne était la sienne propre. Sauver cette vie lui importait plus que tout. Elle allait se battre et forcer Jeanne à un combat dont elle devrait sortir vainqueur.

Le marquis prit du recul, craignant d'être contaminé. Il n'eut cependant pas longtemps à supporter l'ambiance désastreuse qui régnait chez lui. Il reçut sa feuille de route dès le milieu du mois de mars, boucla rapidement ses valises. Il fit jurer à sa femme de le rejoindre au plus vite.

— Je viendrai, monsieur, j'ai hâte de découvrir la lumière sur la rivière Hudson et les plages des Hamptons, promit Héloïse après avoir déposé un baiser sage sur la joue de son mari.

— Ne serait-ce que ce projet-là qui vous obligera à traverser l'Atlantique ? J'ose espérer que vous viendrez aussi pour moi ! En attendant, protégez-vous, madame, ne contractez pas cette maladie. Je veux vous revoir !

— Dieu frappe où il veut, mes prières vont s'intensifier.

— Serait-ce suffisant ?

— La foi peut aider à franchir des montagnes. Ayez confiance, monsieur !

— Que va devenir Jeanne, y avez-vous pensé ? Cette jeune femme ne reçoit aucun subside de personne. Si vous l'aimez, vous devez songer à son avenir.

— J'y songe, monsieur, j'ai des amis qui pourraient m'aider. J'ai confiance en elle, elle ne trahira pas mon affection. J'espère seulement qu'elle aura encore le temps de peindre. Sans ma protection, elle n'est rien et pourrait tomber entre les mains du premier maraudeur venu.

— Je vous connais bien, vous ne dites pas cela pour vous donner de l'importance. Votre soutien peut la sauver à condition qu'elle le veuille elle-même, chère Héloïse.

— Pour l'instant, Jeanne doit gagner la bataille contre la maladie. Prenez garde à vous, Charles.

Il lui caressa les cheveux un instant, lui embrassa le front. Le salon baignait dans une lumière de fin d'après-midi et, malgré les jours qui allongeaient, l'air ne se radoucissait pas. Héloïse frissonna sous le baiser sage, se blottit encore contre la jeune poitrine. Son cousin était un homme exquis mais dénué de passion. Elle ressentit au fond d'elle une sorte de manque, comme si elle tendait la main pour obtenir une chose qu'elle n'arrivait pas à atteindre. Elle soupira, agrippa la manche du veston puis le laissa s'envoler.

— Prenez garde à vous, Charles, répéta-t-elle avant de s'éloigner.

Au lever du jour, le lendemain matin, il s'engouffra dans une voiture lourdement chargée qui se dirigea vers Le Havre. Son bateau n'attendait plus que lui pour entamer le long voyage jusqu'à New York.

Héloïse se consacra à Jeanne comme une mère à son enfant. Le médecin avait été formel ; beaucoup d'eau et une lutte contre l'hypothermie. La cuisinière passait son temps dans des allers et retours incessants entre le chaudron et la chambre. Héloïse surveillait la température de la pièce, n'hésitant pas à charger la cheminée de bûches jusqu'à ce que le feu pétille de mille éclats. Jeanne fut protégée par plusieurs chaudes couvertures et changée comme un nouveau-né, aussi souvent que nécessaire.

Héloïse savait les secrets de la guérison, mais une part d'inconnu demeurait, celle du hasard. C'était cette part soumise à Dieu que des prières devaient convaincre. Jeanne ne voulait pas lutter. Il lui prit l'envie d'aller rejoindre Pierre. Le doigt du Tout-Puissant s'était posé sur elle. Il lui tendait la main. Sa jeunesse fauchée, elle irait se réfugier auprès de son amant. Elle laissa son corps perdre toute son énergie et attendait son heure comme un condamné. Elle ne voyait pas Héloïse lutter seule contre le mal, elle se soumettait à ses supplications pour ne pas la contrarier, pour un jour lui ôter tout regret de n'avoir pas pu lui sauver la vie.

Dans son délire se mêlaient les cris d'un enfant et le sourire doux d'un homme disparu. Le regard accusateur de son père revenait parfois pour lui rappeler ses fautes. Ces images douloureuses lui renvoyaient le désir de la mort et l'encourageaient à forcer le destin.

Héloïse ne lâcha pas une minute. Il lui était impossible de voir sa jeune amie perdre l'envie de vivre. Le mal était si profond, si fort qu'elle ne songeait qu'à le combattre, pensant qu'il prenait toute l'énergie de Jeanne.

Cette lutte dura cinq jours. À la fin, la marquise était aussi fatiguée que sa protégée. Quand elle commença à sentir la bataille presque gagnée, quand le médecin lui confirma la guérison proche, elle délaça le lien qui lui serrait la poitrine, s'alita et dormit vingt-quatre heures sans interruption. Le bacille du choléra l'épargna, ainsi que l'ensemble du personnel de la maison.

Jeanne recommença à prier et surtout sentit l'heure venue de se débarrasser de son lourd secret.

Elle parla à Héloïse de Pierre, des sentiments qu'ils partageaient l'un et l'autre, de la disparition brutale du jeune homme, enfin de l'enfant né à Payzac et mis en nourrice.

Passa dans les yeux clairs d'Héloïse une tristesse subite qui disait ses regrets de ne pas avoir enfanté. Son milieu avait ouvert la porte aux idées de Rousseau. Les femmes découvraient l'amour maternel, c'était nouveau mais très excitant.

— Tu as bien fait de le laisser chez une paysanne. Quand il sera bien sevré, nous irons le chercher !

Jeanne écrivit à son père, lui parla de sa maladie mais le rassura. Elle demanda sans retenue des nouvelles de son enfant, et certifia que, bientôt, elle le reprendrait. Sa faiblesse persista. Son teint pâle, ses yeux entourés de cernes noirs n'étaient que la partie visible d'un corps amaigri, si frêle qu'il ne tenait plus debout. Elle resta alitée quelque temps, se nourrissant d'un régime indiqué par le praticien qui la visitait plusieurs fois dans la semaine.

Elle s'aida d'une canne pour faire ses premiers pas, elle pleura encore sur le destin qui n'avait pas voulu que cesse cette existence toujours lourde à traîner. Il lui faudrait du temps pour retrouver goût à la vie. Le sourire triomphant d'Héloïse, ses encouragements lui offraient une bonne raison d'avoir envie de continuer le combat.

— Prends patience, mon ange, nous irons bientôt chercher ton enfant. En attendant, il te faut reprendre des forces.

Y avait-il chez la marquise quelque regret de n'avoir pas pu partir en Amérique avec le marquis ? Rien ne le laissa supposer. Elle reprit doucement sa vivacité d'antan, préparant mille projets. D'être passée aussi près d'une catastrophe lui donnait tout à coup tous les courages pour vivre mieux et plus fort.

Le temps s'écoula, jusqu'à ce que Jeanne retrouve de l'éclat dans ses yeux clairs et un teint certes pâle mais moins terreux.

Un matin, au petit déjeuner, entre deux tasses de thé et des biscuits encore chauds, elle annonça enfin avec un sourire malicieux le but de leur première sortie.

— Samedi soir, je t'emmène chez Mme Vigée-Lebrun, j'ai obtenu une invitation.

— Mais c'est une très vieille dame !

— C'est notre maîtresse à toutes. À mes yeux, c'est le plus grand peintre féminin qui ait jamais existé. D'ailleurs, d'illustres artistes hommes l'admirent. Tu vas pouvoir approcher chez elle tout ce que Paris possède de talents. C'est une occasion unique de contempler les portraits exécutés par cette immense artiste. Bon, l'atmosphère y est un peu désuète, mais il se trouve toujours quelque jeune écrivain curieux de rencontrer ce monument de l'Ancien Régime. Tu n'auras qu'à ouvrir tes yeux et tes oreilles et la magie opérera.

Puis, se levant soudain, Héloïse vint baiser le front de Jeanne.

— J'ai quelques projets pour toi, mon ange, assura-t-elle, des projets qui te rendront indépendante et libre.

Jeanne sentit son cœur battre plus fort.

*

* *

Son teint pâle, presque transparent, plut à Mme Vigée-Lebrun. Ses joues diaphanes lui rappelaient la difficulté d'exécution d'un tel coloris. Jeanne en fut troublée, mais ravie. Cette extraordinaire femme l'avait remarquée. En revanche, il n'était pas question de dévoiler l'origine d'une telle pâleur. Parler de sa maladie l'aurait poussée vers la sortie. Les bien-portants se protégeaient du choléra de différentes façons. La première étant d'éviter à tout prix une personne souffrante ou en convalescence.

Vêtue d'une robe de satin gris tourterelle, en accord avec ses cheveux blancs, cette grande dame accueillait ses hôtes avec un sourire doux, accrochant de son regard curieux le moindre détail extraordinaire venu d'un visage ou d'une tenue. Elle connaissait Héloïse et semblait l'apprécier.

— Avez-vous bien progressé, ma chère marquise ? lui demanda-t-elle. On me dit que vous avez rapporté de vos voyages des œuvres originales !

— Peu de chose, en fait. Je pense participer au Salon de l'année prochaine, je prépare ma sélection. Si vous le souhaitez, je pourrai vous la soumettre !

— Je suis trop vieille, ma chère, je n'ai plus le goût de la peinture. J'écris mes mémoires, cela me prend tout mon temps. Avez-vous essayé le portrait ?

— Non, madame, j'en suis restée aux paysages, n'est-ce pas ce que l'on attend d'une artiste femme ? J'ai beaucoup travaillé la perspective. J'aurais aimé avoir le talent de Mme Benoist. Sa négresse m'avait beaucoup impressionnée. Puis-je regarder les magnifiques portraits que j'aperçois chez vous ?

— Je vous en prie, ma chère, fit Mme Lebrun, profitez-en ! Et vous, jeune fille, peignez-vous ?

— Jeanne a des dispositions, répondit Héloïse. Elle apprend essentiellement les paysages. J'espère être un enseignant à la hauteur. Mais quand l'élève est douée, le professeur est toujours excellent !

Les murs des salons supportaient des toiles assez anciennes représentant des êtres que l'artiste avait profondément aimés. Sa mère, coiffée à la mode du siècle dernier, dont la ressemblance avec Mme Lebrun, maintenant âgée, étonnait. Sa fille Julie, disparue quelques années plus tôt, jouant de la guitare. Le visage lointain de Mme du Barry, Emma Hamilton devant le Vésuve, Mme Kinska, une amie polonaise. Les portraits d'hommes qui avaient compté dans sa vie. Au-dessus d'une desserte, une vue de Naples accrocha l'attention d'Héloïse.

— Voilà ce qui me plaît et me parle, murmura-t-elle à Jeanne, nous allons étudier discrètement cette œuvre.

Des chuchotements emplissaient l'espace des deux salons. Mais le temps aidant ainsi que le vin liquoreux servi sans modération, les voix montèrent de plusieurs tons.

Jeanne voulait profiter de ces instants magiques au cours desquels elle allait rencontrer les plus grands artistes de son époque. Elle délaissa la vue de Naples et suivit des yeux les allers et retours des invités qui la frôlaient parfois.

Soudain, un homme vieillissant, d'un geste de la main, demanda l'attention de l'auditoire.

— C'est Mennechet, l'ancien lecteur de Charles X, murmura Héloïse. Il va sûrement nous réciter un extrait du *Cid*.

— Ô rage, ô désespoir, ô vieillesse ennemie, commença l'homme avec superbe.

Sa voix profonde résonnait à travers la pièce, des accents dramatiques à des relances plus vives, tous les tons de la tragédie passaient dans ses clameurs. De chauds applaudissements cassèrent enfin le fracas d'un organe puissant. Soudain, une femme belle comme une déesse, dont la chevelure ondoyante coulait de chaque côté du visage tel un flot vigoureux, se dressa, attendant le silence sans hâte, un bras nonchalamment posé sur le manteau de la cheminée, un sourire à peine esquissé comme une ironie hautaine.

— Quelle attitude théâtrale ! s'écria Héloïse. Tout cela parce que Lamartine a décrit sa beauté dans quelques vers. D'ailleurs, n'est-il pas là ce soir, ce cher poète ?

La marquise observa avec toute la discrétion qui la caractérisait les convives jusqu'à apercevoir, dans un coin sombre du salon, cet homme précieux dont la petite taille et la fine silhouette semblaient perdues.

— Derrière toi, soupira-t-elle, près de la porte, le vicomte François René se tient là, avec son air lointain, ses yeux perdus dans le vague. On m'a dit qu'il écrivait ses mémoires en ce moment. Décidément, c'est très à la mode. C'est un fidèle de Louise Élisabeth, ils ont en commun leurs regrets des Bourbons. Je suis sûre que cette présence la touche beaucoup.

Tandis que la belle Delphine Gray déclamait l'*Ode à sainte Geneviève*, célébrant des héros peints par Antoine Gros, Héloïse observait ce cher ami, peintre de talent, qui, assis sur une bergère, en avait les larmes aux yeux.

Comment Jeanne aurait-elle pu savoir que se croisaient dans ces pièces somme toute modestes un lord anglais, des romanciers, un compositeur à la mode, des peintres de talent ? Elle contemplait chaque visage sans pouvoir lui donner un nom.

Une fatigue soudaine l'envahit. Elle chercha un fauteuil et s'y cala discrètement. Héloïse, toujours à l'affût, lui apporta un verre d'eau. Un jeune homme approcha, s'assit près d'elle. De forte corpulence, ses cheveux libres et bouclés entouraient son visage dans un désordre heureux. Ses yeux noirs et vifs se posèrent sur Jeanne.

— Vous voilà bien pâle, mademoiselle. L'air de Paris est vicié en ce moment, il faut s'en méfier !

— Oh, ce n'est rien, cela va passer, je dois avoir faim.

Il se leva précipitamment, s'éloigna un instant pour réapparaître avec une assiette garnie de pâtisseries odorantes.

— Mangez donc, cela ira mieux. Il faut prendre des forces pour se préserver du choléra, mademoiselle. J'ai entendu dire qu'Alexandre Dumas, croyant être atteint parce qu'il avait des étourdissements et des frissons, but d'un trait de l'éther sulfurique mélangé à du vin de Malaga.

— Mon Dieu, monsieur ! s'exclama Jeanne. N'est-il pas mort sur le coup ?

— Non, mais il s'est écrié : « Il me semble que j'avalais l'épée de l'ange exterminateur ! » Quoi qu'il en soit, il n'est pas tombé malade.

Héloïse approcha.

— On me dit, monsieur, le plus grand bien de votre dernier ouvrage. J'en ai oublié le titre, j'en suis désolée.

— *La Peau de chagrin*, madame la marquise ! s'écria Honoré de Balzac.

— Qu'est-ce qui vous amène dans cet antre royaliste ?

— C'est cette vieille odeur légitimiste qui me plaît. N'était-elle pas la peintre attitrée de Marie-Antoinette ? Cependant, je suis très surpris de la vitalité qui sort de ce salon que je croyais très Ancien Régime. Encore que je me serais bien passé d'être obligé de respirer le même air que Chateaubriand, que je n'apprécie guère, comme vous le savez.

— Nous ne parlons pas politique dans les soirées de Mme Lebrun, cela aussi fait partie des règles du jeu.

Balzac se laissa aller dans le fauteuil près de Jeanne, lui envoya un sourire de connivence.

— Vous voilà meilleure mine, mademoiselle. Accepteriez-vous que je vous fasse parvenir mon dernier livre ?

— Avec plaisir, monsieur. Pour ma part, je serais bien en peine de vous offrir un tableau de ma composition, je ne suis pas encore entièrement satisfaite du résultat. Je serais cependant heureuse de vous recevoir chez la marquise qui est, comme vous l'imaginez, ma bienfaitrice.

— Je n'y manquerai pas, soyez en sûre !

Il se redressa, tira sur son gilet pour en ôter les plis, baisa avec grâce les mains tendues de Jeanne et d'Héloïse.

— J'en ai assez vu, à très bientôt. N'allez-vous jamais aux soirées de mon ami François Gérard ? Je serais heureux de vous y rencontrer.

Une voix soudain s'éleva, celle de Mme Lebrun qui décriait sans s'en cacher le peintre David, dont le talent n'était pas remis en cause. Face à elle, l'ancien élève de cet artiste, son cher Antoine Gros.

— Mme Lebrun voue une haine profonde à David, expliqua Héloïse. Pour elle, il a trahi la noblesse, la famille royale et certains de ses amis peintres pendant la Révolution, alors qu'il se nourrissait de leurs commandes. Elle ne s'en remet pas.

Antoine Gros plaidait pour son professeur.

— Dans son atelier, c'était un génie, ne gardons de lui que l'image de l'artiste. Ses œuvres resteront dans la mémoire collective et surtout rempliront si bien les musées.

— Cela ne me suffit pas, chacun est comptable de ses crimes, les puissants comme les faibles !

— Vous ai-je dit que Mme Benoist fut aussi une élève de David ? murmura Héloïse à l'adresse de Jeanne pendant que se nouait une controverse sur le peintre. Vous vous souvenez, elle m'avait portraituré.

Gros approcha alors de son hôtesse, lui prit la main qu'il baisa et d'une voix calme tenta d'apaiser sa colère.

— Ne sommes-nous pas également sur une ligne différente en matière de peinture ? J'insiste sur l'importance des formes quand vous mettez en avant la couleur. Mais ne fait-on pas que du tape-à-l'œil pour plaire à notre public ?

— Vous êtes incorrigible, mon cher Antoine. Vous n'avez pas entièrement tort, j'en connais un qui semble avoir repeint les lèvres de son modèle avec du sang-de-bœuf !

L'atmosphère se détendit, la vieille dame avala un verre de vin, Antoine Gros la suivit dans son geste.

Héloïse buvait ces paroles d'artiste et de critique, elle savait en tirer le meilleur.

— Je vais prendre rendez-vous avec Gros, fit-elle soudain, j'ai quelques questions à lui poser.

— N'allez-vous pas rejoindre M. le marquis à New York ?

— J'ai besoin que Gros me guide dans le choix de mes toiles pour le Salon. Mme Lebrun a décliné ma demande.

Elles saluèrent courtoisement leur hôtesse qui leur fit promettre de revenir. Balzac était déjà parti, ainsi que Chateaubriand. Restait un cercle d'intimes. La célèbre Giuseppina Grassini s'installa près du piano et se prépara à chanter un air de *Didon abandonnée*. Un jeune pianiste, assis devant son instrument, compulsait la partition en fredonnant. Apercevant les deux femmes, il se leva en souriant avant de leur baiser la main.

— Madame la marquise, j'ai entendu beaucoup de bien sur vous et votre talent de peintre. Mon ami Kalkbrenner ne tarit pas d'éloges à votre sujet. Viendrez-vous un soir à l'atelier de Gérard ? Nous serions heureux de vous y accueillir !

— N'est-ce pas une réunion d'hommes ?

— C'est avant tout une assemblée d'artistes de talent.

Il se tourna vers Jeanne, son regard clair comme une source lui transperça l'âme. Il cherchait sans se dérober quelle mélodie secrète se cachait derrière la partition de ce visage qu'il déchiffrait. Des secondes interminables s'égrenèrent sans qu'un seul de ses cils ne se trouble. Son sourire figé, ses mains fines posées sur le piano, son corps tout entier ému par la grâce de Jeanne, Hans Zimmer semblait pétrifié.

Mlle Grassini, impatiente, commença de sa généreuse voix l'air d'une romance à la mode. Sa poitrine lourde vibrait sous les trémolos, tandis que Mme Lebrun, émue, ne voyait et n'écoutait qu'elle. Un silence glacial suivit l'interprétation, comme si soudain un charme était rompu. Le jeune pianiste sursauta, sourit à la jeune femme, regagna son tabouret.

— M'autorisez-vous à venir vous rendre une visite chez la marquise, mademoiselle ? demanda-t-il avant de laisser ses doigts s'agiter sur le clavier.

Héloïse s'amusait de cet instant.

— Amenez votre ami Kalkbrenner, je ferai ouvrir le piano du grand salon.

L'air frais de la nuit les surprit, des frissons parcoururent l'échine de Jeanne. Elle savait que ce n'était pas la fraîcheur qui laissait vibrer son corps.

XXI

Héros et rebelles

JEANNE VENAIT DE TERMINER la lecture du troisième chapitre du livre de Victor Hugo *Notre-Dame de Paris*. La marquise, étendue dans une dormeuse, fermait ses paupières, mais ses lèvres fines et serrées marquaient son attention. Ses yeux fatigués la trahissaient. Elle n'y voyait plus très bien pour lire et elle supportait mal ses lunettes loupe.

Sur une table basse, une théière fumait encore. Dans une coupe de porcelaine, des miettes de gâteau abandonnées cachaient le décor délicat. Trois lampes bouillottes se battaient avec l'obscurité de la nuit. Des ombres légères étendaient leurs bras sur les meubles et les soieries des fauteuils. Une fraîcheur vive fit grelotter les deux femmes. Jeanne abandonna son livre, remonta son châle sur ses épaules. Il n'était pas question de prendre froid. Héloïse l'imita, puis posa son index sur les miettes qui se collèrent à sa peau. Comme si elle était seule, dans un geste hérité de l'enfance, elle suça le bout de son doigt.

Jeanne avait meilleure mine, mais Héloïse attendait encore pour lui confier un appartement modeste mais propre qui lui venait de sa mère, rue du Cherche-Midi. La soirée s'étirait mollement quand des coups frappés à la porte réveillèrent la maison.

Ils arrivèrent sans se faire annoncer et entrèrent dans le salon sans y être priés.

Jeanne reconnut d'abord Hans Zimmer. Ses boucles claires, son regard si limpide, cet air de bonne santé qui lui rappelait son amour perdu la troublèrent fort. Balzac et sa taille déjà épaisse malgré son jeune âge, qui déposa pour elle un exemplaire de son livre. Suivaient deux inconnus plus âgés qu'Héloïse semblait connaître.

— Friedrich, s'écria-t-elle, comme c'est aimable à vous de me visiter !

— Avez-vous déjà rencontré François Gérard ? répondit le pianiste. Je crois que son atelier pourrait vous enthousiasmer. Savez-vous qu'il peut vous donner des cours si vous le souhaitez ?

— Je peux parler, déclara l'intéressé, j'ai une langue. Vous êtes la bienvenue, madame, chez moi si vous désirez vous perfectionner ou simplement si mon avis sur une de vos œuvres vous importe.

Héloïse, pour toute réponse, lui sourit. Le peintre Gérard était âgé, ses tempes grises en témoignaient, ainsi que son visage à la peau détendue, mais son regard vif posé, sur chacun comme pour en déceler les nuances, semblait appartenir à un jeune homme.

Héloïse était contrariée de le recevoir chez elle. Il avait été juré dans un tribunal révolutionnaire pendant la Terreur et le bruit courait qu'il avait participé au jugement de la reine. Malgré ses nombreux démentis, le doute demeurait. Mais il était aujourd'hui un professeur de grande réputation à l'École des beaux-arts de Paris, ancien peintre officiel de Napoléon, puis de Louis XVIII et de Charles X. Son talent à honorer les commandes des cours depuis la Révolution éclatait dans les portraits des grands de ce monde.

Ils s'installèrent sans se faire prier, charmants et détendus. Les bergères ne semblaient pas leur suffire, ils s'y vautraient comme de beaux diables, sans manière, croisant les jambes, allumant un cigare, oubliant d'en demander permission.

— J'ai écouté l'autre soir un jeune compositeur polonais dans un salon privé qui m'a fait grand effet. Je lui prédis un bel avenir ! s'écria Friedrich Kalkbrenner. J'ai eu l'occasion de lui parler ensuite et lui ai proposé de lui donner quelques leçons.

— Son nom ? lança Hans Zimmer.

— Chopin, quel talent, quel doigté entre l'harmonie et le contrepoint ! Il manque de maturité, mais il ira loin, croyez-moi ! Il est venu grossir la communauté polonaise qui fuit la mise au pas du tsar dans la Pologne russe.

— Encore cette musique qui fend l'âme, remarqua Balzac. Comment appelez-vous cela ? Le mouvement romantique, je le trouve loin de la réalité !

— C'est une nouvelle philosophie, mon cher Honoré, qui vous échappe. L'ampleur de cette impulsion pourrait donner à penser à Louis-Philippe. Nous sommes en opposition avec l'esprit des Lumières, lui répondit François Gérard. En septembre dernier, tous ces esprits romantiques qui se sont insurgés justement contre la brutalité des Russes en Pologne ont défilé pour rappeler au roi son manque de clairvoyance dans cette affaire. Ils ont mis le doigt sur une situation oubliée des autorités.

— Moi, j'ai bien aimé, ajouta Zimmer, ces émeutiers qui ont réussi à pénétrer dans la cour d'honneur du Palais-Royal. Pour les insultes, je n'étais pas trop d'accord, ce ne sont pas des manières !

Il s'interrompit quelques secondes puis reprit :

— J'ai écouté Frédéric Chopin un soir, je m'attendais à des airs folkloriques, j'ai trouvé sa musique universelle. Vous avez raison, mon cher, il ira loin !

Jeanne savourait les commentaires de ces hommes de leur temps, prompts à s'insurger, à se révolter aussi. Elle sentait le regard appuyé de Hans se poser sur elle. Il s'était assis sur le tabouret devant le grand piano de chez Camille Pleyel. Ses yeux clairs, ses mèches blondes sans ordre, son air absent, un rien mélancolique, il représentait le type même du jeune homme de son époque. De temps en temps, il laissait ses doigts courir sur le clavier. Des notes cristallines comme des chants d'oiseaux entrecoupaient la conversation.

— En parlant du Palais-Royal, commença Balzac, savez-vous que Casimir Perier a attrapé le choléra ? Il est au plus mal ! Il aura réussi à installer la famille royale aux Tuileries, ces « messieurs-dames » y sont bien dans leurs meubles. Pour la symbolique, ça ne doit pas les faire trop rire, de se retrouver dans les mêmes pièces où ont résidé Antoinette et ses enfants !

— Ils ne seront pas mieux protégés, les appartements donnent directement sur le jardin où la populace leur chante des chansons infâmes, m'a-t-on dit, continua Héloïse.

— Comptez sur le roi pour se séparer des petites gens, il est capable de faire creuser un fossé ! répondit Balzac.

— Je vous trouve bien cynique, monsieur Balzac.

— J'ai une bonne connaissance de l'âme humaine, madame la marquise.

Une collation fut servie, Héloïse pria Kalkbrenner de se mettre au piano, pour le plaisir et afin surtout d'éviter de prolonger cette conversation qui tournait à la politique.

Il venait d'être naturalisé français, il était né allemand. Il était de la même génération qu'Héloïse et tous deux accusaient le poids des années. Ils s'étaient liés d'amitié depuis de nombreuses années. Il lui avait d'ailleurs dédié une pièce musicale et s'amusait à la lui interpréter.

Hans Zimmer était autrichien, Kalkbrenner l'avait ramené de Vienne, cinq ans auparavant, alors que le jeune homme jouait sa musique dans des salons. Depuis que Hans était à Paris, Friedrich lui avait donné des cours et se félicitait de ses progrès. Concertiste et fidèle à ses habitudes, il ne fréquentait que les maisons privées. Pour l'instant, il s'était assis près de Jeanne et, avec un accent qui gardait des réminiscences de sa langue maternelle, il lui murmurait quelques sottises pour la faire rougir. Elle riait doucement, minaudait, inconsciente de réveiller chez son voisin une curiosité extraordinaire.

*
* *

En tant qu'épouse d'un consul général, Héloïse était la plupart du temps invitée aux réceptions officielles que donnaient les souverains.

Depuis qu'ils logeaient aux Tuileries, l'étiquette avait été allégée, au moins ces soirées se terminaient plus tôt. Elle rentrait le cœur gai et, très volubile, s'empressait de répondre aux nombreuses questions de Jeanne.

— Comment était habillée la reine, et ses dames de compagnie ?

— Entre nous, Marie-Amélie ne se soucie pas de la mode. Tu sais son puritanisme, sa dévotion. Avec elle, le commerce de luxe n'a aucune chance de se développer. Toutes ces dames, même les plus coquettes, sont obligées de se conformer à l'air ambiant. Alors, ma chère Jeanne, ne t'attends pas à des détails croustillants sur le style triste de notre souveraine. Avec sa belle-sœur Adélaïde, elles font une belle paire. C'est à qui sera la plus dévote.

— Ne dit-on pas que son souci principal est de bien marier ses enfants ?

— J'étais à dîner quand elle reçut les princes de Wurtemberg et de Bade, elle semble chercher du côté de l'Allemagne. On nous a annoncé le prochain mariage de Louise-Marie avec Léopold de Saxe-Cobourg. Depuis deux ans, il est roi de la Belgique, cela devient très intéressant. J'ai peur, chère Jeanne, pour l'avenir de cette dynastie. Je ne vois rien de grand dans leur vision du pays et, sans les réformes indispensables qui relanceraient l'économie, ils vont subir un jour la fureur du peuple. Mais je ne peux que les soutenir, M. le marquis est entièrement dévoué à leur cause. Je suis très lucide, voilà le problème.

— Vous fréquentez le milieu littéraire, vous êtes obligée d'entendre des certitudes sur la société. Vous savez regarder la vérité en face, c'est un don, mais quand cette vérité est cruelle, c'est douloureux !

— C'est ce qui manque à notre reine, une vraie prise de conscience. Il lui faudrait enlever ses œillères, écouter gronder le monde. En fait, je pense que tout cela ne l'intéresse pas. Peut-être a-t-elle été éduquée de cette manière-là ? Elle distribue, cependant.

Héloïse menait double vie. Approcher les souverains ne l'empêchait pas de visiter chaque matin l'hospice des Invalides, offrant une caresse, un mot d'encouragement, attribuant une pension ou une aumône qui, dans le fond, changeait si peu un destin. C'était une vraie femme de cœur, un esprit charitable qui ne se souciait pas du système qui fonctionnait à Paris fondé sur l'argent, l'affairisme et la corruption. Elle se contentait de ce qu'elle possédait et se sentait tout à fait heureuse quand elle voyait le résultat de sa charité. Jeanne en était le meilleur exemple. Si elle avait pu, Héloïse aurait adopté la jeune femme, mais le marquis veillait.

Comme à Limoges, et partout à travers le pays, la misère recouvrait de son linceul sinistre une grande partie de la population. La révolution industrielle de ce siècle donna aux manufactures un essor incomparable dans l'histoire, au prix de conditions de travail effroyables. Lutter contre l'indigence devint le sacerdoce de certains hommes lucides devant l'insuffisance des salaires, les déficiences de l'instruction publique. Quelques lois sociales virent le jour, mais le matin des grandes réformes ne venait pas. Duchesse d'Orléans, puis reine de France, Marie-Amélie voulait donner l'exemple. Afin d'apaiser sa conscience, elle visitait, seule ou en compagnie de ses enfants, des manufactures et des hospices. Elle distribuait, de sa cassette personnelle, beaucoup d'argent, entretenant la misère sans désirer la supprimer. Indifférente aux questions sociales, elle considérait que Dieu avait ainsi fait le monde. Du temps serait nécessaire pour qu'arrive enfin une classe dirigeante plus soucieuse du sort de chacun.

Mais le peuple de Paris n'en avait pas fini avec son roi.

Jeanne avait croisé de nouveau le chemin du jeune Hans. Le regard qu'il posait sur elle la réveillait d'un sommeil rempli de cauchemars. La disparition de Pierre Peyrat pesait sur elle comme un boulet attaché à ses pieds. Elle en venait à croire que le mauvais sort allait enfin l'abandonner. La marquise de Payzac n'était-elle pas la preuve vivante d'un destin qui la conduisait vers la lumière ?

À quelques jours de là, le Premier ministre, Casimir Perier, succomba au choléra. Une foule énorme l'accompagna jusqu'au cimetière du Père-Lachaise.

Un mois plus tard, début juin, le général Lamarque, une grande figure du parti républicain, mourut également de cette même maladie.

Jeanne eut envie de se mêler à la population qui suivait la voiture funéraire. Elle n'en parla pas à Héloïse, elle avait cependant mis Hans Zimmer dans la confidence en lui faisant parvenir un billet dans lequel elle lui donnait rendez-vous en fin d'après-midi sur le pont d'Austerlitz.

Ils eurent du mal à se trouver, mais enfin, s'apercevant, se prirent par la main pour ne pas se perdre.

Une foule énorme comme la vague d'une déferlante avançait derrière le convoi funèbre. Des hommes de troupe ainsi que la garde nationale étaient postés le long des voies protégeant le corbillard et les officiels. Soudain, alors que le cortège arrivait rue de Jérusalem, un homme porté par un autre se dégagea de la foule en brandissant un drapeau rouge. Il se mit à hurler sa révolte contre le régime en place, entraînant avec lui la plupart des participants. Jeanne sentit la vague l'emporter brutalement, elle chercha la main de Hans, s'y agrippa comme à une bouée de sauvetage. Il leur fallut lutter contre cette marée humaine qui vociférait. La garde nationale bouscula tout le monde, des coups de poing furent échangés, les gens se trouvèrent pris au piège dans les griffes des soldats. Jeanne et Hans se sentaient ballottés comme des fétus de paille. La foule hurlait, les militaires la chargèrent et se mirent à tirer dans ce ventre énorme.

Hans entoura de ses mains la taille de Jeanne, la serra contre lui, la protégeant de son corps. Ils entendaient le cliquetis des fusils, sentaient la poudre et la transpiration, se laissaient mener par un courant si fort qu'il emportait tout sur son passage. Ils trouvèrent enfin un boyau si étroit qu'ils avancèrent de biais, se cognant à une épaule, à un coude, évitant une pique ou le canon d'un fusil. Des mouvements de foule se formèrent de toutes parts. Hans et Jeanne réussirent à rejoindre une petite rue adjacente en courant dans un désordre indescriptible jusqu'à ce qu'une barricade leur barre la route.

— Sauvez-nous, camarades ! cria Hans.

Un homme les laissa passer. Ils enjambèrent un tas de vieilles briques récupérées sur un chantier. Des poutres à moitié calcinées avaient été jetées dessus pour former une barrière infranchissable. Les armes parlaient toujours, des coups de feu résonnaient à travers les rues, des cris perçaient aussi. Ils s'éloignèrent sans demander leur reste, se cachèrent sous une charrette garée sur le bord d'un trottoir pour éviter d'être vus par quelques soldats qui couraient en sens inverse d'eux. Les troupes tiraient sur la foule, ils le présageaient. Peu après, ils découvrirent les premiers cadavres, le sang qui coulait sur les pavés. Des hommes criaient leur indignation, des barricades se formaient partout, cachant des petits canons ou des fusils volés quelque part. Des enfants se mêlaient aux révoltés, des femmes leur rechargeaient leurs armes, des aubergistes leur apportaient à manger et à boire.

Hans et Jeanne ne savaient plus où aller, la panique leur brouillait l'esprit. Ils avançaient sans but, évitant la garde nationale, encourageant les rebelles. Cependant, le combat de cette jeunesse n'était pas le leur. L'un et l'autre ne se sentaient pas exaltés par cette lutte. Enfin, Hans reconnut l'atelier de François Gérard. Il se mit à taper contre la porte comme si sa vie en dépendait.

— Maître, criait-il, maître, c'est Hans, le pianiste, je vous en prie, ouvrez-moi !

Un moment long comme une année s'écoula. La poignée tourna doucement, Hans donna un coup d'épaule, se glissa à l'intérieur en tirant Jeanne par le bras.

Soudain, l'odeur de l'huile de lin, le sol taché de couleurs, les murs contre lesquels des dizaines de toiles s'entassaient, la jeune femme retrouva les relents d'un monde qui lui donnait l'impression de la protéger. Ils suivirent Gérard dans un escalier de bois étroit et vermoulu qui craquait sous chacun de leurs pas. La pièce dans laquelle ils entrèrent sentait le salpêtre, les murs d'ailleurs s'effritaient par endroits. Des fauteuils hors d'âge s'alignaient autour d'une table sur laquelle avaient été abandonnées des bouteilles de vin vides, des verres sales, des morceaux de pain rassis. Dire que de grands artistes se réunissaient ici pour refaire le monde !

Jeanne tremblait et avait envie de vomir. Hans ne lui lâchait pas la main. Ils s'effondrèrent tous les deux dans une vieille dormeuse toute défoncée, se blottirent l'un contre l'autre, grelottant malgré la douceur de l'air.

— Il faut vous contenter de cet antre, jeunes gens, lança le peintre, je ne peux pas vous conduire chez moi, nous prendrions trop de risques !

On était en juin, le jour s'attarda. Sous les fenêtres du vieil homme couraient des individus en chemise tachée de sang ou de sueur, soufflant comme des bœufs, poursuivis par quelques gardes à cheval qui leur tiraient dessus. Ils en virent tomber morts ou blessés. Hans alla en secourir un qu'il remonta jusqu'à l'appartement. Il avait l'épaule cassée par une balle. Son sang giclait sous les pulsions de son cœur. Jeanne fit un garrot qu'elle serra tant qu'elle put, mit son bras en écharpe. Elle lui lava le visage, les mains, les cheveux. Gérard l'installa par terre et lui cala le dos contre la cloison avec un vieux coussin trouvé sur un lit. Il grimaçait sous la douleur, mais pas un son ne sortait de sa bouche. Les heures s'égrenèrent, ils entendaient de loin en loin des coups de feu, un canon fut tiré. La nuit tomba, François Gérard alluma une lampe. Jeanne tremblait toujours malgré les caresses de Hans. Le garçon blessé s'endormit, le vieux peintre alla s'allonger dans un coin de la pièce sur un lit en désordre.

— Pourquoi ? interrogea soudain Jeanne. Pourquoi en arrive-t-on là ?

— Votre révolution a détruit toutes les illusions du petit peuple, commença Hans. Les prêtres ont passé mille cinq cents ans à dire aux pauvres de prendre patience, que leur vengeance sur le riche viendrait, qu'ils devaient compter sur la vie éternelle, sur le paradis, que Dieu pourvoirait au bonheur de leur famille. Voilà que vos jacobins ont inculqué au peuple l'idée que Dieu n'existait pas et, avec cela, plus d'espérance en une lumière sacrée. Alors, ne croyant qu'à ce qu'ils voient, ils déclarent la guerre à plus fortunés qu'eux, pour jouir autant puisqu'il n'y a rien d'autre. Ils veulent leur part de terre puisqu'il n'y a pas de ciel, être les égaux des riches. Ils veulent conquérir leur liberté.

— C'est une noble idée !

— Bien sûr, mais que diront aux pauvres ceux qui les ont poussés vers ce rêve s'ils ne réussissent pas ? Autrefois, devant une vie de misère, l'opprimé pouvait se résoudre à espérer que le ciel l'attendait. Mais maintenant que tout se transforme en matérialisme, s'ils n'obtiennent pas la consolation qu'on leur promet, que va faire celui qui ne tient pas parole ? Que va devenir le peuple ?

— Il se trouve entre son passé et son avenir, remarqua Jeanne.

— Absolument ! s'écria Hans. Tout ce qui participait à leur raison d'espérer et de souffrir a disparu, mais tout ce à quoi ils aspirent n'est pas encore arrivé.

— C'est pour cela que cette société ne va pas bien.

— Vous avez compris, ma chère. Le mal de ce temps est qu'il est pris entre deux mondes. Il reste à souhaiter que leur espoir de liberté et d'égalité aboutisse un jour, sinon ils seront d'éternels insatisfaits.

— Blanqui fait donc partie de ces nouveaux prêtres, de ceux qui promettent une vie meilleure sur terre ! Mais comment est-il possible d'avoir un équilibre parfait, puisque la nature même nous fait si différents ?

— Là, ils ne veulent pas le voir ! D'un autre côté, exiger de mieux vivre me paraît le minimum. Je pense qu'ils demandent trop et trop vite !

Jeanne bâilla, Hans la laissa s'étendre dans ses bras. Ils somnolèrent malgré l'inconfort de leur situation.

Quand le jour se leva, François Gérard mit de l'eau à chauffer, donna un coup de pied dans le blessé qui ne réagit pas. Une large tache de sang s'était formée autour de lui. Hans se précipita, posa son index sur la veine de son cou, releva ses paupières.

— Il est mort ! s'écria-t-il.

Jeanne recommença à trembler, mais personne ne le vit. Hans souleva le garçon, le poussa jusque sur le palier. Le vieux peintre abandonna son eau bouillante.

— Laisse-moi faire, je vais le traîner jusque dehors, il doit y en avoir d'autres. La garde va bientôt passer pour les ramasser.

Hans et Jeanne nettoyèrent le sol sans échanger un seul mot, jusqu'à ce qu'ait disparu l'empreinte douloureuse d'une lutte stérile. Ils descendirent ensuite l'escalier, traversèrent l'atelier, saluèrent et remercièrent François Gérard qui rentrait, sortirent dans la rue.

Paris s'éveillait d'une nuit tragique. Des traces d'affrontement demeuraient. Les barricades abandonnées, les morts avaient été enlevés, restaient des taches de sang sur les pavés, comme le sceau marqué au fer dans le bas d'une page d'histoire.

Hans emmena Jeanne dans sa minuscule chambre, sous les toits, près de l'Hôtel-Dieu. La peur avait stimulé leurs sens comme l'odeur de la poudre excitait les soldats. Entre un petit lit de fer rouillé et un piano recouvert de partitions, ils se couchèrent sur un vieux tapis qui sentait la poussière. Leurs corps, tendus par l'effrayant spectacle qu'ils avaient vécu, se lâchèrent soudain comme la flèche lancée à vive allure. Leurs souffles se mêlèrent, leurs mains, vives et rampantes, se frayaient un chemin sous la chemise, les jupons, caressaient une peau douce dénudée. Le corset fut dégrafé, libérant deux jeunes seins laiteux qui s'offraient. Plus rien n'existait que le besoin urgent de se sentir vivant, d'offrir et de recevoir. Leur nudité les excitait autant que le désir d'oublier les dernières heures. Des rayons de soleil traversèrent enfin la fenêtre et vinrent embraser de leur éclat ces deux corps blancs unis.

*
* *

Ils sortirent dans le milieu de la journée. La rue était en ébullition. Des hommes s'affairaient pour nettoyer encore les abords de la Seine.

— Une colonne de la garde nationale en a surpris dix-sept qui s'étaient emparés du poste du port de l'Hôtel-Dieu, leur expliqua un ouvrier qui ramassait sa pelle tombée dans les gravats. Ils les ont mis en pièces et jetés dans le fleuve. Deux qui s'étaient enfuis ont été égorgés dans la petite rue, là-bas. Je crois que tous les corps ont été récupérés, ajouta-t-il en crachant dans ses mains pour mieux tenir le manche de son outil.

Héloïse, informée, reprocha à Jeanne de ne pas l'avoir prévenue de cette escapade. Mais pouvait-elle retenir la jeune femme ? Avait-elle le pouvoir de lui défendre quoi que ce soit ? Sa solitude lui pesait tant parfois. Elle ne put que compléter plus tard le déroulement de ce tragique événement.

— Les insurgés se sont retranchés dans le quartier Saint-Mérry au cours de la nuit. Les affrontements avec les forces de l'ordre se sont poursuivis jusqu'au matin. Les chiffres de la préfecture parlent d'eux-mêmes, ils ont compté environ quatre cents morts. Les blessés ont été évacués vers l'Hôtel-Dieu.

Pourquoi avoir pris tant de risques, mon ange ? Auriez-vous des idées républicaines ?

Elle avala avidement une tasse de verveine qui refroidissait.

— Cette révolution de Juillet a créé des attentes auxquelles le gouvernement ne répond pas ! s'écria Jeanne.

— Une délégation de députés est partie rencontrer le roi, nous allons bien voir ce qui va en sortir, fit Héloïse, qui prenait la mesure de la catastrophe.

— Cela ne me regarde pas, fit Hans, ce n'est pas mon pays, mais je plains ces pauvres naïfs qui ont cru à une seconde révolution de Juillet. Ce sont les mêmes qui ont mis Louis-Philippe au pouvoir, ils n'ont pas changé de principes, mais la politique fait qu'ils ne sont plus dans le même camp.

Héloïse s'étira, prenant toute la place dans sa méridienne. Sa robe de mousseline bleu pastel s'entortillait autour de son corps frêle. Jeanne observait cette femme qui semblait s'attarder dans l'enfance avec ses petits seins, ses hanches étroites, ses attaches si fines, son teint transparent. Elle paraissait sortir d'un monde si protégé que Jeanne se demanda s'il était bien opportun de lui parler des événements qu'elle venait de traverser.

Ce fut pourtant la marquise qui lui donna vite des nouvelles de la cour.

— Louis-Philippe est intraitable, il refuse toute négociation. Il pense la situation sous contrôle. Il considère que la Charte est respectée et qu'il n'existe aucun programme particulier en dehors de la parole royale. La messe est dite.

— Cet homme connaît le pas de l'écrevisse, qui avance, puis recule, répondit Jeanne. Il donne des garanties et les reprend tout aussi facilement.

— Nous n'avons pas à juger, conclut Héloïse avant de sortir pour honorer un rendez-vous.

XXII

Le ministère de la Charité

MON CHER FILS,

À la fin de l'année 1832, Héloïse partit pour New York alors que je vivais une singulière histoire avec Hans. Les nouvelles que j'avais de toi me réjouissaient, tu grandissais avec régularité et tu devenais un bel enfant, me disait mon père. Hans et moi, sans jamais en parler, nous étions lancés dans une relation pour combler un manque. Lui avait la nostalgie de son pays mais ne rentrait pas, par amitié pour ses compagnons de travail. Ils fréquentaient tous l'atelier de Gérard, buvant ensemble sur la tristesse des temps. Il aimait cette vie de bohème et la personnalité des artistes qu'il y côtoyait, conscient de leur immense talent à tous.

Pour ma part, je n'avais pas l'impression de trahir Pierre, il me semblait sentir la douceur de ses mains, la caresse de ses boucles sombres, l'écho de son désir quand Hans me prenait dans ses bras. Je me donnais comme si je continuais une semblable relation avec le même garçon. Cela n'avait rien d'extraordinaire, car je réussissais cette étrange alchimie d'aimer un homme à la place d'un autre. Et puis, ces soirées entières à l'écouter jouer du piano, à le suivre dans une riche maison où il donnait un concert, cela ressemblait à un rêve.

Je me suis installée dans un appartement de la rue du Cherche-Midi qui avait appartenu à la grand-mère d'Héloïse. Il avait servi jusqu'à la Révolution de garçonnière à quelque marquis libertin. Je vivais dans de vieux meubles recouverts de soieries mangées par les mites. Les tapis s'effilochaient et leurs couleurs s'étaient atténuées avec les années. Des tentures usées, presque transparentes, habillaient les fenêtres, cachant les toiles d'araignée, donnant aux pièces l'image d'un luxe disparu depuis longtemps. Les œuvres qui ornaient les murs, vieilles gravures de sanguine, représentaient des scènes coquines parfois osées. Derrière un paravent de soie brodée de chinoiseries se trouvait une alcôve dans laquelle j'installai mon lit. Cela m'apportait plus d'espace dans la pièce à vivre et cette intimité nous offrait à Hans et à moi toutes les audaces.

Grâce à son ami M. Appert, secrétaire aux commandements de la reine, Héloïse me trouva une place dans le service des bonnes œuvres de la souveraine. Ce travail et son départ sonnèrent le glas de mes cours de dessin. Avant de rejoindre son mari, elle m'avait acheté deux robes de drap de coton épais mais de qualité. L'une était bleu ciel, je la portais les jours de beau temps, je gardais l'autre pour les moments plus automnaux. Très tendances, elles mettaient en valeur ma taille fine, les manches étaient montées bas et les jupes démesurément amples demandaient une grande quantité de tissus. Une dentelle chantilly agrémentait le col et les poignets. L'ensemble me paraissait du plus bel effet. Plus tard, j'ai pu m'offrir des tenues plus légères pour les mois d'été, des chapeaux de bonne qualité, des bottines en cuir fin. Je portais autour du cou une croix en or, cadeau de ma chère marquise, accessoire indispensable pour approcher la reine et lui plaire.

J'étais coquette, mais sans excès. Je savais les apparences importantes dans le monde dans lequel je vivais, mais je n'étais nullement dans la séduction.

Je me rendais donc tous les matins au palais des Tuileries. Je traversais les boyaux sombres du ventre de Paris. Les malheureux s'entassaient devant de sordides immeubles défraîchis, les femmes vidaient leurs pots de chambre par les fenêtres, les petits enfants jouaient dans les immondices. J'avais presque honte de croiser chaque jour ces regards brillants de fièvre. L'odeur était insupportable. Je marchais sur les dalles inégales de rues sombres et sales. La boue, les jours de pluie, sautait sur le bas de ma robe et recouvrait mes bottines. Sur les avenues, les excréments des chevaux formaient des amas malodorants que personne ne ramassait. Cela finissait en monticules de paille moisie desquels sortaient des filets sombres et puants qui coulaient entre les pavés. Je retrouvais dans les ouvrages des grands écrivains du temps la misère des vieilles rues de Paris. Leur pouvoir s'arrêtait à leurs écrits. Mais je savais que leur témoignage finirait un jour par réveiller la conscience collective.

Un matin, je me suis sentie suivie. J'ai marché plus vite, mais d'autres pas résonnaient derrière moi à mon rythme. J'ai longé la Seine jusqu'au pont Neuf, les effluves malodorants du fleuve m'agressaient le nez, des ouvriers déchargeaient des cargaisons de légumes, je les entendais crier et s'insulter, mes pieds butaient sur les pavés disjoints, je faillis tomber à plusieurs reprises. Je me suis rapprochée du bord de l'eau calmement, puis je me suis retournée sans hâte, comme on admire un paysage. Une silhouette familière me tournait le dos. L'homme cachait ses mains dans ses poches, il portait une veste de flanelle percée aux coudes, un pantalon crasseux qui rentrait dans de gros godillots crottés. Il fit enfin volte-face. J'ai reconnu dans l'instant l'ouvrier porcelainier qui, un jour de pluie, m'avait couchée par terre pour abuser de moi. Joachim, le visage apparemment dégagé, me souriait sans joie. Sa casquette à large bord lui mangeait la moitié du visage, il me considérait avec un air hautain. Je sentais la pression incontrôlée qui l'obligeait à garder ses traits figés et ses jambes serrées.

— Qu'est-ce que tu fais là, Joachim ?

— Je croyais pas que tu me reconnaîtrais.

— Comment tu m'as trouvée ?

— Le soir de l'enterrement du général Lamarque, tu courrais à travers les rues avec une espèce de godelureau. J'étais sur la barricade de la rue Saint-Éloi. Je t'ai suivie. T'as pas perdu de temps pour remplacer le fils Peyrat, t'es une chaude, toi !

— Qu'est-ce que tu veux ?

— Je me disais que tu pourrais m'aider à survivre, ta belle toilette me laisse à penser que t'es pas dans le besoin. J'ai quitté mon travail chez Alluaud. Je me suis disputé avec le contremaître. C'est dommage que tu sois partie. Depuis deux ans, des artistes parisiens sont venus s'installer à Limoges, tu aurais pu trouver un emploi intéressant. Sûrement que la famille Peyrat n'a pas dû te verser une rente ! Ils sont au courant que

tu as eu un bâtard ? Ton nouvel amant, il sait, lui ? Et tous ces gens que tu retrouves, tu leur en as parlé ?

— Qu'est-ce que tu veux ? ai-je répété.

— Des sous, sinon, je leur dis tout !

J'étais mortifiée. J'ai senti mes mains trembler, j'allais paniquer.

— Combien ?

— Le prix d'un loyer, disons 40 sous.

— Après, tu me laisses tranquille ?

— Peut-être bien !

— Je les ai pas !

— Il va falloir les trouver !

Il s'est approché de moi, sortant sa main de sa poche, a tenté de soulever mon jupon.

— Si tu veux aussi que je te fasse du bien, y a qu'à dire. Nous les ouvriers, on sait faire jouir les femmes, c'est pas comme ces petits-bourgeois efféminés qui s'ornent les poignets de dentelle.

Je l'ai giflé. Il insultait la mémoire de Pierre et la douceur de Hans.

— Attention, la belle, je pourrais me fâcher.

— Je ne veux plus te voir ! ai-je crié en sanglotant.

— Ça va pas être possible. On se retrouve dans une semaine au même endroit. N'oublie pas d'apporter ce que je te demande !

Je suis partie en courant, j'entendais derrière moi son rire à la fois moqueur et plein de hargne.

Cette rencontre me bouleversa. Je n'en avais pas fini avec Joachim et les fantômes de mon ancienne vie. Si je lui donnais ces 40 sous, il allait m'en demander d'autres. À force, je n'aurais pas eu assez pour me nourrir et envoyer à mon père ta pension ! J'étais piégée. Si la reine apprenait mon infortune, elle me renverrait. Impossible d'en parler à Hans, il ne comprendrait rien. Héloïse était loin. De toutes les façons, je lui avais causé assez de désagrément depuis que j'étais à Paris. Je devais me débrouiller seule.

Au moment où j'avais enfin trouvé un semblant de paix en moi, je devais, de nouveau, ressentir un étau serrer ma poitrine. Plus que le fait de le revoir, cette impression d'être prise au piège et de ne pas savoir comment en sortir me minait. J'ai changé de parcours pour me rendre à mon travail, j'ai mis dans mon sac le couteau que j'avais acheté à Limoges et que j'avais gardé. Une semaine plus tard, il se trouvait devant l'entrée des bureaux du palais des Tuileries. Je l'ai tout de suite distingué dans la foule. Il marchait de long en large, les mains dans les poches.

— Tu as ce que je veux ?

J'ai sorti une enveloppe de mon sac. Elle contenait l'argent qu'il me demandait.

— J'ai préparé un papier sur lequel j'ai noté que tu t'engageais à ne plus rien me réclamer après. Tu dois le signer !

— Tu rigoles ! Tu crois que je suis aussi bête que ça ?

Il m'a arraché l'enveloppe des mains, a filé sans un mot de plus. Je me suis retrouvée avec mon sac ouvert, mon papier entre les doigts. Il ne me restait plus qu'à le déchirer et le mettre à la corbeille.

J'entrais dans le palais des Tuileries par une porte dérobée. Les gardiens me connaissaient et se contentaient de me sourire. Je marchais jusqu'au cabinet de la reine situé entre le pavillon de l'Horloge et le pavillon de Flore, au beau milieu de l'appartement royal. Nous étions trois jeunes femmes choisies par

M. Appert autorisées à entrer dans le cœur du pouvoir. Inutile de te dire que mes collègues de travail portaient des noms prestigieux et des titres tout aussi élevés. Je ne retiendrai que leur prénom, Mathilde et Caroline. Elles me prenaient pour la cousine de province de la marquise de Payzac, cela me suffisait. Je ne sais pas quelle histoire avait racontée Héloïse au secrétaire particulier de la reine, mais elles me considéraient toujours avec une espèce de pitié et de compassion qui m'enlevaient toute idée de fierté ou d'arrogance. Je restais de la sorte à ma place. J'avais peu de conversation, je n'avais fréquenté aucune école, mon savoir me venait de l'éducation d'Héloïse et de mon père. Pierre m'avait donné des leçons de géographie et de sciences naturelles, il adorait ces matières. Mais en province, la notion de culture était sommaire. Depuis que j'étais à Paris, je connaissais les auteurs à la mode du temps, les musiciens, les peintres. Cela suffisait à faire de moi une jeune femme fréquentable. Je tentais de rester à ma place et n'allais vers les autres que quand j'avais un doute sur le choix qui m'était demandé.

Ce matin-là, je devais être livide quand je suis arrivée à mon travail. Mathilde a remarqué mon teint pâle.

— Mon Dieu, Jeanne, que se passe-t-il ? Vous voilà toute chose ! Avez-vous vu un fantôme ?

— J'ai dû trop manger, il me semble que je ne digère pas très bien !

— Asseyez-vous, je vous commande une tisane.

C'était une jeune personne charmante, qui sortait d'un couvent. Pour ne pas devenir folle, devant la misère qui se rappelait à nous, elle priait beaucoup et considérait que la Providence divine avait seule le pouvoir de déterminer le sort de chacun. J'avais de l'affection pour Mathilde. Je la rejoignais parfois dans ses illusions et son côté naïf. Son visage encore enfantin était couronné d'une coiffure à la mode chez les femmes plus matures. Elle était toujours habillée de matières claires, ce qui donnait un air joyeux à sa silhouette.

Je me suis assise un instant devant son bureau. Une domestique m'a servi une boisson chaude. J'avais du mal à me remettre de mes émotions. Je me sentais dans la peau d'un animal pris au piège. J'avais l'impression qu'un collet me serrait la gorge. Je n'arrivais pas à réguler mon souffle. Je revenais au temps de ma maladie.

Caroline nous a trouvées ainsi, assises l'une près de l'autre. Elle est entrée tout empesée dans une tenue épaisse et chaude qui élargissait sa silhouette. Ses boucles sombres et ses accroche-cœur vibraient sur son visage aux traits durs. Elle nous a lancé un regard froid. Rien ne semblait l'émouvoir, surtout pas la misère. Elle précédait la dame d'honneur et la reine. Les jupons et les robes de taffetas brisaient l'air léger qui traversait la pièce. Un bruissement d'étoffe devançait toujours la souveraine.

— Sa Majesté, annonça simplement Caroline.

C'était un signal. Nous nous sommes redressées. Nous avons réajusté nos vêtements, la journée commençait.

Un homme du service des postes déposait chaque matin au milieu du cabinet de la reine les sacs de courrier qui lui étaient adressés. Munie d'un coupe-papier en or au manche d'ivoire, Marie-Amélie entreprenait d'ouvrir son monumental courrier, puis nous laissait continuer. En vérité, elle avait d'autres chats à fouetter que de perdre son temps à décacheter des enveloppes. Elle s'asseyait devant son large bureau d'acajou orné de bronzes et posait des annotations ou des commentaires sur les courriers que nous avions sélectionnés pour elle.

C'était une femme grande et mince au teint pâle sur un visage en longueur. Ses nombreuses grossesses ne semblaient pas avoir porté atteinte à sa taille restée délicate. Peu souriante, d'une piété immense, elle était persuadée de sa vaste générosité. Le service d'aide aux plus démunis qu'elle avait organisé ne manquait pas de m'impressionner. Elle nous parlait peu ou par l'intermédiaire de son secrétaire.

Nous savions (cela se murmurait) qu'une somme de 400 000 francs était prélevée chaque année sur sa liste civile et redistribuée aux plus nécessiteux. C'était un montant si colossal, qui dépassait tellement tout ce qu'un ouvrier pouvait gagner dans une vie, que peu de monde pouvait en apprécier la valeur.

D'un autre côté, il se disait que Louis-Philippe et sa famille disposaient d'une si considérable fortune que ces 400 000 francs représentaient peu pour eux.

Marie-Amélie n'était pas obligée de distribuer ainsi une part de son gâteau. La reine Marie-Antoinette gardait l'intégralité de sa liste civile pour ses dépenses personnelles. J'avais donc décidé de me tenir aux côtés de la souveraine et de soutenir son action. Ne m'en avait-on pas donné l'opportunité ?

Nous recevions entre six cents et huit cents dossiers par jour. C'était énorme pour le peu d'employés que nous étions à gérer ce « ministère ». Mais tout était rigoureusement ordonnancé et organisé.

Après avoir ouvert les enveloppes, nous triions les courriers en tenant scrupuleusement compte des ordres de la souveraine. Cela nous occupait une grande partie de la journée. En fin d'après-midi, M. Appert nous rejoignait. Il prenait les dossiers que nous avions mis de côté et partait s'isoler dans son bureau, vérifier notre travail avant de le remettre à la reine.

Au début, j'étais tellement intimidée que j'avais du mal à me concentrer. Mathilde et Caroline, après avoir terminé leur tri, m'aidaient à finaliser. Le temps passant, je pris de l'assurance et devins plus efficace.

M. Appert était catégorique, on ne se préoccupait ni de la religion ni de l'opinion politique de la personne ou de la famille qui venait vers nous pour obtenir une aide. Notre perspicacité était de savoir déceler la sincérité des demandeurs.

Avec le temps, nous étions devenues d'authentiques spécialistes dans la recherche de la vérité. On se méfiait en priorité des suppliques rédigées par les écrivains publics. On savait les déceler. Ils utilisaient des formules normalisées reconnaissables entre toutes. Leur imagination débordante nous décrivait des infortunes que nos enquêteurs s'empressaient de rectifier, car Marie-Amélie dépêchait des sortes d'espions qui nous fournissaient des rapports. La plupart du temps, ces lettres venaient de débauchés et d'ivrognes qui n'avaient nullement l'intention de sortir de leur précarité.

— La bienfaisance est une science difficile, disait encore M. Appert, nous sommes confrontés à des

problèmes moraux, économiques, politiques. Nos aides doivent encourager à travailler et à bien se conduire, et non inciter à la paresse.

— Comment juger une situation réelle ? interrogeait Mathilde. Comment écarter les escrocs ?

Nous croulions sous les dossiers que deux autres personnes étaient chargées de trier. En fin de compte, les cas des pauvres les plus méritants, Marie-Amélie les transmettait à un bureau extérieur qui attribuait des bons pour du pain, de la viande, du bois de chauffage, des vêtements.

— On ne leur donne pas d'un seul coup, expliquait encore M. Appert, sinon il leur viendrait à l'idée de revendre quelques bons. On échelonne. Ils doivent survivre mais chercher du travail pour ne pas profiter de la charité de leur reine.

Mon attention se portait sur les mères de famille nombreuse ou les femmes enceintes dont la situation précaire était décrite dans un courrier simple par un prêtre d'une paroisse inconnue. Ils demandaient une aumône, même modeste.

Mère de dix enfants, Marie-Amélie était particulièrement sensible à ce genre de misère. Elle faisait parvenir des layettes et des couches, le tout confectionné par des membres d'associations de bienfaisance.

Les orphelins et les enfants abandonnés recevaient également un trousseau que ces dames réalisaient.

Nous mettions de côté les lettres de personnes dont nous connaissions la fortune souvent colossale, qui n'hésitaient pas à recommander un vieux serviteur au bon cœur de la souveraine, alors qu'ils avaient les moyens de s'en occuper eux-mêmes. Nous n'avions aucune sympathie pour ce genre d'anciens maîtres.

Je les jugeais avec indignation. Je retenais leur nom. Il m'est arrivé, au cours de ces années, de les croiser dans une soirée pendant laquelle Hans donnait un concert.

Outre la misère qui étendait son ombre comme un géant déterminé à prendre possession du pays, de nombreux attentats contre le roi égrenaient le temps. Paris, comme une vieille femme agonisante, n'en finissait pas de se redresser et de crier sa douleur. On se levait le matin, on ne savait pas si le roi serait encore vivant le soir.

Je me mis alors à remarquer que Joachim surgissait environ une semaine après chaque attentat. Il pouvait donc s'évanouir dans la nature plusieurs mois. En 1832, après son apparition au moment de l'affaire de Saint-Mérry, il disparut jusqu'à la fin de l'année, juste après que Louis-Philippe eut échappé à un coup de feu rue du Bac. Il me réclama 50 sous et essaya une fois de plus de soulever ma jupe.

— Si tu approches, je crie !

— Demain, ici, et ne va pas croire que tu me fais peur. Tu sais que j'ai le pouvoir de te casser !

J'ai réuni la somme le soir, en fouillant dans la boîte qui contenait mes économies, et les lui donnai le lendemain en tremblant, mais le regard fier.

— Sale putain ! m'a-t-il lancé avant de disparaître.

Je ne le vis plus pendant trois ans. Mais j'eus une appréhension chaque matin en parcourant les rues qui me menaient au palais des Tuileries.

J'ai pensé qu'il était mort ou qu'il était retourné à Limoges. Ce fut à cette époque que j'eus envie de te revoir et de te ramener avec moi. Cependant, il n'était pas imaginable de te présenter à mes amis, ou de parler de toi. La reine m'aurait mise dehors, mes proches m'auraient abandonnée. Héloïse n'était pas rentrée. Je réalisais à quel point j'étais seule. La société refusait tout écart à une femme. Les hommes, par contre, gardaient tout pouvoir. J'entendais parler de George Sand, elle avait pris un nom d'homme, elle vivait ses passions sans contrainte. Mais ses enfants étaient légitimes. Elle les avait eus dans le mariage. Je retenais ses paroles : « Si je n'ai pas grande vertu pour moi-même, j'ai grand dévouement pour ceux que j'aime. »

Les frasques de Victor Hugo alimentaient les soirées, nous amusaient. On parlait des aventures de la duchesse de Berry, qui aurait accouché en secret d'une enfant conçue dans la plus grande illégalité. Elle l'avait abandonnée et ne s'était pas offusquée de sa mort prématurée. L'affaire fut vite classée.

Comment aurais-je pu, du jour au lendemain, sortir d'un chapeau un enfant comme un magicien laissait apparaître une colombe ? Par quel miracle la société qui m'entourait l'aurait-elle accepté ? Je m'en remettais à ma destinée. Je restais persuadée qu'une opportunité allait se présenter et que je pourrais te prendre avec moi.

En vérité, j'espérais ma bonne fée, ma mère d'adoption, ma chère marquise qui rentra à la fin de l'année 1833. Le marquis venait de quitter son poste à New York et d'embarquer pour Buenos Aires. Héloïse me persuada d'attendre encore pour aller te chercher.

— Nous le mettrons dans une bonne école, mais il est trop jeune. Prends patience.

Elle rapportait quelques beaux tableaux, des paysages croqués sur les bords de l'Hudson et un vis-à-vis de West Point. Elle avait abandonné la toile pour peindre sur des panneaux de chêne. Elle trouvait que ses huiles étaient mieux mises en valeur et brillaient plus. Elle avait travaillé la transparence des couleurs et le glacis.

— Il est trop tard pour le Salon de 1833, je vais préparer le prochain, disait-elle, toute excitée à l'idée de reprendre des séances de peinture en Périgord.

Elle me savait occupée et se félicitait de ma bonne fortune.

Elle avait changé pendant son absence. La cinquantaine passée, son visage toujours doux se flétrissait, mais son regard clair rempli de bonté et sa peau transparente lui donnaient un charme naïf qui lui restait de l'enfance. Son chignon rond posé sur le dessus de sa tête était maintenant relégué sur sa nuque tandis que des boucles à l'anglaise, séparées par une raie centrale, entouraient son visage. Des mèches blanches joliment mêlées à ses cheveux blonds trahissaient aussi son âge. Même au-delà de l'océan, elle restait sensible à la mode. Cette coiffure, que nous copiions toutes, évoquait aux beaux esprits les manières du siècle des Lumières. On l'appelait : « À la Mme de Sévigné ». Héloïse avait rapporté de magnifiques cotonnades, des bijoux fantaisie, des barrettes en écaille de tortue, des cols de fourrure de castor ou de vison, des rubans satinés, des plumes pour poser dans les cheveux, assemblées, disait-elle, par des tribus d'Indiens restés sauvages.

Je reconnaissais sa manière de s'asseoir dans sa méridienne avec des gestes délicats, lents, comme un papillon sur une fleur.

Je passais près d'elle les plus douces des soirées. Elle invitait Friedrich, Hans, nous écoutions leurs doigts courir sur le grand piano du salon. Lorsque nous étions seules, elle me priait de lui lire un ouvrage de Victor Hugo ou de Balzac qu'elle n'avait pas trouvé en Amérique. Nous feuilletions ensemble la revue de Marie de L'Épinay, le Journal des dames et des modes, *dans lequel nous découvrions, grâce à de talentueux dessinateurs, les dernières tendances. Les récits de voyage que nous y parcourions permettaient à Héloïse de prolonger ses propres expériences.*

J'en oubliais presque la dureté des temps et les centaines de lettres de désespoir qui arrivaient chaque jour dans le service des charités de la reine. J'en oubliais l'odieux chantage dont j'avais fait l'objet quelque temps auparavant.

Mais le destin guettait ce bonheur discret pour y mettre un terme.

XXIII

Une vie imparfaite

Deux ans, nous eûmes deux ans de cette vie réglée comme du papier à musique. Héloïse ne suivit pas le marquis dans son nouveau poste de Buenos Aires. Elle fit plusieurs séjours dans son château de Payzac. Elle eut la permission de la reine de m'emmener à l'été 1834.

Ce furent nos premiers moments d'intimité ensemble. Tu avais trois ans. La petite fille avec laquelle tu avais partagé le sein de la fermière était morte deux ans plus tôt. Cette femme simple t'élevait seule, se retenant de trop t'aimer. Tu étais le plus bel enfant de la terre. Tes boucles sombres servaient d'écrin à tes grands yeux noirs. La vie à la campagne te donnait bonne mine. Malgré ton air boudeur et la nouveauté dans laquelle tu entrais en ma compagnie, tu étais curieux de tout, tu posais tes doigts sur des objets inconnus en signe d'interrogation. J'ai mis quelques jours à t'apprivoiser, mais au bout d'une semaine tu m'attendais sur le perron de la maison de ta famille. Je prenais ta petite main dans la mienne, nous allions rejoindre Héloïse dans son atelier pour la saluer. Tu laissais traîner tes doigts minuscules sur les couleurs, tu t'émerveillais devant les tableaux alignés sur les murs ou les chevalets. Tu coloriais une feuille blanche avec ces cris d'enfants si caractéristiques. Sous la chaleur de l'été, nous descendions aussi sur les bords de l'Auvézère voler des framboises dans le jardin de mon père. Tu étais vite fatigué. Nous nous installions alors sur une vieille couverture que j'étalais à l'ombre du grand tilleul, je te berçais dans mes bras, tu t'endormais quelques instants, puis tu t'agitais jusqu'à ce que ton grand-père s'asseye près de nous et te raconte ses années passées en Égypte. Il radotait et répétait les mêmes souvenirs, mais tu ne perdais pas une miette de ses paroles de vieil homme usé par la vie. Il avait le dos courbé et ses mains tremblaient, mais il caressait sa moustache blanche comme une compagne et la laissait frémir quand il posait les yeux sur toi.

— Viens petit, disait-il parfois, je vais te montrer comment marche une forge.

Vous disparaissiez sous les frondaisons qui bordaient la rivière. Un nuage sombre vous engloutissait. Je savais qu'il ne te lâchait pas et que, quand le vacarme des grands fours t'effrayait, il te ramenait à la maison. Mais déjà, tu étais attiré par la fureur des machines et l'agitation alentour.

Les jours de pluie, Héloïse, qui respectait notre besoin de nous découvrir, te faisait confectionner des crêpes de sarrasin et te servait du lait frais encore chaud du ventre de la vache. Nous riions des traces blanches formées par le liquide gras sur ta peau d'enfant. Nous construisions une complicité merveilleuse.

De cet été-là, je n'ai rien gardé de mon Périgord. Je ne l'ai pas vu, pas senti, j'avais le regard qui se perdait dans le tien. J'étais à l'affût de tes gestes, de tes réactions, de chaque détail de ta personnalité. « Petit Pierre ! » appelait la marquise avec, dans la voix, l'affection d'une grand-mère. Quelle belle famille tu avais là ! Quelle déchirure lorsque nous avons dû nous séparer. Comment t'expliquer le temps, quand un jour pour toi avait valeur d'une année ? Comment te faire comprendre la promesse d'un retour ? À trois ans, comment concevoir l'amour d'une mère si elle n'était pas là pour t'en donner la preuve chaque jour ? Je t'arrachais ma présence, mon affection, ma tendresse. Je t'offrais une absence immense. Je te blessais. Peut-être n'aurais-je dû venir que pour t'emmener. Ce plaisir égoïste, je l'ai beaucoup regretté.

Je sais que tu m'as attendue chaque matin de cet automne qui t'avait amputé de ta maman, que les visites de mon vieux père t'ont apporté un réconfort, mais pas l'affection dont tu étais demandeur. Nous en avons beaucoup parlé ensuite, tu n'as jamais oublié la violence de ce manque si soudain et si long. Mais pour toi, pour ton avenir, j'avais obligation de vivre, de mettre de côté un pécule, de rencontrer des gens qui m'aideraient à t'offrir une belle situation.

Durand l'été 1835, la famille royale séjourna au château d'Eu, près du Tréport, profitant de bains de mer et de promenades iodées, avant de se retrouver à Paris fin juillet pour les commémorations des journées de la prise de pouvoir de Louis-Philippe de 1830.

Malgré des menaces proférées contre eux, cette fête ne fut pas annulée. Pourtant, une machine infernale de vingt-quatre canons tira contre le cortège officiel, boulevard du Temple. Louis-Philippe et ses trois fils sortirent indemnes, mais la police déplora une vingtaine de morts. Les trois terroristes responsables de cette tuerie furent vite appréhendés.

Quelques jours plus tard, Joachim se trouvait au coin de la rue que j'avais l'habitude de prendre chaque matin. Crasseux, mal rasé, les vêtements en lambeaux, la casquette déchirée, il était devenu une loque humaine. Il m'a tout de suite agressée.

— Va-t'en ! criai-je.

Il avançait lentement mais sans faillir.

J'ai reculé, j'ai fouillé dans mon sac pour y trouver le couteau qui y dormait depuis si longtemps. Mes gestes compulsifs, ma panique l'encourageaient à approcher encore. Sentant son haleine vineuse caresser mon visage, incapable de mettre la main sur mon arme, je reculais. Il a alors foncé sur moi, m'a saisi le poignet, serrant de toutes ses forces.

— Lâche, tu me fais mal !

— J'ai besoin de 100 sous ! Ne va pas me raconter que tu les as pas, je te croirais pas ! Je te donne deux jours. À vendredi, même heure, même endroit.

Il a desserré son étreinte et s'est fondu dans la foule du jardin des Tuileries.

Bien sûr, je les avais, ces 100 sous. Je me privais de tout pour un jour t'offrir le meilleur.

Je suis arrivée à mon travail très perturbée, mais ce matin-là je n'ai pas eu le temps de me pencher sur mes états d'âme.

Marie-Amélie avait du mal à cacher son désarroi. Sa pâleur était le reflet d'un esprit agité et inquiet. On venait, une fois de plus, d'attenter à la vie de sa chère famille.

— J'étais près d'elle à l'hôtel du ministère de la Marine, nous attendions le défilé, expliqua Mathilde à voix basse. J'étais assise derrière Mme Adélaïde. Imaginez l'angoisse quand Guizot nous annonça l'attentat. Sa Majesté a su très vite que ses fils et son mari étaient sains et saufs. Nous l'avons vue se lever et marcher vers l'entrée de la pièce. Elle tenait dans sa main la croix qui pend à son cou, elle est restée en prières jusqu'à ce qu'ils arrivent. Elle a eu envers eux des gestes tendres extrêmement touchants.

J'ai longuement observé à la dérobée cette femme sèche au regard cependant clair et doux. J'avais du mal à la juger, pourtant j'en entendais sur elle et sa famille.

Héloïse m'emmenait dans des soirées où je retrouvais ces artistes devenus des amis. Hans nous accompagnait. Ma chère marquise avait compris depuis longtemps le lien qui s'était tissé entre nous. En signe d'acceptation, elle restait silencieuse sur ce sujet. Chez Kalkbrenner, nous croisions Victor Hugo, très remonté contre la famille royale.

— Ces rois sont des tyrans et des dictateurs ! criait-il à qui voulait l'entendre. La censure guette, la liberté de parole et d'expression n'existe pas dans ce pays des droits de l'homme !

— Vous y êtes allés un peu fort, mon ami, répondait Friedrich. Dans Le roi s'amuse, *vous représentez un monarque débauché et une tentative de*

régicide ! Vous encouragez au meurtre ! Vous appelez à la révolte !

— Qu'en pensez-vous, ma petite chérie ? me demandait-il parfois pour adoucir ses humeurs.

C'était une sorte de force de la nature au regard intense, dont la chevelure folle jouait avec la lumière des lampes du salon.

Je ressassais toujours la même rengaine, je n'en finissais pas de croire que Louis-Philippe avait, dans le fond, trahi son peuple. Ses promesses n'étaient pas tenues, la misère gangrenait le pays, j'en avais la preuve chaque jour. Mais je ne cessais de répéter que la reine passait sa vie à distribuer et à soulager.

Nous avions en commun, Hugo et moi, nos pères qui avaient combattu sous l'Empire. Lui fils de général, moi fille d'un simple soldat. Il faut de tout pour faire le monde.

Je sentais qu'il virait bonapartiste après avoir été monarchiste. Il restait, pour moi, la meilleure représentation du romantisme, comme savait aussi l'interpréter Frédéric Chopin, que nous allions souvent écouter.

Il me caressait le front, me demandait si je reprendrais un jour mes cours de dessins. Je me méfiais de lui, il entretenait des liaisons extraconjugales et son regard posé trop complaisamment sur une femme pouvait détruire à tout jamais sa réputation.

Mais c'était un génie de l'écriture et un ardent travailleur. J'étais éperdue d'admiration et tellement fière d'être admise en sa compagnie.

François Gérard ne pouvait se résoudre à fermer son salon à ses amis.

Il avait de longues conversations avec Isabey, lui aussi élève de David. J'ai eu l'occasion d'admirer les plus beaux tableaux de mon époque. Si les portraits du baron Gérard, ainsi l'appelait-on, étaient conservés dans quelque collection privée, il en restait quelques-uns chez lui extrêmement intéressants. J'aurais tellement aimé qu'il me donne des cours, lui le vieux professeur de l'École des beaux-arts de Paris ! Mais j'étais une femme et n'étais membre d'aucune grande famille. Je me contentais d'admirer et d'envier ces artistes. Par fidélité pour un ami, nous passions de temps en temps chez lui. Balzac y avait ses habitudes. Il m'aimait bien, je crois. Il était en train d'écrire ce qu'il appelait : sa « Comédie humaine ».

— Tu ressembles à une cousine de province, me disait-il. Il faudra que je te trouve un rôle dans un de mes livres.

Il n'oubliait pas de m'offrir son dernier ouvrage et lui aussi était prolixe. Je les ai tous conservés, ses dédicaces ressemblaient à de longues confidences sur l'âme humaine et sur son désespoir devant une telle lucidité. Le Colonel Chabert, Eugénie Grandet, Le Père Goriot, Le Lys dans la vallée. *Tous ces témoins d'un temps qu'il savait si bien décrire.*

Les conversations de ces messieurs tournaient, évidemment, autour de la politique. J'étais souvent prise à partie en défendant la reine Marie-Amélie et sa bonté. Ils me trouvaient bien naïve, mais j'avais le soutien d'Héloïse.

— Ne voyez-vous pas, continuait Balzac, qu'elle se sauve elle-même avec ses aumônes ? Elle endort les petites gens mais ne fait rien pour les sortir de leur misère.

— C'est une catholique irréprochable !

Je croyais l'argument fort.

— Ah, le clergé et le peuple ! Un jour viendra où il faudra séparer tout ça ! s'exclamait-il.

— Pourtant, nous recevons un grand nombre de demandes de l'Église. On sent une proximité, un désir d'aider son prochain.

— Souvenez-vous bien de cela, le Saint-Siège est une puissance politique à lui seul. Son souci est de savoir en place un régime qui le soutient. Marie-Amélie et le pape ont des intérêts communs.

— Vous êtes cynique, monsieur !

Je trouvais qu'il allait trop loin.

— Je suis réaliste, mais cela n'empêche pas la profonde piété de notre souveraine.

Le baron Gérard ne pipait mot sur la famille royale en général et sur la reine en particulier. Il avait besoin de leur protection, chacun le savait.

Je retrouvais ces femmes célèbres, Mme Grassini, croisée un soir chez Mme Lebrun, Delphine Gray, qui nous déclamait un air à la mode. Quand il le pouvait, Hans se mettait au piano. Il interprétait des mazurkas et des préludes de Chopin, ces airs nouveaux qui l'enchantaient.

Nous étions en plein romantisme. Je me sentais à l'aise dans ce mouvement d'une jeunesse remplie des drames passés. Fils et filles de l'Empire, nous étions petits-enfants de la Révolution. Nos pères avaient vu couler tant de sang qu'ils comprenaient notre espérance en un monde meilleur. Hans avait raison, nous avancions sur les ruines d'un pays vers un avenir dans lequel nous nous voulions libres et en paix. Nous voguions entre un passé périmé et un futur qui nous semblait lumineux. Mais il nous restait bien des interrogations ! Nous ne pouvions pas enterrer deux millénaires d'histoire en quelques années. Ce pays s'était édifié sur un terreau auquel se mêlaient la cendre des grandes batailles de nos rois et la misère de la paysannerie. Mais notre unité, notre langue et notre géographie s'étaient aussi construites dans le vieux monde. Je sentais cette jeunesse écartelée, je l'étais moi-même.

Mais j'étais une femme sans fortune, sans éducation, je n'avais rien à dire. Alors, j'ai longuement écouté ces hommes piégés entre deux espoirs, perdus de ne pas savoir quel destin leur préparait ce siècle.

Nous nous sommes retrouvés un soir dans le salon de l'hôtel particulier du baron de Rothschild, un grand ami de Louis-Philippe, un protecteur des arts, amateur de musique. J'y rejoignais Mathilde, qui m'avait permis d'accéder à cette soirée. Nous étions de bonnes amies et nous entretenions une belle complicité.

Je me souviens, elle portait une robe de satin vert pâle enrichie de volants ton sur ton, cela donnait une belle ampleur à sa toilette. Sur son décolleté scintillait une émeraude aussi grosse qu'un pruneau soutenue par une large chaîne en or. À ses oreilles, deux pendants assortis illuminaient son visage. Elle était la représentation même de la jeune fille de bonne famille, éduquée pour devenir une épouse exemplaire. On ne lui demandait pas de réfléchir, mais seulement de faire honneur à l'homme que ses parents lui destinaient. Elle n'avait pas le choix de son destin, mais elle se sentait protégée et reposée de n'avoir pas à réfléchir sur son avenir. Ce sort semblait lui convenir et n'entamait jamais sa bonne humeur. Son travail auprès de la reine Marie-Amélie lui ouvrait cependan*t des perspectives dont elle savait jouir.*

Un portrait de la baronne trônait au-dessus d'une commode berceau en sycomore. C'était une œuvre du peintre Ingres. Je suis restée longtemps à apprécier le magnifique visage, la robe de satin qui brillait sous la lumière du jour.

— Il aime mettre en évidence le statut social, me souffla Mathilde derrière moi. L'expression est compassée, sans l'ombre d'un sentiment.

— Je vois un léger sourire ! ai-je suggéré.

— Cette beauté froide ne trahit aucune intelligence, insistait Mathilde.

— Je trouve la ressemblance parfaite, pourtant !

— Savez-vous qu'elle voulait porter une robe bleue et que l'artiste lui a imposé une robe rose ? Elle n'a pas pu lui résister ! s'écria Héloïse qui venait nous surprendre. Voyez comme il a mis en valeur le satin de la robe, les bijoux. Cela reste très académique !

— Encore un élève de David ! Il a formé les plus grands, n'en déplaise à Mme Vigée-Lebrun !

— Oubliez, voulez-vous, ce malentendu d'un soir ! me suggéra Héloïse. Ils ont tous un talent fou et c'est normal qu'il existe une certaine rivalité entre eux !

— Je vous trouve de belles dispositions, ma chère, m'avoua Mathilde, que j'avais invitée un jour à visiter mes œuvres. J'aimerais faire l'acquisition d'une de vos toiles.

— Ne comptez pas sur moi pour vous portraiturer ! Je n'ai pas ce don !

— Un paysage des bords de Marne me suffira. Cela me fera un souvenir. Aidez-moi, madame la marquise, à la convaincre de me vendre un tableau !

— Certains sont particulièrement réussis, répondit Héloïse, elle le sait !

Ces personnes me réconciliaient avec le genre humain.

Hans m'accompagnait, il avait retrouvé son ami Kalkbrenner, qui se tenait au piano.

Les plus grands politiciens du moment fréquentaient ce salon. Les plus inattendus aussi. Nous y avons croisé Auguste Blanqui, un fervent opposant à la royauté, un socialiste pur et dur. J'ignorais alors qu'il avait déjà goûté à la prison. C'était un comploteur né, il aimait les coups de force et, à cette période, il avait de quoi s'en nourrir. Plus tard, il provoquerait une insurrection qui laisserait cinquante cadavres et cent quatre-vingt-dix blessés sur les trottoirs de Paris. Il serait condamné à mort et resterait une grande partie de sa vie en prison.

La société parisienne regorgeait d'une multitude de figures à qui les faiblesses du pouvoir donnaient à boire et à manger.

Blanqui nous a exposé son point de vue sur une humanité dirigée par le peuple, avec des lois votées par le peuple, une société juste, égalitaire, ou chaque citoyen aurait le même pouvoir que son voisin.

— Ce sera comme chez les fourmis ! ai-je fait remarquer.

Il a tourné vers moi un visage de révolté. Son front haut, sa barbe fournie et noire, l'ensemble mettait en valeur un regard sombre et dur.

— Ce sera la vraie justice ! a-t-il rétorqué.

— Êtes-vous pour une république, monsieur ? ai-je insisté.

Je crois que j'avais un peu bu ce soir-là. Ils avaient servi de ce vin à la couleur de l'or, sucré et gorgé du soleil de mon Périgord.

— Je hais les républicains, ils veulent mettre à la tête du pays un président. Avec les mêmes pouvoirs qu'un roi ! Ils tournent en rond ! Je suis un anarchiste, madame ! Je suis pour l'extinction de la race des riches et des nantis. Je lutterai jusqu'à mon dernier souffle pour que disparaisse cette caste qui mange le pain du petit peuple.

Il avait en tous les cas le don de plomber l'ambiance bon enfant qui régnait dans ce genre de soirées. Nous nous sommes demandé ce qu'il faisait ici. Nous en avons conclu, Mathilde et moi, qu'il valait toujours mieux avoir un œil sur ses ennemis. Le baron James devait savoir cela !

— Vous êtes très en verve, ma chère, murmura une voix rauque derrière mon dos.

Je me retournai. M. Peyrat me considérait de toute sa hauteur, il soufflait pour expulser de sa bouche une fumée odorante et épaisse. Dans ses yeux perçait une ironie hautaine qui me glaça le sang.

— Vous en avez fait du chemin depuis la dernière fois, ajouta-t-il en se penchant vers moi.

Le souvenir de Pierre me gifla le visage. Mes joues me piquaient comme si mille abeilles y avaient butiné. Une idée de meurtre monta à mon cerveau, j'avais envie de hurler, de le taper jusqu'à ce que mort s'ensuive.

Il flaira mon agitation, je l'aurais parié. Je sentais son insistance à me déstabiliser, à m'emmener hors de moi.

— Vous fréquentez les anarchistes, monsieur ! Auriez-vous tourné votre veste ou bien seriez-vous opportuniste ? En tous les cas, votre lourd passé ne semble pas vous peser trop ! Quelle injustice que seuls survivent les monstres !

— La révolte vous va bien, mademoiselle, cela vous donne bonne mine !

— Votre teint cadavérique vous vient-il de vos remords ?

Hans approcha, me caressa le dos, saisit ma main tremblante, la baisa.

— Que vous arrive-t-il ? Je ne vous ai jamais vue comme cela !

— Parce que je n'avais jamais été mise en présence d'un assassin ! J'ai connu cet homme il y a quelque temps !

— C'est un invité de notre hôte, vous ne pouvez pas vous comporter de la sorte. Je vous en prie, Jeanne, calmez-vous !

M. Peyrat avait assisté à la scène, cela lui redonna confiance en lui. Il me fit une sorte de salut que je considérais comme une insulte.

— J'espère vous revoir très bientôt, chère mademoiselle, nous avons tellement de souvenirs en commun !

Je lui tournai le dos.

— Que veut-il dire ? interrogea Hans.

— Ne prêtez pas attention à lui, oublions-le !

Notre ami Friedrich Kalkbrenner entama, pour changer l'air, une pièce musicale de sa composition.

Mathilde posa sa main sur mon épaule avant de disparaître. Ce geste de soutien me calma. Héloïse semblait avoir compris. Elle apaisa mon humeur par sa présence.

Hans et moi, après les réceptions, nous allions chez moi. Ce soir-là, je le priai de me laisser seule. Il me semblait que Pierre venait de jeter un caillou sur le chemin de mon destin, il se rappelait à moi, j'avais besoin de solitude pour le ressusciter.

Quand j'eus pleuré une partie de la nuit, avec l'impression d'avoir passé ces heures avec mon premier amour, je retournai vers Hans. J'avais besoin comme d'une drogue de ces moments où nos corps s'épousaient. J'avais ce désir viscéral de me sentir vivante, de gémir sous l'arrivée d'un plaisir toujours renouvelé. Cette relation purement charnelle nous rendait dépendants l'un de l'autre. Nous ne parlions jamais d'avenir, nous ne projetions rien, nous existions au jour le jour. Nos lendemains se ressemblaient tous. Notre découverte de l'autre se limitait au pouvoir de nos sens. Nous nous quittions sans savoir quand nous nous reverrions. Nous n'avions pas d'habitudes. Celle seulement de nous retrouver en bonne compagnie.

*
* *

Jean-Baptiste Peyrat rentra à son hôtel le cœur plein d'espérance. Il venait de se séparer d'une jeune maîtresse trop possessive que Limoges rendait neurasthénique. Il s'apprêtait à demander au concierge de lui trouver une compagne pour la fin de la soirée. Voilà que chez les Rothschild lui sautait dans les bras la plus improbable des revenantes, celle qu'il avait désirée au point d'en sacrifier son propre fils. La belle s'était volatilisée à la mort de Pierre et Alfred n'était pas parvenu à la retrouver. Il eut une pensée fugace pour sa femme, pour le chagrin incommensurable qui la poussait vers la tombe. Il chassa vite le visage grossier de son esprit. Il s'assit confortablement dans un fauteuil de vieux cuir tanné, alluma un cigare, commanda un brandy. Il était seul dans le grand salon qui sentait la fumée et l'alcool. Derrière le bar, le maître d'hôtel lui préparait son verre. Les boiseries de vieux chêne cirées, la lourdeur des tentures de velours lui donnaient l'impression d'un terrier au fond duquel il se réfugiait. Il repensait à ce voyage à Paris, à sa rencontre avec le baron James, à la promesse de ce dernier de rentrer dans son capital pour développer son affaire de porcelaine. Il avait été reçu par l'ami personnel du roi, son confident, son conseiller. Ne disait-on pas que l'extension du chemin de fer dans le pays avait été suggérée par le baron !

Il soupira longuement. Que faisait Jeanne chez les Rothschild ? Qui était ce jeune blanc-bec qui lui tenait la main ? Vivait-elle de ses charmes ? Avait-elle d'autres choix ? Une fille sans dot ne pouvait que rester célibataire et les alliances ne se concluaient que pour réunir des biens et des fortunes. S'il s'y prenait bien, elle allait lui tomber dans les bras !

Lui vint cependant un doute qui lui fit avaler son brandy de travers. Il toussa, réveillant une inflammation de la gorge qui l'obligea à se lever et à demander un verre d'eau. Comment la retrouver ?

Elle ne semblait pas faire partie des intimes. De toutes les manières, il ne se voyait pas solliciter son adresse auprès du maître de maison. Il allait mettre Alfred sur le coup. La piste du pianiste était à étudier. Sa toux cessa, il posa son verre, écrasa son cigare dans un cendrier de cristal et partit se coucher.

XXIV

Menaces et réalités

En juin 1836, un nouvel attentat faillit coûter la vie au roi, à la reine et à Mme Adélaïde. Leur carrosse passait sous les guichets du Louvre. Alors que Louis-Philippe saluait les gardes, un coup de feu partit du côté du pont du Carrousel et vint se loger dans le plafond au-dessus d'eux. Un jeune anarchiste de vingt-six ans fut arrêté et exécuté en juillet de la même année. La reine fut très éprouvée par cet incident. Elle devait se rendre à l'évidence, moins sa famille et elles seraient exposées, moins elles risqueraient leur vie. Elle aimait le contact avec les gens et se sentait frustrée de ne plus pouvoir aller vers eux. Elle nous parlait de sa « renfermerie ».

Les portraits des hommes qui attentaient à la vie du roi se ressemblaient. Jeunes et anarchistes. Je me demandais s'ils avaient rencontré Blanqui, s'il leur avait bien lavé le cerveau, s'il avait financé les armes. Leur mort ne comptait pas. Leur combat semblait sans fin.

Quelques jours plus tard, Joachim m'attendait à quelques pas de l'entrée de service du palais des Tuileries, sous un de ces nombreux marronniers ombrageant les allées. Ce garçon possédait le même profil que ces jeunes fous. Cette fois-là, il me parut s'être rasé et avoir changé de vêtements. Je m'étais préparée à cette rencontre, je tenais mon couteau à portée de main.

— Je ne suis pas très forte, mais je peux te faire mal. Ce serait dommage, tu ne pourrais plus aider tes amis à fabriquer des bombes ! ai-je lancé.

— De quoi tu parles ? Qu'est-ce que tu sais ?

— Rien, sinon que tu es certainement mêlé à tous ces attentats ! N'est-ce pas ?

— J'ai encore besoin de quelques sous !

— Pour financer des engins explosifs ? Tu plaisantes ! Il y a des gens qui meurent de faim et toi, tu perds ton temps à vouloir tuer le roi ! Ce n'est pas très constructif !

— L'anarchie, il y a que ça, on y arrivera. Le peuple au pouvoir !

— Je pourrais te dénoncer ! ai-je crié. Je connais la reine, elle a de l'amitié pour moi !

— Tu n'en feras rien, au nom de tes frères de misère, au nom de ton père, de ta mère morte de froid. En souvenir de Louis !

Mon cœur a tapé plus fort dans ma poitrine. Louis le petit ouvrier disparu à quinze ans dans le plus grand des dénuements. Qu'est devenue sa famille après mon départ de Limoges ? Sa mère a-t-elle attendu de nombreux dimanches avant de comprendre qu'elle ne me reverrait pas ? Ou bien a-t-elle su que ma chance avait tourné ?

— Va-t'en !

J'avais envie de pleurer.

— Tu n'en as pas fini avec moi ! brailla Joachim. Je te lâcherai pas, apporte-moi encore 100 sous !

— Et si je ne te les donne pas, tu vas faire quoi ?

— Tu le sais, tous tes bons amis apprendront que tu as un bâtard !

Il n'avait rien oublié, il ne regrettait rien. Seulement peut-être mon incapacité à le comprendre.

Comme à chaque fois, je me suis reculée et j'ai couru. Je ne sais pas s'il a cherché à me rattraper. Le lendemain, j'ai senti sa présence dans la rue du Cherche-Midi, que je longeais pour rejoindre mon travail. Il connaissait mon adresse, peut-être m'avait-il suivi jusque chez Hans. J'étais persuadée qu'il connaissait notre relation.

Je lui ai tendu son enveloppe comme on saute à l'eau pour ne pas se faire écraser par une voiture. On ne s'est pas dit un mot.

Mon cher fils, la vie, quand elle veut, est plus forte que tout. J'aurais pu m'enfoncer dans le désespoir. Je ne voyais pas la fin des menaces qui pesaient sur moi. Joachim qui me suivait de loin en loin, et Jean-Baptiste Peyrat qui, j'en étais sûre, allait réapparaître. Il ne lâchait jamais, je l'avais lu dans ses yeux. Me venait l'idée qu'il avait sacrifié son fils pour me posséder. Mais je chassais de ma tête cette pensée qui aurait pu me rendre folle. N'empêche, ce regard concupiscent posé sur moi, n'importe quelle femme savait le traduire !

Vers la fin du mois de juin de cette année 1836, Héloïse reçut une nouvelle qui nous affligea tous. Le marquis venait de mourir à Buenos Aires. Rien, dans le pli, n'était indiqué concernant la cause de son décès. L'ambassade lui demandait juste si le corps devait être enterré sur place ou si elle souhaitait qu'il soit rapatrié.

Ma chère marquise, chez qui pas un mouvement de cils ne venait trahir la moindre émotion, plongea dans un chagrin que personne n'arrivait à adoucir.

— J'ai accompagné ma mère jusqu'à son dernier souffle, m'avoua-t-elle. Je l'ai vue agoniser durant de longues journées et des nuits interminables. La violence de ce cheminement vers la mort m'a anéantie. J'en ai versé, des larmes, devant son pauvre corps plein de soubresauts, je souffrais de ne pouvoir l'aider à mieux respirer. J'ai prié pour que Dieu lui ouvre enfin sa porte. Eh bien, mon ange, malgré l'amour immense que j'éprouvais pour cette femme admirable, je me suis sentie soulagée quand elle a expiré. J'ai accompli mon devoir de fille sans le moindre trouble. Il me semblait que j'avais auparavant vidé mon corps de toute ma peine. Mais là, vois-tu, cette mort si soudaine, je la reçois comme un coup de hache porté sur ma nuque. Je n'étais pas préparée, je suis arrivée devant un précipice. J'ai envie de hurler, me murmura-t-elle en essuyant ses larmes.

J'ai soutenu du mieux que j'ai pu ma chère marquise. Je comprenais son désarroi. Cet événement me ramena à la noyade de ma mère dans l'Auvézère. Moi aussi j'avais ressenti cette impression de me retrouver devant un immense vide et j'avais eu envie de sauter dedans. On n'est pas préparé à de telles brutalités de la vie. Héloïse avait pour mari son cousin, elle le connaissait depuis toujours et avait partagé avec lui des jeux d'enfants, elle avait servi, en l'épousant, la tradition familiale. Une profonde affection les liait. Pourtant, cette union était restée stérile. Elle était désormais seule et je sentis à ce moment la valeur de notre attachement réciproque. Je me suis installée quelque temps chez elle, cela me donnait l'opportunité de changer de quartier. Je pensais aussi à Joachim qui ne pourrait plus me suivre dans la rue.

Héloïse me demanda de l'accompagner au Havre, pour attendre le bateau qui ramenait le corps du marquis. Point de peinture cet été-là. Pas de visite en Périgord. J'étais en manque de toi comme je l'avais été de ma mère. J'ai cependant trouvé normal d'assister ma chère marquise. Ses parents étaient morts depuis longtemps, elle se retrouvait seule pour affronter une réalité et un monde peu enclins à comprendre et soutenir les femmes. Incapable de se battre, elle avait confié ses affaires à un notaire de Paris et ne m'en parlait pas. Son besoin de tendresse et d'une présence discrète lui devenait aussi nécessaire que de boire et manger. Nous nous sommes encore rapprochées.

Nous avons pris la diligence un matin de la fin du mois de juillet. La chaleur nous a surprises au milieu de la journée et ne nous a pas quittées pendant les trois jours d'un voyage éprouvant. Je me souviens de notre dernière nuit dans une auberge à Rouen et de notre arrivée dans la ville du Havre.

C'était la première fois que je voyais l'océan. Il me parut curieusement hostile. L'image en moi d'un cercueil au fond de la cale d'un bateau devait influencer mon point de vue sur cette ville.

Je n'étais pas habituée à un tel spectacle d'un port recouvert de larges coques de bois au-dessus desquelles se balançaient des dizaines de mats dont le cliquetis finissait par agacer.

Les allers-retours des marins, le déchargement des cales, les cris de souffrance, les bousculades, tout ce remue-ménage nous donnait le tournis.

— Regarde, chère Jeanne, me disait Héloïse, toutes ces balles de coton qui viennent des Amériques. Ces sacs de café, d'épices, nous oublions vite qu'au bout de cette chaîne des esclaves enrichissent les commerçants et les armateurs. Certains de ces gréements vont partir pour l'Afrique se charger de leur cargaison humaine.

Elle avait retrouvé ce visage impassible que je lui connaissais. Cacher ses sentiments ou ses émotions devait s'apprendre dans les manuels du savoir-vivre.

Malgré le plein été, un vent frais nous fouettait les joues et nous supportions nos robes lourdes et noires et nos chapeaux de paille recouverts d'un voile de deuil. Nos cœurs étaient à la peine. Je glissais sous mon bras celui d'Héloïse, nous marchions lentement, sans parler, le long des quais pavés et des rues claires qui bordaient l'océan. Nous avons attendu une semaine, jusqu'à ce qu'un matin l'employé de la compagnie nous annonce l'arrivée imminente du bateau qui venait de Buenos Aires. Une singulière impatience nous prit, comme si nous espérions une visite importante.

Héloïse loua un corbillard qui amènerait le marquis jusqu'au cimetière de Payzac. Nous avions prévu de le suivre, bien sûr. Le curé de la paroisse était prévenu, les faire-part envoyés, la cérémonie organisée.

Le bateau mit deux jours pour accoster. Commença alors son déchargement. Sur le cahier de bord, l'employé trouva l'embarquement du cercueil du marquis en date du 4 juillet. Mais après inventaire des marchandises mises à quai, point de marquis.

Le capitaine avait disparu. Interrogés, les hommes d'équipage ne comprenaient pas notre langue. Où était passé le cercueil ?

Héloïse en avait des sueurs. Elle ne dormait plus la nuit, retournait avant l'ouverture au bureau de la compagnie, restait tard après la fermeture, ne lâchait rien. Enfin, un matin, le destin sembla nous sourire.

— Nous avons retrouvé le capitaine, madame, nous l'avons convoqué, il doit arriver dans la journée.

Je me souviens de cet employé, il était de si petite taille que seul son visage passait au-dessus de son comptoir. De minuscules lunettes rondes accrochées sur l'arête de son nez, tremblaient quand il reniflait, et il reniflait beaucoup. Il épongeait son front avec un grand mouchoir blanc qu'il tenait froissé entre ses doigts larges et courts.

— Quelle histoire ! Mon Dieu, quelle histoire ! répétait-il en tournant les pages de son registre.

Héloïse se signa dans un geste fugace. Elle soupira, me lança un regard si triste qu'il me semblait y lire toute sa peine et le désordre qui régnait dans son esprit.

Le capitaine brésilien parlait quelques mots de français mais était très avare en confidences. Il tirait entre son pouce et son index les poils d'une moustache noire comme du charbon, arrondissait ses yeux aux prunelles sombres, donnait l'impression de réfléchir mais, en fait, j'étais persuadée qu'il nous cachait une vérité difficile à admettre.

Je voyais frémir ses sourcils broussailleux. Ses joues étaient mal rasées, sa peau gardait le souvenir d'une petite vérole. Comme l'employé qui lui faisait face, il sortit de sa poche un grand chiffon de couleur rouge qu'il posa sur son nez.

— Êtes-vous malade, monsieur ? lui ai-je demandé.

La sueur sur son front tout à coup, ses yeux fiévreux, j'avais encore le souvenir du choléra qui faillit m'emporter.

Il grogna plus qu'il ne parla. Personne ne comprit ses paroles.

— Il a peut-être peur du choléra ou de la typhoïde, remarqua l'employé, on a eu quelques cas ces derniers temps. Il a dû en entendre parler.

Héloïse pleurait doucement et mêlait à ses sanglots des prières muettes. Elle avait cessé de lutter contre les lois de l'apparence. Elle paraissait résignée.

— Avez-vous su de quoi était mort l'homme que vous avez embarqué ? ai-je demandé. Avez-vous eu peur de contracter sa maladie ? L'avez-vous jeté par-dessus bord, monsieur ?

Je venais de comprendre, j'avais besoin qu'il me confirme mon pressentiment.

Il s'est levé soudain, s'est saisi de son livre de bord, a tourné les pages.

— C'est inscrit ici, madame, fit-il avec son accent espagnol. C'était le 20 juillet, nous avons été obligés de le jeter à la mer. Il faisait trop chaud dans la cale, c'était pas bon pour l'équipage.

— Oh, mon Dieu ! s'est écriée Héloïse en se levant. Mais c'est un sacrilège !

— J'ai ouvert mon livre de prières, madame, soyez sûre que j'ai lu un psaume !

Il se rassit, libéré de son secret, s'épongea une dernière fois le front, soupira. Devant une telle réalité, Héloïse paraissait aussi innocente qu'une enfant. Elle me considéra un grand moment, essayant de déceler dans mon attitude une force intérieure qui la soutiendrait. J'étais aussi abattue qu'elle. Cependant, pour lui donner du courage, je lui pris la main que je baisai.

L'employé nous recopia la page du livre de bord sur laquelle était mentionné le fait du jour qui nous intéressait. La marquise plia le papier, le rangea dans son sac de voyage. Nous avons quitté Le Havre sans nous retourner. Elle ne m'a rien demandé d'autre que ma présence à ses côtés. De ses affaires, elle ne m'a jamais parlé.

Dans son appartement, j'ai vu apparaître quelques portraits du marquis ainsi qu'une toile représentant le château de Payzac. Ce tableau me troubla, il me rappelait mon pays, la maison de mon père, ma mère morte, enfin l'enfant aux boucles sombres qui m'attendait.

Petit Pierre venait d'avoir cinq ans. Je pouvais maintenant aller le chercher. Mon impatience me donnait des fourmis dans les jambes. Cependant, la menace que représentait Joachim me freinait. D'autre part, j'avais besoin d'Héloïse pour trouver une bonne école. Elle n'était pas prête à m'aider pour l'instant. J'ai encore attendu.

*
* *

Jean-Baptiste Peyrat était revenu une demi-douzaine de fois dans la capitale depuis cette soirée chez les Rothschild. Le baron ayant investi dans la porcelaine, il demandait des comptes. Alfred avait été lancé sur les traces de Jeanne. Mais Paris n'était pas Limoges et le valet de chambre avait eu beaucoup de mal à la localiser.

Il avait d'abord repéré Friedrich Kalkbrenner. Le musicien n'avait pas de contact avec elle. Pour trouver Hans, il avait dû attendre un deuxième voyage. Mais le jeune pianiste ne vivait pas avec Jeanne. À la nuit tombée, il sortait seul pour donner des concerts dans des maisons privées ou pour retrouver ses amis musiciens dans une taverne. Des mondains nocturnes fréquentaient ces endroits, mais il ne trouva aucune trace de la jeune femme.

Il allait et venait des soirées entières, sur les trottoirs, devant des portes qui lui restaient fermées. Elle demeurait introuvable.

Jean-Baptiste Peyrat s'impatientait et cette attente amplifiait son désir. Il la voulait coûte que coûte !

Il eut l'idée de payer un détective, sur son argent personnel. Mais il eut peur que sa femme ou un de ses fils tombât un jour sur un courrier qu'il aurait toutes les peines du monde à expliquer.

Alfred était un malin. Il possédait un sens de la déduction incroyable. Il s'était souvenu qu'une marquise périgourdine gravitait dans l'entourage de Jeanne. Il se procura donc un bottin mondain et trouva le nom d'Héloïse en bonne place, ainsi que son adresse à Paris. Jean-Baptiste Peyrat, qui ne lâchait rien mais ne possédait aucun courage, le félicita. Le prochain voyage allait certainement être déterminant.

Alfred s'arrêta devant l'immeuble, observa la porte cochère, les volets ouverts. Il attendit. D'abord sans bouger, puis il se mit à faire les cent pas le long du trottoir. La matinée avançait sous une chaleur suffocante. Il aperçut alors, au-dessus des immeubles, un ciel menaçant qui assombrissait la rue. Un orage s'annonçait. Un courant d'air violent souleva son chapeau. Des femmes, dans la rue, retenaient leurs jupons qui s'envolaient, un livreur de lait sonna à une porte, un marchand de légumes installé au coin de la rue recouvrit ses produits d'une toile de jute. La vie s'éveillait, mais pas de belle marquise, pas de Jeanne. Il se dit alors qu'il perdait son temps. Ces gens-là ne sortaient que le soir. Il soupira de découragement, fit demi-tour au moment où la pluie se mit à tomber dru. Quand il atteignit la misérable chambre que M. Peyrat lui louait, ses vêtements mouillés lui collaient à la peau et, malgré la douceur du mois de juillet, il avait froid. Il retourna devant le domicile d'Héloïse le soir, en vain. Le lendemain et les jours suivants, pour rien. Quand le séjour tira à sa fin, dépité, il sonna la concierge et lui demanda si Mme la marquise de Payzac était bien là.

— Je suis désolée, lui dit la vieille femme confiante, M. le marquis est mort dans des conditions curieuses. Elle est partie le chercher pour l'enterrer. Je ne sais pas quand elle reviendra.

Elle lui ferma la porte au nez sans autre manière.

Il avait perdu son temps et attrapé un gros rhume. Il rentra à Limoges malade et découragé, bien décidé à prouver à M. Peyrat que le jeu n'en valait pas la chandelle.

*

* *

Après la Noël 1836, encore un nouvel attentat eut lieu à Paris. Je savais que Joachim allait apparaître. J'étais retournée vivre chez moi. Je l'ai presque attendu, il n'est pas venu. J'ai pensé qu'il était mort. J'étais soulagée. Lorsqu'en janvier 1837 un complot fut déjoué. La maréchaussée avait mis la main sur une machine infernale qui aurait dû exploser près du roi. L'auteur était un jeune anarchiste. J'étais sûre que Joachim était mêlé à l'affaire.

Il est réapparu. Comment faisait-il pour échapper toujours à la police de Louis-Philippe ?

Il était entré dans le couloir de mon immeuble. Caché derrière la porte à vantaux, il m'a saisie par les cheveux quand je passais à sa hauteur. Il m'a violemment projetée contre le mur. Ma tête a cogné les pierres, une douleur aiguë a traversé mon crâne, je me suis laissée tomber par terre.

— Tu me dois bien ça, en plus des sous !

Il fouillait dans mes vêtements, pressait mes seins entre ses larges mains. Je sentais son souffle chaud près de mon visage. J'avais la poitrine presque à l'air. Il a alors tenté de soulever ma robe pour atteindre mon intimité qu'une multitude de jupons protégeait. Il s'acharnait, s'énervait, je criais, il a fini par toucher mon bas-ventre. Sa main sur moi, ses doigts qui me pénétraient, je hurlais de plus belle, je donnais des coups de reins, me débattais comme une folle. Il lui devenait impossible de me maîtriser et de dégrafer en même temps son pantalon. Je le sentais en difficulté. Il a tenté de me gifler, j'ai esquivé son geste. Dans le brouillard de mes larmes, j'ai aperçu alors une silhouette derrière lui. L'homme levait les bras, j'ai entendu le bruit sourd d'un choc sur son crâne, il a crié et, perdant tout contact avec moi, il est tombé au milieu du couloir.

— Jeanne, es-tu blessée ?

Hans se pencha pour m'aider à me relever. Il essuya mon visage ruisselant de mes larmes et de la poussière du sol. Je me suis redressée. J'imaginais le spectacle que j'offrais à mon amant. Débraillée, la poitrine à nu, la robe déchirée, des lambeaux de dentelles traînant à terre, ainsi que mon chapeau, je me retrouvais les cheveux en bataille. Je pleurais de rage et me suis blottie dans les bras de ce garçon frêle qui m'avait sauvée.

Nous nous sommes réfugiés dans un coin du couloir. J'ai épousseté mes vêtements tandis que Hans observait Joachim qui se relevait. Mon cher pianiste menaçait mon agresseur avec un pistolet qu'il venait de charger. Je savais qu'il en portait un depuis notre course dans Paris la nuit des barricades.

Joachim s'est redressé lentement, a frotté son crâne.

— La prochaine fois que je te vois, je te tue ! a crié Hans.

— Sale putain ! a répondu mon agresseur.

Pourquoi lui ai-je inspiré une telle haine ? Il ne me semblait pas avoir jamais cherché à le séduire ou à lui faire des promesses. S'était-il mépris sur des gestes ou des attitudes que j'aurais eues ? Allait-il me pourrir toute ma vie ?

J'eus, à ce moment-là, des idées de meurtre. Je décidai de parler de Joachim à M. Appert.

XXV

Dans l'histoire

HANS VENAIT D'OUVRIR LA PAGE de ma vie cachée. Comment lui expliquer que je connaissais cet homme depuis longtemps, qu'il m'avait violée un jour alors que personne n'était là pour me défendre ? Comment lui dire que j'avais un enfant là-bas, dans mon Périgord natal ? Comment lui expliquer mon impatience à le retrouver ?

Je m'étais attachée à ce garçon romantique, dénué de toute violence, artiste et sensible. Comme Pierre, il était courtois, attentionné, à l'écoute. Il possédait en plus un goût pour les arts, les voyages, les langues. Sa culture m'impressionnait alors même qu'il restait modeste. Quand il interprétait un morceau de Chopin, de Beethoven ou de Schubert, qu'il admirait plus que tout, des frissons parcouraient mon dos. J'ai découvert avec lui le monde de la musique si fermé, si peu accessible.

Mes chers artistes, comme je vous ai aimés ! Comme je vous suis reconnaissante de m'avoir introduite dans votre lumière. Vous avez atteint ma sensibilité la plus secrète en me dévoilant le meilleur de l'homme, sa faculté à créer ce que la nature ne pourra jamais ; des œuvres d'art. J'ai appris à disserter, à développer mon sens de la critique. J'ai pris conscience de bien des faits en vous écoutant, en vous lisant, en vous observant.

Je n'avais aucun talent, moi la petite paysanne née au bord d'une rivière que j'aimais et qui me prit ma mère. J'avais connu la rudesse de la vie des humbles. Je m'étais élevée, riche d'un don et du désir d'apprendre. Parce qu'une femme sans enfant, cultivée et généreuse, m'avait aimée.

Je laissai Hans me déshabiller, me coucher sur mon lit, caresser mon corps meurtri, préparer un bain dans la grande cuve que j'avais acquise, moi qui aimais l'eau plus que tout. Sans un mot, il me frotta le dos, les cuisses, les seins, m'embrassant par moments, recommençant encore. J'avais le visage ravagé par les larmes, des mèches de cheveux se collaient sur mes joues, j'avais mal partout, je tremblais de peur, de rage, d'une vengeance à venir. Je restais muette. J'imaginais les mille questions qu'il se posait, je le sentais meurtri par mon silence. Alors, imperceptiblement, comme on approche d'un animal pour l'apprivoiser et le mettre en confiance, à mon tour je l'ai caressé, j'ai embrassé sa peau blanche et douce, réveillé un désir à peine endormi. À défaut de lui présenter le fond de mon âme, je lui ai offert mon corps sans pudeur, ouvert comme une corne d'abondance, pour qu'il boive dans le calice sacré d'une femme. Cher Hans, avons-nous jamais eu d'autres moments aussi intenses ? Je venais d'avoir trente ans, j'étais belle et épanouie. Dans le danger, je prenais tous les risques, cela m'excitait de savoir que j'allais dénoncer Joachim et que, peut-être, il en paierait les conséquences. Mon envie de meurtre ne me quittait pas. Je n'en pouvais plus de subir sans broncher. Avec ces idées noires me revenait le geste terrible d'un père sacrifiant son fils. Je ne supportais plus ma passivité devant l'adversité. Je voulais agir.

Je pris rendez-vous avec M. Appert, bien décidée à aller jusqu'au bout de mon projet.

Il me reçut dans ce bureau que je connaissais bien, si encombré d'une montagne de dossiers que je me suis souvent demandé si ceux de dessous trouvaient un jour une réponse.

C'était un homme mince au visage anguleux, mis en valeur par deux favoris bien fournis couleur poivre et sel. Des cheveux épais et sombres accentuaient le haut de son crâne. Il me sourit sans se lever de son siège. Il venait de recevoir la Légion d'honneur et portait sur le revers de sa veste l'insigne flatteuse de sa décoration.

— Eh bien, Jeanne, que vous arrive-t-il ?

J'avais tout bien préparé, mais devant le visage interrogateur qui me scrutait j'oubliais tout aussi vite. Alors j'ai improvisé.

— Depuis plusieurs mois, un homme me suit parce que je l'ai connu en Périgord. C'est un jeune anarchiste qui, je suis sûre, doit fréquenter le milieu de Blanqui et des autres. Il est capable de tout, il me fait peur. Il n'est jamais loin lorsque le roi échappe à une tentative d'attentat. Je suis d'ailleurs étonnée que la police ne l'ait jamais arrêté. Je me suis dit que vous pourriez peut-être demander à quelque agent de le suivre, je suis sûre qu'il vous conduira dans quelque refuge d'anarchistes en train de mettre au point un canon ou une autre arme pour attenter à la vie de Sa Majesté.

— C'est un peu court, jeune fille ! s'écria Benjamin Appert. On ne peut pas poster un policier derrière chaque idéaliste, on n'en aurait pas assez !

— Celui-là est dangereux ! Monsieur, croyez-moi, il m'aborde en me criant : « Vive l'anarchie, le pouvoir au peuple, le tyran va bientôt tomber ! » Il traîne autour du palais, dans les jardins, il n'est jamais loin du carrosse royal, et je sais qu'il est armé.

J'en ai rajouté, je ne connaissais personne d'autre que le secrétaire particulier de la reine pour régler mon problème. Ses pouvoirs étaient immenses et je le côtoyais chaque jour. J'ai enfin abattu ma dernière carte.

— Il a tenté de me violer, monsieur. Sans mon ami Hans Zimmer, il aurait mené son entreprise au bout. Il porte une de ces armes comme la police en trouve dans leurs caches, dont les journaux font la description. Je n'ai pas peur pour moi, monsieur, mais je pense qu'il est de mon devoir de vous signaler un tel comportement.

Je le vis froncer le nez, fixer ses prunelles sur un coin de la pièce. Je le savais atteint par mes paroles. Des secondes longues comme des heures passèrent, puis il rajusta son col de veston, détendit son visage.

— Nous pourrions le faire suivre par un de nos enquêteurs, dans un premier temps. Si notre informateur nous apporte des preuves précises sur ses activités, alors nous passerons à une vitesse supérieure. Sinon, nous en resterons là. Nous allons bien voir, ma chère Jeanne, si vos craintes sont fondées ou si vous avez peur d'un simple amoureux éconduit !

— Mais la tentative de viol, monsieur, le pistolet !

— *Cela ne prouve rien. C'est peut-être juste un pauvre gars qui vous surveille depuis longtemps et ne supporte plus votre indifférence à son égard. Pour ce faire, Jeanne, notre enquêteur va commencer par vous suivre. Il n'y a aucun autre moyen pour le trouver. J'espère que cela ne vous contrarie pas !*

— *Bien sûr que non, monsieur !*

Il me fallut une grande attention pour déceler dans les personnes que je croisais un enquêteur de Sa Majesté. Son manège aussi discret que possible dura quelques jours, puis il fut remplacé par un autre que je repérai assez rapidement. Mais de Joachim, pas une trace ! Je n'avais pas osé dire à M. Appert que mon agresseur pouvait disparaître des mois entiers. Si c'était le cas cette fois-là, je ne serais pas prise au sérieux et je serais abandonnée, laissant en plus l'image d'une pauvre folle. Ma réputation en souffrirait et la crainte du regard affligé de M. Appert sur moi me poursuivait. Je me mis à prier pour que Joachim me revienne. Mais la menace de Hans l'avait peut-être effrayé. Et s'il avait décidé de me laisser enfin tranquille ? Je me souvenais du chantage dont il usait pour récupérer de l'argent. Joachim allait réapparaître, c'était une évidence.

Début juillet, M. Appert me convoqua.

— *Ou bien votre jeune anarchiste s'est volatilisé dans la nature ou bien votre imagination vous joue des tours, ma chère Jeanne. Je suis obligé de cesser cette recherche infructueuse d'un fantôme.*

— *Je suis désolée, monsieur, mais il est parfois resté plusieurs mois sans m'aborder. Je suis sûre que je vais le revoir, tôt ou tard !*

— Tout cela est bien incertain. Je ne peux pas utiliser un fonctionnaire à vos seuls désirs, chère Jeanne. Si votre connaissance vous approche de nouveau, le mieux serait de le suivre vous-même, ne croyez-vous pas ?

J'étais déçue. J'en voulais à la terre entière, surtout à Joachim. Mais j'étais déterminée à aller jusqu'au bout. Pour te prendre avec moi, je n'avais pas d'autre solution que de mettre de l'ordre dans ma vie.

Le 1er mars 1837 s'ouvrit au Louvre l'exposition qu'Héloïse attendait tant. Je l'aidais à accrocher trois toiles représentatives de son œuvre et très largement inspirées de son professeur Watelet. Pour ma part, j'aurais choisi des tableaux aux accents plus modernes qui exprimaient mieux sa maturité.

Cela me donna l'occasion d'admirer les grands peintres de mon époque. Je me sentais vivre au centre d'un monde que je pouvais contempler. Il me semblait évoluer au milieu d'une cathédrale entourée de lumière divine. Peut-être est-ce à cause de la peinture religieuse qui dominait l'exposition. Quant aux tableaux représentant des scènes historiques, les deux tiers étaient destinés à la galerie des Batailles du musée de Versailles. Les mêmes noms d'artistes revenaient noircir les pages de La Revue des deux mondes. *Horace Vernet, Delacroix, Winterhalter, Alexandre Hesse.*

— Parle-t-on de moi ? interrogeait Héloïse.

— Il est question d'intérieurs bretons, des paysages orientaux de Decamps, des vues de l'Indre d'Isabey… non, mon amie, pas dans cet article.

— Pourtant, ne penses-tu pas que j'aurais pu être citée, comme Isabey, pour mes perspectives du Périgord ?

Je trouvais injuste qu'on ne l'évoque pas pour la simple raison qu'elle était une femme. J'imaginais la très vieille Mme Vigée-Lebrun parcourir les pages de cette revue et ne trouver qu'un seul nom de femme, celui de Sophie Rude, pour un sujet historique. Son monde d'avant était-il plus apte à reconnaître un talent féminin ?

Héloïse retira ses tableaux et ne parla plus de les exposer de nouveau. Une page de sa vie venait de se tourner. Un événement a priori *mineur allait changer le cours de son existence.*

*
* *

Jean-Baptiste Peyrat profita d'un séjour à Paris pour aller au Louvre, à l'exposition de peinture que le Tout-Paris fréquentait pour rester tendance. Il était peu sensible à ces œuvres grandioses retraçant des épopées antiques, mais il fit semblant de s'intéresser à elles. Il se souvenait que Jeanne peignait à Limoges. Il avait pu admirer une toile représentant le pont Saint-Étienne et les lavandières du bord de Vienne quand Alfred lui avait demandé de venir vérifier s'il ne manquait rien dans l'appartement de la rue Ferrerie.

Il avait fait accrocher ce tableau dans le bureau de sa maison de campagne. En l'admirant jaillissaient en lui des bouffées de regrets dont il ne distinguait pas si elles venaient de la disparition de Pierre ou de n'avoir pas pu retenir la jeune femme.

Il avait le secret espoir de voir accroché sur les murs du Salon quelque scène de Limoges ou de ses environs. Il découvrit des paysages champêtres croqués avec talent dans la campagne périgourdine par cette marquise dont il avait déjà entendu parler. Le style lui rappelait celui de Jeanne, cela le troubla au plus haut point.

Le vieil homme s'éloigna en reculant. Il éprouvait un sentiment étrange qu'il ne connaissait pas. Une sorte de langueur, comme une grande fatigue, le prit. Il alluma un cigare, tira une interminable bouffée, sentit sa tête tourner. Cette émotion le contraignait à rechercher au plus profond de lui, son origine. Il n'en avait jamais éprouvé une semblable, ou il y avait très longtemps, lors de cette soirée quand la jeune maîtresse de son fils lui avait scruté le fond de l'âme, quand il s'était senti gibier face au regard sans pitié de cette chasseresse.

Il rentra précipitamment à son hôtel et sonna Alfred.

— Où en êtes-vous dans vos recherches ? lui demanda-t-il sur un ton détaché.

— Je n'ai pas avancé, monsieur. Comme je vous l'ai dit, je pense que le jeu n'en vaut pas la chandelle !

— Ce n'est pas à vous ni de penser ni de juger. Revenez chez cette marquise et renseignez-vous ! Ce ne doit pas être si difficile de retrouver quelqu'un, même à Paris !

Il congédia son valet de chambre d'une manière brutale et tout à fait nouvelle. Seul, il tourna en rond entre son lit et une paire de fauteuils Régence recouverts d'un brocard cramoisi qui ne calmait pas son impatience.

*

* *

Ferdinand d'Orléans, l'aîné des enfants de Louis-Philippe et Marie-Amélie, l'héritier du trône de France, se maria. Comme l'avait prédit Héloïse, la famille alla chercher une épouse en Allemagne. Nièce du roi de Prusse, l'élue était la princesse Hélène de Mecklembourg-Schwerin. Délicieuse jeune femme à l'intelligence vive, parlant français sans accent, la nouvelle duchesse d'Orléans possédait deux défauts majeurs aux yeux de sa belle-mère, elle était luthérienne et ouverte aux idées libérales. Mais Ferdinand semblait heureux du choix de sa famille et des diplomates en poste, cela suffisait à contenter tout le monde.

Depuis son veuvage, Héloïse s'était rapprochée de la reine Marie-Amélie et avait été admise dans son intimité. Grâce à sa douceur, à sa générosité, à sa disponibilité, la reine en fit la dame lectrice de sa nouvelle belle-fille. Sachant combien la vue de la marquise avait baissé, je trouvais ce choix curieux, mais cela ne me regardait pas.

Héloïse faisait partie de la suite de Ferdinand d'Orléans quand il se rendit à Châlons-sur-Marne à la rencontre de sa future épouse. Elle était à Fontainebleau où, depuis le perron, le jeune couple salua la foule. Elle fut le témoin privilégié de la rencontre de la jeune femme avec ses beaux-parents. Les embrassades, les larmes d'émotion, les prosternations, elle ne manqua rien. Les cérémonies civiles et religieuses furent suivies de dîners d'apparat et de feux d'artifice et, pour occuper tout ce beau monde, des intermèdes en forme de concerts, de promenades, de spectacles en tous genres furent organisés. Héloïse rentra fourbue après un tel programme.

— Je suis d'accord avec Mme de Boigne, me dit-elle en confidences, cette oisiveté, ces activités factices, l'importance de détails presque puérils, tout cela est très fatigant !

Elle s'était allongée dans sa dormeuse. Je distinguais, malgré les volets clos, ses traits tirés, ses cheveux défaits. Elle semblait retarder le moment d'abandonner sa toilette somptueuse dans laquelle s'associaient des broderies, des dentelles, des plumés, des bijoux de grande valeur.

— Je n'en peux plus. Et ce n'est pas terminé, nous allons tous à l'inauguration du palais de Versailles. Le roi en a fait restaurer une bonne partie. Il va ouvrir des salons qu'il a dédiés à toutes les gloires de France ! Le programme de la soirée indique que le couvert sera servi dans la galerie des Glaces et les salons de Mars et d'Apollon. Nous voilà revenus à l'époque du Roi-Soleil ! Victor Hugo est très enthousiaste à l'idée de voir Versailles revivre, il a écrit : « C'est avoir donné à ce livre magnifique qu'on appelle l'histoire de France cette magnifique reliure qu'on appelle Versailles ! »

— Savez-vous ce qu'en pense Balzac ? ai-je demandé. « Versailles est l'hôpital des gloires de la France ! »

— Comment les réconcilier ? s'enquit la marquise en se redressant.

Elle but à petites gorgées une tisane fumante, prenant le temps de respirer entre chaque gorgée. Puis elle posa sa tasse, se tourna vers moi.

— Cette jeune duchesse exhale l'intelligence, ce couple augure des lendemains radieux ! Ferdinand la couvre de fleurs. Aux regards qu'ils échangent, on sent déjà une grande complicité. Je vois là un signe de bonheur. C'est un immense honneur que me fait la reine.

— M. le marquis a perdu la vie dans l'accomplissement de sa tâche au service du pays, c'est normal qu'elle ne vous oublie pas. Je suis fière de vous !

— Je prie chaque jour pour lui. Cela suffira-t-il à sa paix éternelle ?

Elle soupira, son regard ne suivait plus les contours du réel de la pièce.

— Chère Jeanne ! s'écria-t-elle enfin. Viens près de moi, dis-moi que je fais ton bonheur ! Il est temps de prendre Petit Pierre. Nous lui trouverons la meilleure école de Paris.

J'ai pleuré ce soir-là, contre le sein de ma chère marquise. L'étau qui me serrait la poitrine depuis des années commençait à se relâcher. Restait Joachim et ses menaces. Je l'attendais toujours.

— Mon ange, ajouta Héloïse, irez-vous à la fête populaire que ces majestés offrent sur le Champ-de-Mars le 14 juin, ainsi qu'au grand bal le lendemain ?

Pour toute réponse, j'ai souri. Bien sûr que nous avions prévu d'aller Hans et moi, danser sous les lanternes multicolores.

Je me souviens de cette soirée comme d'un moment de paix, pareil à ces instants où, dans la nature, tout soudain se tait ; les oiseaux, les insectes, le vent cessant de faire gémir les feuilles et se balancer les tiges souples des roseaux sur le bord de l'eau. Le silence juste avant la terrible tempête. Cette soirée fut ainsi, douce, réconfortante, il me semblait que j'avais enfin trouvé ma place. Je regardais ma vie à venir dans un miroir si net que j'en pleurais de bonheur.

Mais rien n'était écrit comme je le souhaitais. Après avoir touché le fond, j'avais rebondi, je me croyais sortie des difficultés. Même le cas de Joachim me semblait arriver à son terme. J'eus des lendemains terribles.

XXVI

Cher Hans

Nous nous sommes retrouvés, Hans et moi, vers le milieu de l'après-midi. Une belle chaleur s'était invitée à la fête. Paris respirait la gaieté. Les petites gens avaient enfilé leurs habits du dimanche et, pour ceux qui n'en avaient pas, reprisé les trous ou repassé les plis. À chaque coin de rue, il y avait un accordéoniste, un violoniste ou une troupe de gitans jouant une pantomime. Nous avancions en nous tenant la main pour ne pas nous perdre. Nous étions bousculés à chacun de nos pas, nous écartions les bras pour ouvrir un espace à notre marche.

Malgré l'impopularité du roi, les cris d'usurpateurs de ses opposants, toute la ville semblait s'être donné rendez-vous pour fêter le mariage de ce jeune duc avec une princesse allemande.

Ferdinand restait l'espoir ultime. Tout le monde savait qu'il était acquis aux nouvelles idées et conseillait son père qui, malheureusement, ne l'écoutait pas. Plus tard, lorsque la duchesse lui aura donné deux fils, il reviendrait à la charge et reprocherait au roi de ne pas songer à l'avenir de ses enfants, qui auraient à subir l'explosion de toutes les forces révolutionnaires.

Le peuple, qui n'aimait pas Louis-Philippe, gardait espoir en son fils et fêtait dignement ses épousailles.

Il semblait que Paris avait été nettoyé. Des filets d'eau claire coulaient en rigole le long des rues. Les immondices avaient disparu. Même l'île de la Cité, si insalubre en temps normal, si moyenâgeuse, prenait des airs presque coquets.

Nous sommes passés devant Notre-Dame, que des immeubles défraîchis semblaient étouffer.

— Savez-vous ce que disait votre Napoléon de cet endroit ? me demanda Hans. « Ce n'est qu'une vaste ruine, tout au plus bonne à loger les rats de l'ancienne Lutèce. »

Il riait, me faisait danser au milieu de la rue.

— Vous verrez qu'un jour ils détruiront tout.

— Pas cela quand même ! me suis-je exclamée en montrant du doigt la cathédrale.

— Nous ne pouvons jurer de rien avec vos anticléricaux. Ils sont capables de tout !

Il plaisantait encore et ses yeux malicieux me lançaient des éclairs de joie.

Nous ne savions pas vers quelle place nous diriger tellement tous les spectacles nous alléchaient. Des musiciens étaient installés sur des estrades et jouaient ces airs à la mode de Chopin, de Schumann, des concertos de Beethoven. Hans était attiré par cette musique, il s'approchait au plus près pour mieux écouter et surprendre une interprétation inédite.

Je le tirais par le bras pour l'amener voir une attraction foraine, des lanceurs de feu, un prestidigitateur, un théâtre ambulant.

Dans les quartiers bourgeois, les gens avaient accroché des bouquets de fleurs à leurs fenêtres. Des guirlandes colorées formaient des arceaux au travers de certaines rues.

Beaucoup s'agglutinaient devant les bornes-fontaines installées par le préfet de Paris, M. de Rambuteau. Ils buvaient à même le goulot, se rafraîchissaient le visage, s'éclaboussaient, étonnés de voir sortir de l'eau propre d'un tuyau.

Les terrasses des cafés étaient noires de monde. Des gens s'interpellaient, se retrouvaient, se perdaient.

Nous nous sommes installés à l'écart de la cohue. Hans a bu un verre de vin du Rhin qui lui rappelait son pays natal, moi une citronnade. Nous nous mangions du regard. Je crois que nous avions appris à nous aimer. Autour de son visage à la peau si blanche se balançaient des mèches blondes qui lui cachaient le front. Ses mains se tendaient vers moi, ses longues mains aux doigts fins que je baisais parfois. Il avait toujours le cou serré dans une cravate de soie claire, souvent du même bleu que ses prunelles. Son sourire doux, légèrement en coin, dans lequel germait une pointe d'ironie, était sa manière à lui de montrer à quel point il ne se prenait pas au sérieux. Sa fragilité n'était qu'apparence, je connaissais sa détermination, son esprit volontaire, son besoin d'aller jusqu'au bout dans tout ce qu'il entreprenait. Je l'avais entendu répéter des dizaines de fois la même phrase musicale jusqu'à ce qu'il soit satisfait de sa prestation. Nous sommes restés silencieux parce que parler n'aurait rien apporté de plus.

J'avais mis ce soir-là une robe légère au décolleté en dentelle d'un bleu pastel pareil à la cravate de Hans. Sur ma tête, j'avais posé un de ces chapeaux de paille agrémentés de fleurs comme je les aimais. Je ne me protégeais pas le visage, aussi mon teint pâle s'était coloré, cela m'allait bien. Mes mains aussi et je savais que Mathilde les observait parfois quand je lui apportais un dossier. Mais cela m'était égal. Je gardais en moi un côté paysan et rustique que je n'aurais renié pour rien au monde.

La nuit est tombée doucement, le ciel dégagé s'enrichissait d'or et de rouge vers l'ouest. Pas un souffle d'air ne venait nous aider à mieux respirer. Nous nous sommes dirigés vers le Champ-de-Mars, prenant au passage le courant du flot humain qui allait voir le feu d'artifice. Nous n'avions qu'à nous laisser porter. J'avais du mal à mettre un pas devant l'autre, Hans me tirait en fendant la foule.

Ce fut un spectacle de toute beauté, au-delà de nos espérances. Nous étions placés à bonne distance des artificiers qui lançaient les fusées, il fallait cependant bien lever les yeux vers le ciel pour admirer dans tout son entier ces jeux de lumière et de couleur. Les enfants criaient quand éclataient les gerbes de couleur, des hurlements de surprise passaient par vagues au-dessus de nous. Hans m'a pris dans ses bras et nous nous sommes longuement embrassés quand le dernier coup de tonnerre a laissé une odeur de poudre qui tombait sur nous. Une lueur s'attardait encore, disputant aux réverbères de la place les ultimes stigmates d'un jour qui ne voulait pas disparaître tout à fait.

Ces milliers de personnes, agglutinées au même endroit, perdirent alors patience et, bousculant, cognant, criant, poussant, créèrent une cohue innommable si drue qu'un enfant ne serait pas passé entre deux individus. Des goulots se sont formés à l'entrée des rues, dans lesquels les gens se serraient sans plus pouvoir ni avancer ni reculer. Nous avons été pris par cette marche forcée. Hans s'est soudain retrouvé coincé sans plus pouvoir bouger. Un homme m'a bousculé et j'ai lâché la main protectrice. J'entendais des cris et des hurlements, je tenais debout par la force des autres, j'appelais Hans. Il ne me répondait pas. Des mains, des bras me faisaient tourner sur moi-même. Je levais la tête pour pouvoir respirer. Je sentais, près de moi, une force incroyable qui s'effondrait et, pourtant, les gens se bousculaient encore pour atteindre ce mur devenu infranchissable d'hommes et de femmes couchés les uns sur les autres.

— Hans, m'entends-tu ? Hans, où es-tu ? Hans ?

Ma voix se perdait dans le brouhaha. Je pleurais de rage, je me laissais porter, je faisais marche arrière. Cela m'importait peu, je devais sortir de cette prison, je peinais maintenant à trouver mon souffle.

Je ne sais pas combien de temps a duré cette descente aux enfers. J'ai enfin senti quelqu'un me traîner par le bras pour me libérer. Je me suis retournée et ai reconnu Joachim qui fendait la foule pour m'en extraire. Il m'a tiré encore un long moment jusqu'à ce que la rue soit dégagée. Je ne savais pas où j'étais, mais j'étais sauvée. Il m'a lâchée, je me suis assise par terre, reprenant avec difficulté ma respiration. Il s'est posté devant moi, j'avais ses genoux au niveau de mon visage.

Il a mis ses mains dans ses poches. Je revois les plis froissés de son pantalon, la forme de ses cuisses à travers le tissu trop lourd. Bien campé sur ses jambes, il ne tremblait pas, ne bougeait pas. Il est resté un moment à m'observer. J'imaginais mon chapeau de travers, mes cheveux désordonnés, mon visage sur lequel je sentais les brûlures de quelques griffures. Ma robe était déchirée, j'avais un sein qui sortait presque. Je savais tout cela, je ne bougeais pourtant pas. Il a soupiré et s'est éloigné sans un mot.

J'ai pris alors conscience qu'il venait de se produire un drame. Où était Hans ? J'avais peur. J'ai ressenti le même sentiment étrange qui m'avait submergée devant la maison Peyrat alors que je regardais le voile de deuil qui entourait leur porte. Un pressentiment terrible m'a envahie. J'ai hurlé comme un loup le soir à l'orée d'un bois. J'ai hurlé à la mort.

*
* *

Jean-Baptiste Peyrat était sorti ce soir-là en célibataire. Il avait dîné dans le restaurant de son hôtel, s'empiffrant d'huîtres grasses et laiteuses hors de prix car hors saison, le tout arrosé d'une bouteille de chablis à laquelle il avait fait honneur. Il tira une bouffée de son cigare qui, décidément, le contrariait en tentant de s'éteindre à tout moment.

L'air était doux, en ce milieu du mois de juin, ses pas le conduisirent vers l'hôtel des Invalides. Il marcha un moment sur les bords de Seine. Cela sentait l'eau croupie et des rats crevés pourrissaient sur les pavés. Mais les gens avaient accroché des bouquets de fleurs à leurs balcons. Paris grouillait d'un monde incroyable. Son concierge lui avait appris que l'on fêtait ce soir-là le mariage du jeune Ferdinand d'Orléans avec une princesse allemande. Il détestait la foule mais fut happé par le flot bruyant et soudain oublieux de toutes ses misères.

Il fut bousculé, il perdit son cigare, le chercha, ne le trouva pas. La nuit tombait sans précipitation, il devait être tard.

Depuis plusieurs mois, une langueur le prenait, qui lui coupait les jambes et le laissait anéanti. Il mettait cela sur le compte de son âge, mais au fond de lui commençaient à sourdre des regrets qui embrouillaient son esprit. Le temps passant, il lui semblait que revoir Jeanne l'exonérerait de ses fautes. Mais Alfred rentrait toujours bredouille.

Il aperçut alors les premières fusées d'un feu d'artifice tiré depuis le Champ-de-Mars. Il s'en approcha sans hâte, s'avoua sans peine que le spectacle était magnifique. Des hurlements de joie et des applaudissements accompagnaient chacune des pétarades. Il se prit à apprécier, oubliant qu'il était mêlé à cette populace qui avait bu et sentait mauvais. Quand la bousculade commença, il eut le temps de s'éloigner de son centre névralgique mais ne put ni avancer ni reculer. Il fut le témoin de cette folie dévastatrice. Il se protégea dans l'encoignure d'une porte cochère et attendit, incapable soudain de bouger. Une terrible peur lui serra la poitrine. Il suait et sentait sa chemise coller à la peau de son dos, il tremblait comme s'il venait de traverser la rue sur un fil. Jean-Baptiste Peyrat était un lâche, il le savait. Quand la bousculade se calma, que des corps inertes restèrent sur le pavé, seuls, sans aide, certains pleurant, d'autres gémissant, d'autres enfin silencieux et morts, il fit un pas en avant et commença à s'éloigner de l'endroit. Il entendit alors un cri terrible, perçant la nuit, un cri de bête aux abois. Il se retourna, aperçut une femme assise sur les pavés de la rue, le visage à moitié caché par des mèches brunes, tourné vers le ciel, qui hurlait. Il passa sa main dans ses cheveux pour leur redonner de la tenue et regagna rapidement son hôtel.

*
* *

Je ne sais pas combien de temps je suis restée ainsi recroquevillée sur le bord du trottoir, l'air hagard, mon chapeau entre mes mains et mes doigts tirant sur le ruban de soie d'une fleur déchirée. Des gens couraient, criaient, personne ne me voyait. La nuit était maintenant tombée, des nuages d'orage amplifiaient l'impression d'obscurité. Un vent léger traversait la rue et faisait tourbillonner des morceaux de papier abandonnés qui scintillaient sous les reflets des réverbères. Je me suis mise à trembler. Cependant, je n'avais pas froid. Je sentais mon visage brûlant et des sueurs coulaient sur ma nuque.

Au matin, des gendarmes m'ont ramassée avec précaution, cherchant une blessure ou un membre cassé.

— Je crois qu'elle n'a rien ! s'est écrié l'un d'eux.

Ils m'ont aidée à remettre ma robe en place, ont posé mon chapeau sur ma tête.

— Vous habitez loin ?

Je voyais un visage compatissant se pencher sur moi.

— Je ne sais pas !

— On vous raccompagne !

Je ne les ai pas conduits chez moi ni chez Hans, je me suis dirigée vers l'appartement d'Héloïse. Ma chère marquise, ma mère de substitution qui ne voulait que mon bonheur.

J'ai passé la journée suivante dans une bergère, les yeux fermés, les oreilles bouchées. Je refusais de savoir la vérité sur l'issue de cette nuit de cauchemar.

Héloïse ne m'a rien demandé, ne m'a rien dit non plus. Elle m'a lavé le visage, m'a changé ma robe, m'a servi un tilleul pour me calmer.

Quand elle a fait allumer les lampes du salon, j'ai senti qu'une autre nuit s'avançait, alors j'ai voulu savoir. Il m'était impossible d'affronter ma solitude nocturne.

Elle m'a caressé les cheveux avec des gestes maternels.

— Je suis désolée, mon ange, murmura-t-elle. Je suis vraiment désolée. Hans a été piétiné par la foule.

Je l'ai dévisagée comme si je la priais de me mentir, de me faire croire que la réalité était autre. Elle m'a souri et j'ai lu en elle la compassion, les regrets, l'insoutenable vérité.

La police avait ramassé quatorze morts, dont Hans. De nombreux blessés avaient été évacués vers les hôpitaux.

— Le bal de ce soir a été annulé, ajouta Héloïse. Le duc et la duchesse sont profondément touchés par ce drame.

Dans la semaine qui suivit, la presse se fit l'écho des défaitistes qui voyaient dans cet accident un terrible présage. Remontaient à la surface les vieux souvenirs d'un semblable événement au moment où Marie-Antoinette rentrait pour la première fois dans Paris.

La plaie de mes épreuves venait de s'ouvrir de nouveau. Je pensais qu'elle ne se refermerait jamais.

Comme j'avais ramassé les miettes de ma vie avec Pierre, je suis allée chez Hans, j'ai récupéré un jupon, une nuisette, une boîte de poudre, un flacon de parfum. Dans un tiroir, j'ai trouvé le pistolet avec lequel il avait menacé Joachim. Je l'ai mis dans mon sac. Je ne savais pas s'il était chargé ou non. Hans m'avait un jour expliqué son fonctionnement, je pensais que cela suffisait.

Je laissai courir mes doigts sur le piano ouvert. J'entendis dans ses sonorités le timbre de voix de mon cher amant. Je cessai vite, j'emportai cependant une partition largement annotée d'une écriture penchée et minuscule d'un impromptu de son cher Franz Schubert, son ami rencontré à Vienne dans les cours de Salieri, mort si jeune quelques années auparavant.

Je suis rentrée rue du Cherche-Midi, j'ai rangé mes trésors avec ceux de Pierre. Il me semblait tout à coup que j'engrangeais les preuves de morceaux de vie tombés en poussière. Combien allais-je encore en ajouter, de ces pauvres objets témoins de mes amours ? Je les caressais comme s'ils avaient été vivants, comme si leur chaleur factice allait m'atteindre. Il me fallait cesser de rêver à des chimères. J'ai songé alors à mon fils, à toi, mon cher enfant, tu allais rentrer dans ma vie et en occuper l'essentiel. Je n'imaginais pas qu'un oisillon, un jour, quitte le nid.

J'ai demandé un congé à M. Appert et ai repris le chemin de la peinture. Héloïse avait installé un atelier dans une pièce de son nouvel appartement, rue des Arcades. Nous passions des après-midi à retoucher nos tableaux, à parcourir des livres techniques. Quand elle s'absentait pour répondre aux appels de la duchesse d'Orléans, je partais visiter des musées. J'allais flâner au Louvre, dans le musée espagnol. J'admirais tant les toiles achetées en Espagne par

Louis-Philippe. Des Ribera, des Murillo, des Greco, des Velasquez, des Goya. J'avais besoin de m'imprégner de la fureur des couleurs, des sentiments exacerbés sur des visages passionnés. L'âme espagnole se berçait d'une tragédie au quotidien. Les artistes savaient traduire ces sentiments d'un pays porté sur le drame. Dommage que les toiles n'aient pas été accrochées par thème. Elles se retrouvaient entassées les unes à côté des autres, et superposées jusqu'au plafond. Cela donnait une étrange alchimie des couleurs et des corps.

Durant tout cet été 1837, Héloïse et moi, avons voyagé sur les bords de la Marne, dans la forêt de Compiègne, nous avons remonté le cours de la Seine à la recherche d'une lumière inspirante. Le manque de reconnaissance de ses pairs ne semblait pas la décourager. Le baron Gérard était mort en début d'année. Son atelier fermé, ses amis s'étaient dispersés.

Je me suis mise à désirer mon fils plus que tout. Je me demandais si je ne payais pas pour l'avoir abandonné. J'y ai tellement pensé que je m'en suis persuadée.

— Je veux revoir Pierre, ai-je annoncé un soir à Héloïse, je pars le chercher.

Elle m'a prise dans ses bras, m'a encore caressée.

— Je crois qu'il est temps maintenant que tu t'occupes enfin de lui.

Ses mots me rassurèrent et me culpabilisaient. Je sentis une sorte d'impatience dans sa réflexion. Le moment était venu, malgré la menace de Joachim qui planait au-dessus de moi.

À la fin du mois d'août 1837, j'ai embarqué dans la diligence qui partait pour Limoges.

XXVII

Je reviens te chercher…

SANS SES ESCAPADES CHAMPÊTRES à la recherche d'un paysage riche en couleurs et en perspectives, Jeanne aurait presque oublié combien le pays servait d'écrin à une nature folle et sauvage traversée par une route rendue poussiéreuse par la sécheresse de l'été.

Les parterres fleuris et les allées bien tracées du jardin des Tuileries, que des jardiniers surveillaient au jour le jour, n'avaient qu'un lointain rapport avec la densité, la puissance de la couleur, la sauvagerie des forêts qu'elle traversa jusqu'à Limoges. La main de l'homme pourtant commençait à se repérer dans les trouées labourées de plus en plus nombreuses qui apparaissaient de loin en loin.

Jeanne avait préparé avec soin sa première rencontre avec son Petit Pierre. Son sac regorgeait de jouets achetés sous les arcades de la rue de Rivoli. Une marionnette en chiffon, une toupie en bois peint, des livres remplis d'histoires extraordinaires qu'elle lui raconterait le soir avant de le quitter pour la nuit. Dans un carton dormait un cheval blanc à bascule.

Au fur et à mesure qu'elle approchait de sa destination, son cœur battait aussi fort que si elle avait un rendez-vous d'amour. Mais cet amoureux-là avait le goût de l'enfance, et les baisers qu'il recevrait s'enfonceraient dans l'épaisseur ouatée d'une joue tendre.

Elle savait que son fils allait la sauver. Depuis cet hiver terrible au cours duquel sa mère s'était laissée glisser dans l'eau de la rivière, que d'épreuves à surmonter pour une toute jeune femme ! Si Dieu lui en voulait de n'avoir pas suivi le chemin tout tracé d'une fille de paysan, ne lui avait-il pas pourtant offert le plus beau des cadeaux ?

À Limoges, elle emprunta la diligence de Périgueux. Les odeurs et la lumière de son pays natal la réveillèrent d'un engourdissement provoqué par le balancement de la voiture. Les roues soulevaient une poussière jaune et épaisse qui cachait le paysage. Mais elle savait reconnaître le parfum vert et humide de la mousse, l'âpreté des feuilles de marronnier écrasées sur la route. Lui manquaient encore les notes délicates des cascades sur sa rivière.

Elle avait écrit à son père pour lui annoncer son arrivée et son intention de repartir avec l'enfant. Elle lui avait demandé de prévenir la famille adoptive mais de ne pas en parler à Pierre.

La maison sur les bords de l'Auvézère vieillissait au même rythme que son occupant. Le bois brut des volets pourrissait par endroits, formant un trou dans lequel s'était installée une moisissure. Leurs gonds étaient descellés. Un lierre impatient en étouffait certains.

Un chiendent envahissant prenait l'espace devant la maison. Des herbes hautes, fatiguées de trop de chaleur, abandonnaient leurs graines au bon plaisir du vent et mouraient en silence.

Des chants d'oiseaux ponctuaient la quiétude. Le vol sinueux des martinets et des hirondelles formait des volutes dans l'air.

La rivière était basse, des araignées d'eau sautillaient à sa surface. Des abeilles chargées comme des bêtes de somme la traversaient, empruntant un couloir factice. Un martin-pêcheur glissa sur l'onde, tache bleue comme un coup de pinceau inopiné posé sur un paysage endormi.

Jeanne posa ses bagages, huma l'air, en remplit ses poumons. Lui revint ce temps durant lequel elle avait grandi aux côtés de sa mère, ignorant les épreuves qui l'attendaient. Elle se dit qu'un enfant n'avait pas à connaître les affres de la vie ni les tourments des adultes. Sa mémoire lui rappela son quotidien simple uniquement rempli de petites peurs, d'inquiétudes sans lendemain. Derrière le front de sa mère régnaient des secrets qui ne l'intéressaient pas. Les souvenirs de son père lui semblaient des aventures exotiques que devaient lui envier les hommes du village. Un jour remplaçait le précédent, et servait de pont au suivant. Ses premiers émois, sa première attente, elle les devait à la marquise de Payzac, qui lui offrit un univers nouveau. Lui revint son impatience de la savoir dans son château, son bonheur de sentir sa main dans la sienne. Son retour cassait le quotidien morne et ouvrait des perspectives merveilleuses.

Son père avait dételé la vieille jument qui les avait conduits du bourg de Payzac jusqu'à la maison. Le choc du sabot de l'animal cognant une pierre la fit sursauter. La carriole était garée devant l'étable, elle aperçut sur le montant droit un morceau de ruban bleu à moitié déchiré qu'elle y avait noué un matin de départ pour Périgueux.

Elle pensait à son Petit Pierre. Elle n'avait pas appris à élever un enfant, elle savait d'instinct comment le protéger des humeurs des hommes. Elle avait besoin de cette sensation d'un amour nouveau, inconditionnel, qui ne naissait pas d'un regard, d'un sourire ou d'une caresse. Un sentiment qui lui donnait l'impression de devenir l'être fort, la protectrice, la maîtresse d'un destin. Elle en tremblait d'excitation, d'impatience, de peur aussi.

Le père s'accompagnait désormais d'une canne pour marcher. Ses membres perclus de rhumatismes étaient déformés comme de vieux troncs tordus par les éléments. Ses cheveux maintenant blancs formaient, avec sa moustache et des favoris épais, un casque qui illuminait son visage. Ses yeux paraissaient plus noirs encore, plus enfoncés dans leurs arcades, plus interrogateurs, pareils à deux juges silencieux mais intraitables.

Avec un morceau de graisse d'oie, il lui cuisina des cèpes qu'il recouvrit de quelques œufs battus.

— On commence à trouver des champignons, remarqua-t-il.

La pièce modeste gardait la même odeur de suie et de moisi malgré la fin de l'été. Rien n'avait changé. Le temps s'était, ici, arrêté. Derrière la porte d'entrée, une patère rouillée retenait toujours le châle de la mère, et ses sabots dormaient encore près de l'évier. Jeanne fit des yeux le tour de la pièce et n'aurait pas été surprise de voir sa chère maman sortir de sa chambre.

Le père et sa fille, ces deux-là n'avaient pas grand-chose à se dire malgré l'amour qui les liait.

Il savourait ces instants de retrouvailles comme un affamé devant une soupe chaude. Jeanne ressuscitait des gestes maternels, dans ses expressions du visage, sa manière de sourire, de s'asseoir, de caresser ses cheveux. Cela le troublait et l'intimidait.

Quant au matin Jeanne le pria de bien vouloir l'accompagner chez la paysanne qui gardait son fils, il bougonna, posa sur sa tête un chapeau de feutre à large bord et, traînant ses vieux membres déformés, marcha loin derrière sa fille.

Ils longèrent l'Auvézère sur plusieurs kilomètres, silhouettes incertaines perçant la brume du petit jour. Le chemin, en cette fin d'été, était sec et leurs pas soulevaient la poussière. La rivière basse chantait en clapotant sur les rochers à fleur d'eau. Des libellules sentant poindre la chaleur dansaient autour des roseaux et se posaient sur leurs longues tiges. Leurs ailes vibraient et scintillaient sous les premières lueurs du soleil qui traversaient les frondaisons.

Jeanne ne voyait rien. Elle avançait d'un pas régulier, enfermée dans ses émotions, étrangère à son cher pays.

L'enfant attendait une visite. Quand il aperçut la silhouette fine se dégager sur le chemin, il eut un pincement au cœur. Lui revint une souffrance qu'il eut du mal à comprendre. Il la regarda approcher, caché dans les jupes de sa maman paysanne, de cette femme qui l'avait nourri et torché, bercé et aimé pendant six ans.

Il était beau avec ses boucles sombres, son teint de lait et ses yeux noirs. Il avait tellement grandi. Ses vêtements trop courts lui venaient au mollet et aux coudes, ils étaient usés et râpés, leur couleur ne se distinguait plus.

Jeanne s'assit sur un banc posé devant la maison, près du père qui sortait de sa poche un paquet plié dans un morceau de tissu. L'enfant connaissait le vieil homme. Il approcha à pas lents, comme un animal sauvage à qui on tend un bout de pain pour l'apprivoiser. Sa curiosité dépassait sa crainte. Il se saisit vivement de l'objet convoité, déchira le tissu avec fébrilité. Son visage s'éclaira, ses yeux s'illuminèrent. Le père avait taillé dans du bois de buis un cheval dont la crinière folle se soulevait. L'enfant le tourna dans tous les sens, le posa à terre et le fit sautiller en l'accompagnant de petits « glops, glops ». Son jeu solitaire dura un long moment. La fermière souriait et, pour se donner une contenance, elle époussetait d'une main tremblante son tablier sur lequel s'accrochaient des brins de paille.

Jeanne sentait son cœur exploser de joie, d'impatience mais aussi d'émotion. Que de chemin à parcourir pour que cet enfant l'appelle un jour « maman », apprécie sa compagnie, écoute ses conseils, entende ses remontrances, en un mot la reconnaisse !

Ce petit jeu dura plusieurs jours. Petit Pierre attendait la visite quotidienne de cette jeune femme souriante qui offrait à chaque fois un présent différent, mais une méfiance née d'un souvenir l'empêchait de s'épancher. Les cadeaux s'entassaient dans un coin de la cuisine. Tout allait trop vite.

— Il serait mieux, observa la fermière, que vous n'apportiez rien la prochaine fois que vous venez, on verra s'il a plaisir à vous voir ou s'il attend son cadeau.

Elle avait du bon sens, la mère Louise. Acheter l'enfant n'était sûrement pas la meilleure solution.

Jeanne, les mains vides, proposait une promenade sur les bords de la rivière. L'enfant doucement s'apprivoisait. Attiré par l'eau, il trempait ses mains dans le courant, se déchaussait pour y plonger ses pieds. Jeanne veillait à ce qu'il n'aille pas plus loin, trop de souvenirs affluaient à sa mémoire.

Il aimait passer la journée près de la maison modeste de son grand-père qui l'entraînait dans son potager ou lui demandait de nourrir les poules. En bon garçon de la campagne, ces divers travaux lui plaisaient. Il n'hésitait pas à porter des seaux d'eau plus lourds que lui. Il ramassait des branches mortes tombées au pied des grands arbres et confectionnait des fagots. Il dévorait des tartines de pain rassis débordantes d'un fromage de chèvre frais rapporté de quelque ferme, puis s'essuyait la bouche d'un revers de la main. Il jurait comme un charretier, ne savait rien de son alphabet et avait depuis longtemps enterré les livres d'images que Jeanne lui avait rapportés deux ans auparavant. Il ne devait pas se laver souvent, ses boucles s'emmêlaient, ses cheveux étaient ternes.

Mais il respirait la joie de vivre, et son odeur d'herbe fraîche donnait envie de l'embrasser. Il semblait en parfaite santé, ses yeux pétillaient de l'intérêt de découvrir des choses nouvelles. Il était infatigable et n'arrêtait jamais. Privé d'un tel enthousiasme, le père s'asseyait dans un fauteuil en châtaignier et le regardait aller et venir.

À la tombée de la nuit, Petit Pierre manifestait le désir de rentrer chez sa mère d'adoption.

Un soir pourtant, alors que Jeanne lui proposait de le coucher dans l'alcôve de la cuisine qui jouxtait son lit, il s'y installa, s'y allongea en long, en travers, souleva les couvertures, renifla l'odeur du matelas, le laissa épouser son corps d'enfant fatigué par une journée bien remplie. Il accepta que sa nouvelle maman lui caresse le front et dépose un baiser sur sa joue, puis s'endormit sans demander son reste. Jeanne le retrouva au petit jour enfoui sous la couette. N'apparaissaient au dehors que quelques boucles sombres qui frémissaient légèrement.

L'habitude fut prise. Vint le temps de sortir la grande marmite dans laquelle sa mère lavait la petite Jeanne. L'enfant refusa d'abord de se dénuder entièrement, pénétra dans l'eau tiède avec réticence, trouva délicieux ce liquide qui l'enveloppait de sa chaleur. Cela ne faisait aucun doute, il aimait l'eau. Propre comme un sou neuf, il enfila des vêtements rapportés de Paris. Jeanne fondait de bonheur devant cet enfant magnifique, de regrets aussi. Il ne connaîtrait jamais son père. Ce jeune homme fougueux et aimant, sacrifié sur l'autel d'une famille pétrie de traditions. Ce merveilleux amant qui lui promettait un si bel avenir. Que la vie était compliquée, que les hommes étaient cruels !

Petit Pierre ne fit aucune difficulté pour quitter ce Périgord qui l'avait vu naître et partir avec cette belle dame qu'il fallait appeler « maman » ! Il était assez grand et assez intelligent pour vite comprendre qu'il perdrait la partie s'il lui venait l'idée de demander à rester. Il se souvenait d'un abandon qui l'avait meurtri, il se mit à imaginer un monde plein de surprises, il se résigna. Le vieil homme ne venait pas. Il aurait pourtant aimé se cacher sous le bras protecteur et tremblant mais bien chaud. Il examinait Jeanne à la dérobée et se sentait déjà attiré par la bienveillance qui émanait de sa personne. Mais la question se posait de savoir pourquoi elle voulait maintenant de lui alors qu'elle l'avait abandonné deux ans plus tôt. La mère Louise pleura sans bruit et lui fit un signe de la main. La bourse bien remplie qu'elle venait de recevoir calmerait vite son chagrin. L'enfant perdait la chaleur de ses jupons et la quitter pesait lourd. Mais il n'aurait plus à subir les remontrances du mari brusque et bourru qui hurlait et crachait comme un diable. C'était pour lui, une sorte de victoire.

— Où est mon papa ? osa-t-il demander.

— Il est au ciel, mon ange, il te regarde et te protège.

— Où allons-nous ?

— À Paris, mon ange. Tu vas apprendre à lire et à écrire, tu vas devenir un homme et un jour tu partiras suivre ton destin. Je serai toujours là pour toi, maintenant.

Alors, osant un premier vrai geste d'attachement, et sentant qu'il n'avait pas le choix, Petit Pierre se blottit contre la chaude poitrine, écoutant battre un cœur qui ne lui voulait que du bien, et s'endormit, bercé par les soubresauts de la voiture qui l'emmenait vers son avenir.

*
* *

Jean-Baptiste Peyrat avait réussi à prendre contact avec la marquise de Payzac.

Il lui avait envoyé un courrier dans lequel il lui demandait de bien vouloir le recevoir. Il invoquait une amie commune qu'il souhaitait retrouver, mais ne rentrait pas dans les détails. Il improviserait sur place. Peut-être rencontrerait-il Jeanne par la même occasion.

Par politesse, Héloïse lui donna rendez-vous mais s'excusa dès son arrivée d'une affaire urgente à régler qui écourterait leur entrevue.

Héloïse connaissait l'existence de cet homme, ainsi que son rôle dans la mort de Pierre. Jeanne lui avait tout expliqué. Cependant, son récit avait été amputé de certains détails qui avaient leur importance. Le regard concupiscent posé sur la jeune fille, cette impression malsaine qu'elle avait ressentie le jour de la partie de campagne.

Alors, toute naïve, elle pensa qu'il la recherchait pour enfin réhabiliter sa conscience et lui venir en aide. Il avait dû apprendre la naissance de l'enfant.

Elle observa ce bon bourgeois bedonnant, comme on en trouvait à la tête des nouvelles industries. Il sentait le tabac froid et, de toute évidence, il n'était pas à l'aise. Elle le pria de s'asseoir et écouta ce qu'il avait à lui dire.

Il ne rentra pas dans les détails, il recherchait Jeanne pour réparer un tort fait voilà plusieurs années.

— C'est tout à votre honneur, monsieur, fit Héloïse. Malheureusement, elle ne se trouve pas à Paris en ce moment et je ne peux pas vous donner son adresse sans son accord, vous le comprendrez.

— Bien sûr, madame la marquise. Je me demandais si elle peignait toujours, elle avait autrefois un joli coup de pinceau.

Héloïse ne répondit pas. Elle attendait une suite et se méfiait. Il racla sa gorge, s'enfonça dans le fauteuil qui lui avait été proposé.

— Puis-je vous offrir un verre de vin de notre pays, monsieur ? Sa robe blonde et son goût sucré font merveille dans la bonne société parisienne. M. le marquis l'adorait.

Elle fit servir ce nectar venu de Monbazillac, dans le sud du Périgord. Il s'en régala. Elle l'observait et le sentait déstabilisé. Elle connaissait ces hommes arrogants, menant grand train et dominant leur famille et leurs employés. Il avait besoin d'elle et s'abaisser devant une femme, fut-elle marquise, le contrariait.

— J'espère que Jeanne va vite rentrer, je pourrai ainsi la rencontrer. Êtes-vous sa bienfaitrice ? A-t-elle un mari qui assure son quotidien ?

— Je vous sens très inquiet quant au sort de cette jeune femme. Jeanne vit de son travail, n'est-ce pas incroyable de nos jours ?

— Ah bon, très bien ! Permettez que je vous recontacte dans quelque temps.

— J'en serai enchantée, cependant je dois me préparer pour honorer de ma présence une réception chez la duchesse d'Orléans.

Il se leva. Avant de prendre congé, il baisa la main qui lui était tendue, s'attarda, interrogeant du regard son hôtesse.

— À vous revoir, monsieur. Mais ne soyez pas inquiet, nous nous occupons de l'enfant et, faites-nous confiance, il sera très bien élevé.

Elle n'eut pas le temps de remarquer les ravages que cet événement provoqua chez Jean-Baptiste Peyrat. Elle lui tourna le dos et disparut dans son boudoir.

Épilogue

XXVIII

Joachim

Clarence House, juillet 1860

UN FRISSON TRAVERSA SON DOS, rappelant à Jeanne le feu abandonné dans la cheminée, les tentures que personne n'avait tirées. Il était tard, très tard. Elle remonta le châle qui tombait sur ses reins, se redressa, se saisit de nouveau de la photo de Pierre en militaire.

Son poignet était douloureux, elle avait écrit trop longtemps et trop vite.

Elle n'avait pas sommeil. Elle prêta l'oreille alentour, aucun bruit ne venait perturber sa solitude. La maison était endormie. Elle repensa à sa femme de chambre, qui ne se couchait jamais avant de l'avoir bordée. Elle devait s'être installée dans un fauteuil. Elle eut pitié et se leva en soulevant sa chaise pour ne pas s'entraver dans le tapis et ouvrit la porte délicatement. Toinette s'était enroulée dans la méridienne de l'antichambre, les genoux repliés sur sa poitrine, la tête en arrière, dégageant un long cou blanc. Elle dormait d'un sommeil entrecoupé de sursauts. Jeanne se sentit coupable d'avoir empêché cette jeune fille dévouée d'aller dans son lit.

— Pour qui te prends-tu, se dit-elle, pour laisser ainsi ta femme de chambre privée du minimum de confort ? Oublies-tu d'où tu viens ?

Elle lui caressa la joue doucement, provoquant un sursaut. Toinette se redressa vivement, rajusta son chignon, tira sur les plis de son tablier.

— Va te coucher, ne m'attends pas, je me débrouillerai ! ordonna Jeanne.

Après une révérence discrète, la chambrière se dirigea vers les communs.

Jeanne rentra dans sa chambre. Une lumière parcimonieuse, offerte par des lampes à pied en porcelaine de Sèvres, distribuait une intimité et une chaleur propice aux confidences.

Elle retourna à son bureau, leva de nouveau les yeux vers le portrait de son fils.

Pierre avait été un élève studieux, curieux de tout, ouvert à toutes les nouveautés.

Dans ce Paris de la monarchie de Juillet, dans laquelle la bourgeoisie d'affaires, les banquiers, les industriels tenaient le haut du pavé, marchant vers le progrès à grands pas, offensant les pauvres en ne leur apportant rien qui put les sortir de leur condition, Jeanne avait survécu à ses peines de cœur. Jeune fille sans richesse, impossible à marier à un honnête bourgeois, mère célibataire de surcroît.

La bonne fortune d'Héloïse, son rang lui avait donné la permission de soutenir la jeune femme. Mais Jeanne avait vite senti qu'il lui serait impossible de prendre une place dans le grand échiquier de la société.

Elle savait lire et écrire, elle avait quelque don dans la peinture. Cette liberté comptait. Dans le salon d'Hélène d'Orléans, où l'amenait sa chère marquise, outre ses amis écrivains, elle ne manquait pas de flatteurs, d'empressés, d'hommes à la recherche d'aventures. Mais elle n'était plus de première jeunesse, elle allait avoir trente-cinq ans, elle se fanait doucement.

Jusqu'au bout du règne de Louis-Philippe, elle resta dans ce ministère de la Charité qui lui apportait la seule consolation de se trouver en meilleure place que des milliers d'indigents.

Petit Pierre avait été mis dans une école religieuse qui n'hésitait pas à éduquer selon les principes du ministre de l'Instruction publique, François Guizot. Cela rassurait Héloïse de savoir que le clergé contrôlait ainsi l'enseignement des jeunes gens.

Jeanne venait chercher son fils tous les dimanches matin après la messe. Elle qui ne s'était pas particulièrement sentie proche des principes de l'Église accompagnait parfois Héloïse pour les grandes fêtes chrétiennes. Mais en tant que petite fille de la Révolution, elle n'espérait rien de l'au-delà. Ce secret restait au fond de son cœur. Pour son enfant, elle se pliait à tout.

Ils passaient ensemble la journée du dimanche, allaient se promener dans les jardins des Tuileries, au Luxembourg, remontaient la rue de Rivoli. Jeanne lui achetait un beignet. Les soirées se terminaient dans l'appartement de la rue du Cherche-Midi, à tourner les pages d'un almanach ou à compulser un livre d'images trouvé en semaine chez un libraire de la rue du Bac. L'enfant racontait ses cours, ses camarades, s'ouvrait doucement à cette femme attentive et attentionnée. En grandissant, il se confiait de plus en plus. Il s'adaptait étonnamment vite, tant et si bien qu'il mit peu de temps à aimer cette nouvelle maman.

Pour les fêtes religieuses, Héloïse les invitait à sa table. Pierre trouvait toujours dans son assiette un présent en rapport avec le temps des évangiles. Des pâtes de fruit, des bonbons en sucre, un calendrier, un roman de sir Walter Scott ou de Fenimore Cooper. Le garçon découvrait avec délice les vieux contes écossais ou les aventures des Indiens d'Amérique. Il était gâté par ces femmes aimantes, sans faiblesse dans son éducation.

Si Joachim ne lui était pas réapparu au début de l'année 1838, Jeanne aurait pu croire qu'enfin elle touchait au bonheur. Mais il l'attendait un soir sous les marronniers du parc des Tuileries. Il faisait un froid glacial amplifié par un vent du nord qui soufflait sur Paris.

— Tu as encore échappé à la police ? s'écria-t-elle, décidée à ne plus s'en laisser conter.

— Pour qui tu te prends ? fit le garçon troublé. Je t'ai sauvé la vie, tu te souviens.

— Je ne t'ai rien demandé, disparais, vite !

— J'ai besoin de sous !

— J'en ai pas ! Si j'en avais, je ne t'en donnerais pas, file !

Joachim ne s'attendait pas à un tel accueil. Jusque-là, elle tremblait plutôt que de lui résister.

— Je vais tout balancer !

— À qui tu vas balancer ? Tous mes amis savent pour mon fils. Tu ne détiens aucune information importante. Tout le monde s'en fiche de toi et de tes menaces.

Déstabilisé, Joachim ne répondit pas. Tandis que Jeanne avançait vers la rue de Rivoli, il sautillait derrière elle, calculant comment il pourrait obtenir de l'argent.

— Ton compte est bon, tu n'as plus ton freluquet de musicien pour te défendre. Ingrate, tu oublies ce que j'ai fait pour toi.

Elle ne répondit pas et, d'un pas décidé, continua son chemin. La scène de la tentative de viol lui revint en mémoire. Cher Hans, quelle présence d'esprit ! Elle était bien seule maintenant !

Il se découragea le premier et disparut après lui avoir une dernière fois hurlé sa haine.

Arrivée chez elle, elle rechercha le pistolet qu'elle avait caché dans un tiroir, ne se préoccupa pas s'il était chargé ou non, le déposa dans le fond de son sac. Elle était persuadée que sa seule vue calmerait Joachim.

Elle avait beau jouer les fiers-à-bras, elle n'en menait pas large lorsqu'elle gagna le palais des Tuileries le lendemain matin.

Elle demanda une audience à M. Appert, qui l'écouta avec patience.

— Je ne peux pas vous aider. Il m'est impossible de vous fournir un fonctionnaire.

— Vous voyez bien, il vient de réapparaître alors qu'il y a moins d'une semaine un attentat fut déjoué. Je vous assure qu'il est dangereux.

Le secrétaire de la reine soupira, réfléchit.

— Ne pouvez-vous pas le suivre vous-même ? Trouvez son logis, et après nous l'arrêtons. Il ne doit pas vivre seul.

Jeanne remercia et regagna le bureau dans lequel elle travaillait. Sentant son désarroi, Mathilde la prit dans ses bras. Un jour, il faudrait lui révéler son grand secret. Dans un frou-frou de jupons empesés arriva Caroline qui précédait la souveraine.

*

* *

Ce que je vais t'avouer, mon cher fils, devra rester absolument entre nous. J'ai promis de ne rien te cacher, j'irai jusqu'au bout.

J'ai revu Joachim une semaine plus tard. Il m'a menacée comme il savait si bien le faire. Je n'avais le soutien de personne pour le combattre. Je me sentais seule et faible, cela m'amenait à lui montrer une grande volonté à lui résister.

Il m'a demandé de l'argent.

— Il faut terminer cette histoire, ai-je dit. Tu ne peux pas passer ta vie à me tourmenter. Oublie-moi !

Il n'entendait rien.

— Je suis sûr que ta bonne reine ne sait pas que tu es une mère célibataire !

J'ai compris qu'il irait jusqu'au bout.

— Quand tu m'auras dénoncée, elle va me mettre à la rue. Alors là, c'est pour le coup que je ne pourrai plus rien pour toi !

— Tu seras obligée de venir avec moi. Tu le sais, depuis le début. Tu es comme moi, une révoltée !

Je n'avais pas prévu cela, je l'ai regardé, ébahie.

— On est de la même trempe, Jeanne, j'ai des sentiments pour toi !

J'ai failli avoir pitié, me sont revenus des souvenirs douloureux. Pour avoir la paix, j'ai fait semblant d'accepter son chantage. Il s'est éloigné, je l'ai suivi. Je devais juste découvrir sa cachette. La police du roi ferait ensuite son travail. Il marchait vite, j'accélérais le pas. J'avais mis ma main dans le fond de mon sac, je caressais le pistolet de Hans pour me donner du courage.

Nous avons pénétré dans le ventre de Paris, dans ce bouge sans nom de rues sombres et malodorantes qui entouraient la cathédrale Notre-Dame. La nuit était tombée, des lampadaires éclairaient avec parcimonie chaque intersection. La lune apparaissait entre deux nuages, sa lumière blanche me guidait.

Il s'est engouffré dans un immeuble immonde, délabré, dont la façade de torchis et de chaux tombait en poussière, laissant des débris sur les pavés, que la pluie transformait en boue. Les carreaux des fenêtres étaient tous cassés. Pas de volets, ou des moignons de planches restés accrochés par miracle. Cela sentait la pisse et l'aigre. Je distinguais par les ouvertures des lueurs de bougies chancelantes qui dansaient à l'intérieur. J'avais ce que je voulais, j'ai fait demi-tour, mais un homme est sorti d'une autre maison et m'a barré le chemin.

— Qu'est-ce que tu fais là ?

— Je me suis perdue !

— Tu cherches qui ?

— Personne, je m'en vais.

J'ai attrapé la crosse du pistolet que je n'avais pas lâchée, je l'ai serrée fort.

Il approcha de moi, je sentis son haleine de buveur. Il était grand, son corps se découpait derrière la lueur blafarde de la lune.

Je n'ai plus bougé jusqu'à ce qu'apparaisse Joachim. Je supposais qu'il était surpris, mais je ne distinguais que sa silhouette et ses mains dans ses poches.

— Déguerpis, a-t-il dit à son camarade, je la connais !

L'autre s'est éloigné vers son immeuble, a disparu dans la porte.

— Tu m'as suivi ! Qu'est-ce que tu veux ?

— Laisse-moi partir.

Il m'a semblé que, dans un geste inconscient, j'avais bougé l'arme pour une meilleure prise.

— Tu voulais savoir où j'habite pour pouvoir me dénoncer. Tu es vraiment une salope !

Il s'est approché de moi.

— Reste tranquille, je m'en vais et tu m'oublies !

— Tu fais ta chatte parce que tu as amené ton bâtard à Paris. Je t'ai vue avec lui. C'est un vrai petit Peyrat !

J'étais prête à tout entendre, je ne répondis pas.

— Tu sais que le père Peyrat te cherche ? a-t-il ajouté sur un ton ironique. C'est pas pour le gosse, il en a rien à faire, c'est pour te mettre dans son lit ! Pourquoi lui et pas moi ?

Je suis devenue folle. J'ai reculé de quelques pas, j'ai sorti instinctivement le pistolet de mon sac, j'ai mis Joachim en joue, j'ai tiré et le coup est parti. Je l'ai vu chanceler et tomber rapidement à terre.

Un dernier mot m'est parvenu jusqu'aux oreilles, dont je n'oublierai jamais le ton.

— Jeanne !

J'ai profité de la confusion des gens qui sortaient des maisons, j'ai couru sans me retourner vers les lumières de la ville. Quand je suis arrivée sur les bords de la Seine, j'ai jeté le pistolet dans l'eau. Je suis rentrée chez moi en rasant les murs.

Voilà, mon cher fils, une vérité difficile à avouer, mais je te la devais. J'ai tué un homme. Quel qu'il soit, c'était une chose terrible. Mais il était allé trop loin.

J'ai su que la police l'avait récupéré le lendemain et avait découvert, par la même occasion, une cache d'armes importante. De nombreux jeunes gens furent arrêtés.

Restait cette effrayante certitude sur Jean-Baptiste Peyrat. Je l'avais revu quelques années auparavant chez les Rothschild. J'avais fait mon possible pour l'oublier. Je lui avais échappé jusque-là, j'espérais donc passer encore entre les mailles du filet. Pierre était mort par sa volonté, le temps du pardon ne viendrait jamais.

XXIX

Émotions

Clarence House, juillet 1860

LE SOMMEIL RATTRAPA JEANNE. Elle laissa tomber sa plume et posa sa tête sur ses bras repliés qui recouvraient ses feuilles noircies. La lampe vacilla sous le passage d'un léger courant d'air venant de la fenêtre, faiblit puis s'éteignit. Elle dormit ainsi couchée sur son bureau, sa respiration calme et régulière l'amenait à un repos détendu et profond.

Un silence de mort envahissait la maison, violé par moments par quelque chouette partie à la chasse sous les frondaisons du parc.

Toinette se levait avec le jour. Elle ne dérogea pas à la règle ce matin-là, malgré l'heure tardive de son coucher. Elle alla toquer à la porte de la chambre, inquiète des suites de la nuit. Sans réponse, elle tourna la poignée et découvrit sa maîtresse avachie sur son bureau, endormie.

Il était très tôt. Cette situation était inédite. Elle ne savait s'il fallait la réveiller ou la laisser reposer. Elle opta pour la deuxième solution, s'effaça sans bruit.

La lumière dans la pièce réveilla Jeanne. Sa chambre était baignée d'une sorte de fumée blanche, comme un voile. La journée serait brumeuse, le jour franc tarderait à se lever.

Elle sonna Toinette et lui commanda une tasse de thé. Elle passa sa main dans ses cheveux, son chignon était en ruine, des mèches maintenant blanches tombaient de toutes parts. Elle n'avait pas le temps de se recoiffer. Elle se saisit d'un châle qu'elle posa sur ses épaules, se réinstalla devant son bureau et, comme si les heures lui étaient comptées, se remit à écrire.

Héloïse tarda à m'avouer que Jean-Baptiste Peyrat lui avait rendu visite.

— Il est à ta recherche, mon ange, fit-elle sur un air faussement détaché. Bien entendu, je ne lui ai rien indiqué qui puisse le mener à toi.

Ce soir-là, je n'en pouvais plus de ces secrets restés enfouis. Je me suis assise devant la cheminée qui dégageait une chaleur sèche si agréable, j'ai tout avoué. Le regard concupiscent du vieil homme, son ignorance de mon fils.

— Il me cherche pour des raisons inconvenantes. Vous voyez ce que je veux dire.

— Comment sais-tu cela ?

— Eh bien, je l'ai senti et quelqu'un me l'a confirmé !

Je me suis redressée et, lui faisant face, j'ai continué mes confidences.

— Je dois vous avouer autre chose, madame. J'ai tué un homme !

— Comment ?

— J'avais mis M. Appert au courant qu'un individu louche me pistait et avait tenté de me violer dans le couloir de mon immeuble. Hans m'avait sauvée. Je suis revenue voir le secrétaire de Sa Majesté, il a refusé de m'aider. Alors j'ai suivi un soir cet homme. Découvrant ma présence, il a menacé Petit Pierre, dont il connaissait l'existence. Je l'ai abattu avec le pistolet de Hans. Vous savez tout.

Je ne pouvais pas tout lui dire, bien sûr, mais je considérais que cela suffisait.

Elle est restée longtemps muette, tournant autour de la table du salon.

— Si vous le souhaitez, je disparais de votre vie, ai-je ajouté.

— Mon Dieu, Jeanne, crois-tu que mon amour pour toi va partir en fumée parce que tu as eu des décisions difficiles à prendre ?

Ce n'était rien de le dire. Mais Héloïse vivait dans un monde tellement policé qu'elle ne pouvait pas mesurer l'ampleur de mes tourments. Je l'aimais comme elle était. Je me suis précipitée dans ses bras, j'ai pleuré puis je me suis souvenue de Jean-Baptiste Peyrat.

— Vous ne lui avez pas parlé de mon fils, n'est-ce pas ?

— J'ai commis une faute. Au moment où il partait, je lui ai avoué son existence.

— S'il tente de m'en séparer, que vais-je devenir ?

J'étais désappointée. Cet homme m'avait déjà pris mon premier amour. Allait-il m'ôter ce que j'avais de plus cher au monde ? J'ai paniqué.

— Calme-toi, mon ange, fit Héloïse en me caressant les épaules. Cette entrevue a plus de six mois.

S'il avait voulu tenter quelque chose, il l'aurait déjà fait. Je suis d'ailleurs étonnée de ne pas avoir eu de ses nouvelles, il paraissait empressé de te retrouver.

*
* *

Jean-Baptiste Peyrat parcourait depuis six mois un long chemin de croix, ponctué de mille questions sur la mort de son jeune fils, ses conséquences sur la famille, sur sa femme qui doucement s'éteignait, sur un enfant de son sang. Il passa de certitudes à des regrets, puis vinrent les remords…

Il ne se déplaça plus jusqu'à Paris et envoyait son comptable chez le baron Rothschild.

Il s'enfermait une grande partie de la journée dans son bureau, les rideaux constamment tirés, parce que c'était ainsi depuis ces années déjà lointaines, quand Pierre avait commencé à le contrarier. Il caressait de l'index un verre de brandy qu'il vidait avant de le remplir de nouveau. Il avait la bouche brûlée par la chaleur de son cigare. Il entendait sans écouter les comptes rendus de ses fils, posait ses yeux sur le portrait de Pierre commandé pour ses vingt ans par un artiste local.

Au printemps 1838, sa femme mourut comme une chandelle s'éteint. Arrivé au bout de ses forces, son cœur, trop faible, cessa de battre. Les ultimes mots de cette mère éplorée de chagrin furent pour Pierre, pour ce petit dernier dont elle aimait tant les contradictions et les sautes d'humeur. Il restait l'unique preuve de l'intérêt pour elle d'un mari qui lui avait dicté ses devoirs sans émotions. Souvenir de sa complaisance, lui qui en avait tant manqué.

— Cela suffit, avait-il dit à la naissance de Pierre. Vous n'aurez pas de fille, voilà la belle affaire ! Seulement il nous faudra partager entre trois garçons. Nous en restons là !

Elle avait trente-cinq ans et se refermait définitivement la porte des plaisirs charnels. Restaient ses petits bonheurs de mère. Elle avait refusé de voir grandir Pierre. À sa mort, il demeurait l'enfant chéri que personne ne saurait remplacer.

Jean-Baptiste Peyrat se mit à penser que le fils de Jeanne aurait sûrement prolongé la vie de sa femme. N'était-il pas le seul héritier mâle quand ses autres garçons n'avaient engendré que des filles ? Mais qu'aurait-il pu dire à ses amis et sa famille si l'enfant était apparu ? Comment prouver qu'il était le fils de Pierre ? Ses oncles et ses cousines lui auraient déclaré une guerre sans merci. Non, décidément, c'était mieux comme ça ! Une honte terrible le prenait quand il pensait à son désir de faire sa maîtresse de la mère de son petit-fils. Dieu, un jour, le punirait.

Alfred lui avait préparé un bain dans cette somptueuse salle d'eau installée depuis peu. Il posa sur le bord de la table de toilette un verre de brandy puis se retira.

Les volets de la maison restaient fermés. La pénombre s'était installée dans chacune des pièces comme un linceul, recouvrant les fauteuils Empire, les commodes et les bibelots précieux de porcelaine décorée à la feuille d'or. Le temps s'était arrêté. Une lampe à pétrole posée près du verre aidait Jean-Baptiste Peyrat à apercevoir devant sa glace son corps nu et déformé par les abus, sa peau qui tombait, comme attirée par une main invisible, sa graisse sur son ventre qui formait un boyau autour de lui. Il soupira et plongea sans plus attendre dans l'eau tiède et bienheureuse. Il se souvint alors qu'il était vieux !

*

* *

Clarence House, juillet 1860

Toinette entra dans la pièce, aussi silencieuse qu'un fantôme. La porcelaine teintait sur le plateau, cela sentait le beurre chaud et le jasmin, dont elle avait plongé quelques fleurs séchées dans le thé.

Le lit n'avait pas été défait. La femme de chambre se contenta de redresser les oreillers et de les taper vigoureusement pour leur redonner une forme convenable.

Elle prit ensuite le vase qui contenait le bouquet fané posé sur le bureau, épousseta le meuble sans déborder sur les feuilles qui s'accumulaient. D'un œil avisé, elle fit une dernière fois le tour de la pièce et sortit.

Jeanne ne pouvait pas écrire en présence de quelqu'un. Elle avait croqué un gâteau et bu une tasse entière de thé. La chaleur du breuvage la réconfortait comme une parole douce. Elle soupira longuement. Quand la porte se fut refermée, elle reprit sa plume.

Les années passèrent, je n'ai eu aucune nouvelle de la famille Peyrat, je n'ai pas cherché à en moment chez la marquise de Payzac. J'aurais tellement aimé que tu puisses, cher Petit Pierre, profiter d'une telle opportunité.

Bugeaud me plut tout de suite, il avait l'âme d'un paysan et l'aspect d'un officier de l'armée française. Il avait traversé les épopées napoléoniennes du début jusqu'à la fin. Il soutenait la politique de Louis-Philippe et s'était mis à son service. Cependant, sa réputation à Paris n'avait rien à voir avec ce qu'on pouvait dire de lui en Périgord. Gardien de la duchesse de Berry, comploteuse contre son oncle Louis-Philippe, il l'avait entourée de soins paternels pour certains quand, pour les royalistes, il n'était que le geôlier irrespectueux de cette descendante des Bourbons. Il avait d'ailleurs tué en duel un député qui l'avait insulté à ce sujet. Mais l'affaire était ancienne. Sa réputation avait également été ternie au moment des barricades à la mort du général Lamarque. Un massacre commis dans une maison de la rue Transnonain lui avait été imputé alors qu'il ne commandait pas les soldats qui l'avaient perpétré.

Quand j'ai été présentée à lui, lors d'un dîner chez la marquise, il était habillé en civil symbolisant sa circonscription d'Excideuil, dont il était député depuis presque dix ans. C'était un homme de taille moyenne, encore svelte, au regard noir fier et vif. Une chevelure blanche se découpait sur un front large. Malgré tout le respect qu'il éprouvait pour Héloïse, je sentais une familiarité de bon aloi entre eux, source de leurs racines communes, enfants d'une même génération. À cette époque, il ne semblait pas très favorable à l'extension de la conquête de l'Algérie.

— Il serait mieux, disait-il en sirotant un verre de vin rouge venu de Bergerac, que le roi abandonne ce projet. Je sens l'affaire trop onéreuse pour une nation qui devrait s'intéresser à ses campagnes et à ses ouvriers.

Il portait l'insigne de grand officier de la Légion d'honneur sur le revers de sa veste. Ce fut de cette manière que je remarquai son costume taillé dans une grosse toile brune et son col de velours de la même couleur. Il possédait un accent traînant comme on en rencontrait dans notre pays.

— Cependant, monsieur le député, répondait Héloïse, si Louis-Philippe vous demande de repartir, je prends le pari que vous embarquerez sur-le-champ !

— L'obéissance est le premier devoir du soldat, madame. Certains intellectuels comme Lamartine et Victor Hugo tentent de mesurer l'impact économique que serait la possession de tels territoires. Cela montre l'intérêt de nos têtes pensantes. Savez-vous, madame, qu'en Algérie nous avons libéré les derniers esclaves chrétiens vendus par les Barbaresques ?

— M. le marquis m'avait parlé de cette tragédie. Nous sommes plus sensibles à l'esclavage dans nos colonies !

— C'est normal, madame, ils évoluent dans un monde ouvert. Nous savons tout sur eux, en métropole. En Afrique du Nord et au Moyen-Orient, les esclaves chrétiens sont enfermés, les hommes sont la plupart du temps castrés. Le secret de leur existence ne peut pas venir jusqu'à nous. C'est pourtant une réalité. Depuis trois siècles, environ trois millions d'êtres humains ont été prisonniers et voués à la servitude autour de la Méditerranée. Je suis fier d'avoir

pu rendre leur liberté aux derniers captifs chrétiens des musulmans.

Un silence passa dans la pièce, Bugeaud vida son verre, le service continua.

Il me questionna sur ma fonction auprès de Marie-Amélie, me demanda d'où je venais. Je lui parlai des forges de Savignac, de mon père, soldat de Napoléon. Cela l'enthousiasma. Il discourut sur sa jeunesse à Limoges – cela me fit trembler –, sur son combat pendant quinze ans pour une agriculture moderne quand il fut démissionné de l'armée à la chute de l'Empire.

— On dit de vous, monsieur le député, coupa Héloïse, que vous avez un certain talent à soutenir nos paysans.

— Je suis un soldat laboureur, madame la marquise, je défends ces cultivateurs qui nourrissent les villes.

Je profitai de cette soirée pour lui parler de tes désirs, Pierre, de rentrer dans l'armée.

— Son père est-il militaire ? me demanda-t-il.

Je ne sus répondre à cette question qui me fit monter le rouge aux joues.

Héloïse sauva ma réputation.

— Son père est mort dans un accident de cheval. Jeanne ne souhaite pas en parler plus.

— Je vois, je vois, fit-il en se grattant le menton. Eh bien, venez me voir un jour, quand il sera plus grand. Pour l'instant, il lui faut s'instruire de matières générales.

Il avait laissé chez la marquise un Manuel du laboureur, *édité par la Société d'agriculture, ensemble d'articles écrits dans des gazettes locales, regroupés pour une meilleure compréhension.*

Tu fus déçu. Je ne t'appris rien que tu ne savais déjà sur cet homme dont tu avais tant entendu parler dans ta prime enfance.

Quelques mois plus tard, le lieutenant général Bugeaud fut nommé gouverneur général de l'Algérie et embarqua à Toulon pour Alger. Son discours d'arrivée nous rappela sa réflexion en cette soirée chez Héloïse : « Adversaire de cette conquête absolue, il s'y consacrerait désormais entièrement. »

Tu étais très excité à l'idée de pouvoir suivre les exploits de ce soldat né dans le même pays que toi et que ta propre mère avait déjà rencontré.

Tu en parlas à tous tes amis, si bien que tu devins le spécialiste de la conquête de l'Algérie. Tu avais douze ans.

XXX

Destins croisés

En juillet 1842, nous avons vécu un drame qui restera marqué dans nos cœurs pour toujours. Ferdinand, le duc d'Orléans, prince héritier, se tua dans un accident.

Héloïse et la duchesse d'Orléans se trouvaient depuis une dizaine de jours en cure à Plombière. Le duc devait rejoindre sa femme à la fin du mois.

Ces dames étaient en promenade lorsque la duchesse reçut un télégramme parlant d'indisposition du prince. Elle souhaita rentrer sur-le-champ à Paris.

— Nous savions tous le grand malheur, m'expliqua Héloïse, sauf elle. Tenant son rang comme il se devait, elle salua tout le monde, ne manquant pas de distribuer des félicitations sur la manière dont elle était reçue. Elle promit de revenir vite. Nous sentions cependant son inquiétude augmenter au fur et à mesure de notre avancée vers Paris. Au milieu de la nuit, notre voiture s'est arrêtée pour laisser le médecin du prince s'entretenir avec la duchesse. Elle comprit dès qu'elle le vit.

Héloïse pleura autant pour la mort du duc d'Orléans que pour celle de son mari. En vérité, elle n'était aidée par personne. Tout le monde à la cour se lamentait d'un tel drame. La pauvre reine avait poussé un cri si terrible au dernier souffle de son fils qu'il resterait dans la mémoire de tous les témoins de cette scène. D'ailleurs, on ne la vit pas pendant plusieurs semaines au « ministère de la Charité ».

— C'est le palais de la mort, me dit Héloïse en revenant de la résidence de Neuilly. Des prêtres traversent les salons comme des fantômes, psalmodiant et priant sur un ton monocorde et monotone. Le roi n'est plus que l'ombre de lui-même.

Si la mort du duc d'Orléans me frappa tant, c'était surtout parce qu'elle me ramenait douze ans plus tôt à celle de Pierre. Le phaéton, les chevaux fous, la voiture soulevée, la pierre sur la route. Aucun détail n'y manquait.

J'avais surmonté mon chagrin parce que personne ne m'avait plongée plus avant dedans. Mon enfant était à naître, ma vie n'en était qu'à ses débuts. Je n'ai pas été obligée d'accompagner la douleur d'une mère, d'un père, d'une sœur ou d'un frère. Ma solitude devant cette épreuve m'avait permis de supporter cette disparition.

Pour l'heure, cher Petit Pierre, tu ne me parlais plus que de la conquête de l'Algérie. Notre bouillant Périgourdin fut fait maréchal de France en 1843. Le duc d'Aumale et son frère Joinville se couvrirent de gloire, à ses côtés. À Paris, Tocqueville, pourtant ardent défenseur des esclaves, considérait qu'il était nécessaire d'employer tous les moyens, même les pires, pour arriver à coloniser ce pays peuplé de sous-hommes.

Pour ma part, j'y voyais une manière à la romaine d'exporter notre façon de vivre, d'aller recopier obtenir. J'étais trop heureuse d'avoir enfin mon fils près de moi.

Tu ressemblais de plus en plus à ton père, cela me troublait, mais ton caractère semblait prendre un autre chemin. Déjà à douze ans tu rêvais d'une carrière militaire. Tu vouais une admiration sans bornes aux princes de la famille royale, Ferdinand, duc d'Orléans, et Louis Charles Philippe, duc de Nemours. Tu te grisais de leurs exploits en Algérie. J'aurais dû être enthousiaste face à cette guerre menée pour conquérir des territoires, pour exporter dans l'Afrique du Nord notre « civilisation de progrès ». D'un côté mon fils qui s'enflammait pour les valeureux qui combattaient l'émir Abd el Kader, d'un autre côté la souveraine qui nous contait les prouesses de ses chers enfants, priant pour que réussisse cette expédition qui ne cessait de s'enliser. Pourtant, je n'arrivais pas à me passionner pour un tel projet.

La marquise de Payzac ne se lassait pas des exploits d'un « enfant du pays », ce général parti conquérir pour la France, l'Algérie. Elle le connaissait, il était né à Excideuil, quand sa famille régnait sur les terres de Payzac. Ils étaient voisins. Je m'étais peu intéressée jusque-là à cette guerre de colonisation, bien que mon père m'en ait parlé lors de mon séjour en 1837. Tout le Périgord vibrait sous les exploits de Bugeaud, surtout les anciens des campagnes napoléoniennes, et Dieu savait qu'ils étaient nombreux.

Mon cher enfant, tu avais toujours une nouvelle à m'annoncer concernant cette conquête. Rien ne t'était inconnu. Le traité de Tafna, la bataille de Sikkak, la retraite de Constantine enfin, qui ramena à Paris le lieutenant général Bugeaud. Je le rencontrai à ce ailleurs notre société. Le souvenir de la misère rencontrée à Limoges ainsi que les centaines de lettres reçues chaque jour chez la reine ne me laissaient rien augurer de bon pour les populations de cette contrée. Je me gardais bien d'en parler autour de moi. Avec Héloïse, vous applaudissiez devant les exploits de notre maréchal Bugeaud, je me contentais de sourire et de souscrire à votre admiration, sans autre commentaire.

*
* *

J'avais l'impression de monter des marches. Quand arriverais-je enfin dans ma plénitude, là où je pourrais goûter à la paix ?

Je me remettais de tout. La mort de ma mère, de Pierre, celle de Hans, mon bras tirant une balle qui tua Joachim. Restaient des blessures qui griffaient mon cœur.

Depuis que tu étais à Paris, tu devenais le centre de ma vie. Sans autre attache que toi, je te consacrais tout mon temps libre. Tu me rendais l'affection que je te portais. Se créait entre nous une complicité qui m'enchantait. Tu grandissais et ta personnalité s'affirmait.

À douze ans, tu avais presque ma taille. Tes boucles brunes, tes prunelles sombres, ce grain de beauté sur le visage, ton père n'aurait pas pu te renier. Un duvet clair commençait à te barrer le dessus des lèvres et ta barbe naissante me piquait les joues quand tu m'embrassais.

Je sentais un début de rébellion dans tes propos. Ton honneur de jeune mâle supportait mal la contradiction. Tu avais toujours en tête de devenir militaire.

Ta première opposition à moi fut de m'interdire de te nommer « Petit Pierre ».

— Je m'appelle Pierre, ma chère maman, je ne suis plus un enfant, cessez de me regarder comme si je portais encore des couches.

Tu ne manquais jamais de te blottir contre moi après m'avoir remis à ma place.

En 1843, un événement particulier allait de nouveau changer le cours de ma vie. En septembre, la reine Victoria, le prince Albert et quelques-uns de leurs enfants furent reçus au château d'Eu, en Normandie, par Louis-Philippe et Marie-Amélie. La reine, ayant appris que j'avais un certain don pour le dessin, demanda à M. Appert de me confier à sa garde rapprochée. Elle désirait un regard féminin pour reproduire le parc du château réaménagé pour cet événement, ainsi que les salons dans lesquels avaient été ajoutées des pièces du mobilier des Tuileries, jusqu'à l'argenterie qui avait fait le voyage. Mathilde obtint également permission de m'accompagner, elle ferait partie de la suite de Sa Majesté.

Je n'aurais pas l'outrecuidance de me comparer à M. Winterhalter, peintre officiel de la cour, qui exécuta des portraits somptueux de la famille royale, ni à M. Eugène Lami, qui immortalisa cette rencontre à Eu, laissant à la postérité, en souvenir de cette visite, une magnifique toile.

J'avais choisi de réaliser des pastels. Je trouvais plus facile de transporter mes crayons au milieu des jardins que des couleurs à mélanger à de l'huile de lin. Je n'avais également aucune inquiétude pour le séchage de mes dessins.

Nous logions dans des tentes richement décorées installées dans le parc du château. Cela donnait un air de vacances à notre séjour, malgré une organisation de chaque instant extrêmement rigoureuse. Mathilde et moi avons passé une semaine délicieuse. Elle était mariée depuis plusieurs années à un de ses cousins et cette escapade sans son époux lui donnait des envies de renouer avec sa jeunesse. Alors que je restais éloignée des souverains, elle les approchait et me décrivait sans nuance les toilettes, les bons mots.

— N'attendez pas que je vous conte une histoire salace ou une situation drôle. Avec notre reine, une plaisanterie est toujours de mauvais goût. La prière est la seule consolation qu'elle se permette.

— Je parie que chaque détail est étudié, c'est une maîtresse de maison hors pair, aussi scrupuleuse qu'une bonne bourgeoise, ai-je remarqué.

— Nous sommes loin des anciens rois qui se déplaçaient avec leurs concubines.

— La mort de leur fils aîné n'a pas dû arranger les choses en matière d'ambiance !

Nous étions cruelles parfois, mais respectueuses.

Héloïse faisait partie de la suite de la duchesse d'Orléans, qui n'avait pas quitté le deuil. La disparition du duc, cet épisode tragique et encore dans les mémoires laissait un goût amer.

Le protocole, le programme permirent cependant à ma chère marquise le temps de se joindre à nous.

Quand la lumière descendait sur le parc, laissant l'océan derrière nous, sombre et comme abandonné, nous marchions sous les frondaisons des vieux arbres, rencontrant des Anglais eux aussi désireux de se dégourdir les jambes.

J'ai du mal, mon cher fils, à parler enfin de celui qui a fait de moi une femme honnête.

Il m'est apparu le premier soir de notre installation. J'attendais Héloïse, qui m'avait promis de me rejoindre dans l'allée principale du château. J'admirais la façade de briques rouges, les toitures d'ardoise abandonnées par la lumière et qui semblaient s'éteindre pour la nuit. J'étudiais les couleurs que je voyais, décidée à les reproduire très vite.

J'ai senti une présence à mes côtés, cela m'a troublée. Un homme se tenait sur l'allée et me contemplait. Son sourire condescendant, presque ironique, m'a fort déplu au premier abord. Il portait un costume d'une élégance toute britannique, une cravate de soie à rayures dans des tons bruns et tabac, sur une chemise d'un blanc immaculé. Il a senti que je n'appréciais pas sa manière de m'observer. Son visage s'est alors détendu, son regard clair m'a semblé soudain plus doux.

— Pardonnez-moi, chère madame, je vous ai surprise dans vos songes.

Son accent anglais très prononcé m'a amusée. J'ai dû, à mon tour, lui paraître légèrement moqueuse.

Héloïse est arrivée à cette seconde, elle le connaissait. La complicité qui les liait, curieusement, m'a contrariée.

Ce fut la seule fois où je vis ma marquise en faute. Elle qui usait si bien du protocole avait oublié de me le présenter. Cela la troubla, je lui pardonnai vite cette malheureuse étourderie.

Lord Clarence, proche collaborateur de lord Aberdeen, le ministre des Affaires étrangères de Sa Majesté la reine Victoria, avait de quoi la déstabiliser. C'était un très bel homme. Mais ma chère Héloïse avait pris le chemin d'une religiosité affirmée lui permettant de surmonter ses deuils, sa solitude de femme sans enfants, en un mot ses doutes existentiels. Elle se vouait corps et âme à la duchesse d'Orléans et à ses deux fils.

Nous avons suivi un sentier qui nous a menés jusqu'à l'océan. Cette soirée de septembre était douce, les chaleurs de l'été s'attardaient. J'aimais l'odeur de l'iode et des limons, le goût de sel qui s'accrochait sur mes lèvres, le cri des mouettes tourbillonnant autour de nous. Nous apercevions dans le port du Tréport le yacht de la reine Victoria. Des marins s'affairaient sur le pont du bateau, des chaloupes allaient et venaient.

Héloïse et le lord anglais papotaient de tout et de rien, ne laissant pas un moment de silence. Nous faisions demi-tour quand le majordome de la duchesse d'Orléans est apparu, rassuré de la trouver.

— Mme la duchesse vous demande, madame la marquise, annonça-t-il sans nuance.

Voilà comment le destin se joue de nous. Lord Clarence et moi nous sommes retrouvés seuls à contempler l'océan, à apprécier une lumière ocre qui valorisait chaque coin du parc.

En fait, j'étais intimidée. Il le comprit. Pour me mettre à l'aise, il m'a lancée sur l'unique sujet qui me passionnait, la peinture. J'étais intarissable, je lui citais le nom de tous nos grands peintres, je lui donnais un cours de perspective, de couleur, d'arrondis, de glacis. Je mélangeais tout sans savoir s'il me comprenait bien. Nous sommes arrivés devant la tente dans laquelle je logeais, je lui ai montré mes dessins au pastel, lui donnant mille explications sur chacun d'eux. Jusqu'à ce que, tournant la tête, il s'aperçoive que le temps était venu de rentrer pour se préparer. Un concert était programmé dans la galerie de Guise, suivi d'un dîner d'apparat.

Je n'avais malheureusement pas l'autorisation d'assister ni à l'un ni à l'autre. Les souverains avaient beau mener une vie bourgeoise, il fallait, pour respirer le même air qu'eux, dans leur château, avoir des lettres de noblesse ou un talent d'artiste. Je n'avais rien de tout cela.

Lord Clarence en fut désolé et me quitta en consultant sa montre comme s'il espérait que le temps se soit arrêté.

Nous nous sommes revus parce que le destin en avait décidé ainsi. Les mondanités aussi. Grâce à lui, j'ai participé aux pique-niques, aux promenades.

Il parlait un français parfait appris dans une grande école anglaise. Il était veuf depuis de nombreuses années, sans enfant. Il vivait entre Londres et son cottage du Kent, dans lequel il aimait se retirer loin des mondanités de la cour. Je ne rentrais pas dans les détails de ma vie. Quand il reprit, avec la suite royale, le chemin du retour, il ne connaissait de moi que mon don pour le dessin, ma situation de vieille fille (j'avais trente-sept ans), mon occupation dans ce « ministère de la Charité » près de la reine Marie-Amélie, et bien sûr mon amitié pour la marquise de Payzac.

Il promit de m'écrire, ce qu'il fit. Pendant des années, nous avons échangé un courrier régulier dans lequel nous nous efforcions, l'un et l'autre, de préserver nos secrets.

Héloïse vivait près de la duchesse d'Orléans un quotidien fait de confinement et de discrétion. Hélène de Mecklembourg avait décidé de garder le deuil de son mari et ne souriait qu'en présence de ses deux fils. Elle évitait tant qu'elle le pouvait les soirées et les dîners des Tuileries. Cela lui permettait de ne pas trop rencontrer cette belle-mère qui n'appréciait guère sa belle-fille protestante et son esprit brillant.

Je me souviens avoir lu Victor Hugo qui disait d'elle : « Madame la duchesse d'Orléans est une femme rare, d'un grand esprit et d'un grand sens. »

Les souverains ne sortaient plus, par crainte d'attentats, et ne se remettaient pas de la mort de leur fils aîné. Ils surveillaient et se méfiaient de leurs propres enfants, de peur qu'ils fomentent une opposition dans leurs salons. La reine, par sa morale d'un autre temps, affaiblissait cette dynastie, elle qui la voulait si forte.

Rien ne changeait dans ce pays friand de réformes. La misère continuait son lent cheminement dans la population tandis que l'industrialisation menée avec brio permettait à des hommes d'affaires et des banquiers de s'enrichir de manière éhontée, sans scrupule.

Le peuple avait fait cette grande révolution pour éradiquer les nobles trop gâtés par le pouvoir, il avait créé une nouvelle classe sociale plus avide encore.

Deux ans plus tard, en 1845, la reine Victoria se rendit de nouveau à Eu. Cette fois-là, je ne faisais pas partie de la suite de Sa Majesté. Pour rencontrer lord Clarence, je dus jouer le rôle de la gouvernante de la marquise de Payzac qui accompagnait sa chère duchesse.

Malgré les nombreux courriers échangés, ou peut-être à cause de cela, nos retrouvailles nous laissèrent aussi timides que des jeunes gens.

Ses cheveux avaient blanchi durant ces deux années, cela m'émut. Malgré son âge bien avancé, il gardait ce charme incroyable qui appartient aux hommes grands et sûrs d'eux. Notre relation était purement amicale, sans arrière-pensée, me semblait-il. La complicité qui nous unissait nous rapprochait. Je suis toujours restée sur mes gardes. Que pouvait avoir de commun une fille de paysan née dans la misère au fin fond du Périgord, fille-mère, sur le retour d'âge, et un lord anglais proche du pouvoir, riche, veuf et certainement très demandé.

Avec Pierre Peyrat, je m'étais longtemps défendue de rêver. Avec lord Clarence, je récidivais. J'ai toujours su regarder les réalités en face, je ne me suis jamais caché la vérité. Je me préservais.

Il percevait ma réserve, il ne me brusquait pas, sous peine de me voir disparaître.

Il est reparti, nous avons recommencé à nous écrire.

L'entente cordiale entre l'Angleterre et la France fut alors contrariée en 1847 à cause d'un événement inattendu. Marie-Amélie fit tant et si bien qu'elle négocia avec brio l'union de son fils cadet avec une infante, héritière du trône d'Espagne. Mariage qui froissa fort la reine Victoria.

Cet événement sonna la fin des rencontres royales au château d'Eu.

Cela n'empêcha nullement lord Clarence de continuer à m'écrire. Il regrettait, bien sûr, que ces histoires familiales tournent mal. Il voyait aussi, de l'Angleterre, monter en France un mécontentement populaire dangereux. Il m'en faisait part.

Pendant ce temps-là, notre maréchal Bugeaud était revenu en 1844. Grand triomphateur de la bataille la plus importante de cette conquête, il portait désormais le titre honorifique de duc d'Isly.

J'en profitai, début 1845, pour lui demander une audience afin qu'il me conseille pour ton avenir, mon cher fils. Tu souhaitais prendre ton envol, l'oisillon voulait quitter son nid.

Le vieux maréchal me reçut dans son bureau de l'Assemblée nationale. Ses cheveux clairsemés avaient déserté son crâne, son front barré de rides profondes s'était élargi. Il portait un binocle qu'il relevait nerveusement avec son index droit dès qu'il menaçait de glisser le long de son nez. Il fut aimable malgré ses nouveaux titres. Il me donna un billet signé de sa main qui me permettrait de rencontrer le responsable de l'École d'application de l'artillerie et du génie, à Metz. Devant mon étonnement, il ne manqua pas de me faire l'éloge de cette prestigieuse école qui formait l'élite militaire du pays. Tu serais allé au bout du monde pour mettre à exécution tes projets. L'idée de t'installer dans l'est de la France ne te dérangeait pas plus que cela.

Reparti ensuite vers une Algérie à feu et à sang, notre maréchal mena une campagne de répression qui entacherait de nouveau sa réputation. Mais tu étais formel, mon cher Pierre, nous tenions là un grand conquérant, un organisateur avisé, généralisant l'institution des bureaux arabes. Il avait créé des villes, tracé d'innombrables routes et mis un soin particulier au développement de l'agriculture.

Le nombre de colons à son départ en 1847 s'était multiplié par cinq.

Mon père, d'ailleurs, m'avait envoyé une lettre courte mais pleine de son admiration pour notre grand « Périgourdin ».

Je ne parlais pas de toi à lord Clarence dans ma correspondance, et pourtant tu restais le centre de mes préoccupations. En septembre 1847, tu rejoignis l'école militaire de Metz. Cette date coïncida avec la brouille entre l'Angleterre et la France. Tu me quittais, je n'espérais plus revoir ce lord anglais qui m'attachait à lui.

Une grave crise économique secouait le pays. Il semblait que nous revenions soixante ans plus tôt, quand la faim obligeait le peuple à se rebeller. Le cours du blé s'envolait, le pain était hors de prix, une maladie de la pomme de terre semait la disette. Les paysans migraient toujours vers les villes malgré la précarité et la misère qui les attendaient. Je repensais à ma révolte contre le travail des enfants en lisant un article de Victor Hugo : « Il faut à l'industrie des âmes qui tiennent peu de place, qui mangent peu, qui ne coûtent pas cher. »

Toute ma vie j'aurai parcouru ces temps de grands rêves d'une société qui ne croyait plus qu'au bien-être sur terre. Mais qui pouvait le leur reprocher ? J'avais sous les yeux une reine des Français si perdue dans sa foi qu'elle ne voyait pas la réalité qui, pourtant, lui sautait au visage.

J'étais fatiguée de tout cela, j'avais été anéantie à la disparition de Pierre Peyrat. J'aimais trop Héloïse pour lui faire reproche de ne pas s'insurger contre un monde qui allait lui échapper. Je me trouvais lâche, mais qu'aurais-je pu faire ? Suivre Joachim ? Porter le masque de l'anarchie ? Ne penser qu'à détruire et à imaginer une société qui, j'en étais persuadée, n'était qu'utopie ? Je n'avais pas eu cette vigueur-là. De toutes les façons, femme j'étais et je resterais à la lisière de tous les mouvements. Il fallait une grande force de caractère, une fortune, un don pour la rhétorique et un sacré culot pour, en qualité de femme, se faire entendre. Peu d'élues perçaient.

*
* *

Cette fin 1847 fut l'époque la plus triste dont je me souvienne. L'enfoncement du pays dans la corruption, l'incapacité du roi à réformer, la désolation de son peuple. Un froid vif recouvrait Paris, tu étais loin, Héloïse se consacrait de plus en plus à sa chère duchesse. Les rues de la capitale grouillaient d'une misère terrible pendant que les riches se pavanaient dans des carrosses dorés et passaient leur temps en fêtes et en orgies.

Un jour de décembre, la marquise de Payzac m'envoya un courrier. Elle me priait de lui rendre visite dès le soir. Je me posais mille questions sur cet ordre inhabituel. Je te revoyais monter dans la voiture de poste deux jours plus tôt, me saluer avec un tel bonheur sur le visage que j'en étais presque jalouse. Je repensais à l'accident de ton père, j'en perdais mon souffle.

Mathilde connaissait ton existence depuis que tu étais à Paris. Héloïse avait expliqué à M. Appert que j'étais veuve. Ma chère amie m'apaisait par des paroles réconfortantes.

— Nous serions au courant si sa voiture avait versé. Il a emprunté une route importante, très surveillée. Et puis, ma bonne amie, la marquise n'aurait pas attendu tout un jour pour vous avertir de quelque mauvaise nouvelle !

Elle avait raison.

Quand j'ai pénétré dans le salon de la rue des Arcades, un homme patientait.

— Assieds-toi, ma fille ! m'ordonna Héloïse. M. Corbin vient de Limoges.

Mon cœur ne fit qu'un bon ! J'observais l'individu face à moi. D'une grande maigreur, le visage creusé laissant deviner ses dents à travers la peau, des yeux cernés jusqu'au milieu des joues, des cheveux sombres et épars, sans âge, il semblait garder assez de force pour rester debout et tenir entre ses mains un portefeuille de cuir noir.

— M. Corbin est le légataire testamentaire de la famille Peyrat.

L'homme eut un rictus et, se pliant avec difficulté, finit par poser son derrière sur le bord du fauteuil.

— Je vous en prie, monsieur, expliquez à mademoiselle la situation.

Il se releva sans attendre, sortit d'une chemise un document.

— M. Peyrat est décédé la semaine dernière.

Il marqua un temps d'arrêt, me lança un coup d'œil pour vérifier ma réaction.

Je n'en eus pas. Il continua.

— À l'ouverture de son testament, il apparaît qu'il vous lègue une certaine somme d'argent pour vous aider à élever votre fils.

— Son petit-fils ! coupa Héloïse.

Je restai pétrifiée.

— Une bien belle somme ! s'écria-t-il apparemment persuadé de mon ingratitude. Je vous demande de signer ces documents et de m'indiquer le nom d'une banque pour déposer l'argent.

Si Héloïse n'était pas venue à mon secours, je crois que je serais encore au milieu de la pièce, à considérer cet être aussi squelettique qu'un cadavre.

Elle se saisit des feuillets que tenait le notaire, les posa sur la console près de la cheminée, exigea que je les signe.

Jean-Baptiste Peyrat mort, ses fils n'allaient-ils pas me demander des comptes ? Ne serai-je pas obligée de rendre un jour cet argent ?

— Rassurez-vous, mademoiselle, M. Peyrat n'a lésé personne. Il a laissé une lettre dans laquelle il explique à sa famille la situation. Il a fait en sorte que ces messieurs ne puissent pas remettre en question son vœu de léguer à son petit-fils la part de son plus jeune fils.

— Chère Jeanne, fit Héloïse en me prenant par l'épaule, rien ne sera fait contre toi, sous peine de révéler au monde la naissance d'un enfant hors mariage. Cela ferait un beau scandale dans ce milieu, crois-moi ! Je suis heureuse pour toi, tu vas pouvoir acheter de magnifiques uniformes à notre cher garçon !

Je n'avais aucune notion de l'argent, du fait d'en posséder. Je n'avais aucune idée de ce que représentait la somme que me versa Jean-Baptiste Peyrat. Je n'aurais pas su le garder ou le placer si Héloïse ne m'avait pas envoyée chez son homme d'affaires. Je restais froide à la nouvelle de la mort de cet homme que j'avais haï plus que tout. J'en arrivais à espérer qu'il existe un enfer pour qu'il y brûle à tout jamais !

*
* *

Les événements s'accélérèrent. L'Europe soulevait le couvercle des agitations. Une révolution éclata à Palerme. Le royaume de Naples obtint une Constitution de la part de son roi qui sentait la colère de son peuple. Les pays du Nord se réformaient. À la Chambre des députés à Paris, les esprits commençaient à s'échauffer. La suite, Héloïse me la conta entre deux portes. Elle m'avait donné rendez-vous à son appartement afin de m'en confier les clés. Les émeutes à Paris, le danger de voir les Tuileries saccagées, une fusillade près du Palais-Royal, le roi prenant peur, enfin la fuite, rien n'y manquait.

— Ma chère duchesse l'a supplié pour qu'il n'abdique pas ! continuait Héloïse inquiète. Jusqu'à ce que ses conseillers lui soufflent de lui confier la régence à elle. Ce sont les situations qui font la grandeur des gens. Notre reine a hurlé : « Mieux vaut mourir ! » Quand Thiers réclama ce geste au roi, Marie-Amélie a crié au visage de sa belle-fille : « Vous devriez être contente, vous êtes arrivée à vos fins ! » Ma chère duchesse pleurait tout son soûl ! Elle a répondu à sa belle-mère : « Ah, ma mère, quelle cruelle parole ! » Ils pensaient tous que cette jeune personne intelligente était la planche de salut des Orléans. Toute la famille royale s'est enfuie comme le roi Louis XVI

avant eux. Ils l'ont abandonnée, seule au milieu du palais. Je l'ai soutenue autant que j'ai pu, j'ai tenu la main des petits princes. Ils ont emmené la duchesse à la Chambre des députés. Je suis restée près d'elle à chaque instant. Nous nous sommes assis au pied de la tribune, nous les avons écoutés prendre la parole les uns après les autres. Des individus armés avaient fait irruption dans l'Hémicycle. Seul Nemours, raide comme un piquet, dans son uniforme de militaire, se tenait près de nous. La princesse a tenté de s'exprimer, en vain. Ceux qui l'avaient soutenue l'ont, ce jour-là, abandonnée. Devant cette éventualité impensable de mettre à la tête du pays une femme, fût-elle capable, ils se sont tous rétractés. Nous sommes sortis dans une confusion indescriptible, je tenais toujours la main des enfants. Nous avons été secoués, bousculés.

Héloïse suffoquait. Elle avait préparé à la hâte une malle de voyage dans laquelle s'empilait un désordre de vêtements.

— Chère Jeanne, assurez-vous que les volets seront tirés, congédiez les domestiques, leurs gages seront chez mon notaire. Fermez bien la porte. Je vous écris dès que possible.

Qu'allais-je devenir ? Notre « ministère de la Charité » fermerait. Mes amies rentreraient sagement dans leur famille. J'allais me retrouver seule. Héloïse, la dernière branche sur laquelle je m'étais toujours appuyée, me quittait. Je l'ai embrassée, le cœur vide.

— Où allez-vous ? ai-je encore demandé.

— Je ne sais pas. Il semble cependant que la duchesse va retourner dans sa famille. Je vous promets de vous écrire au plus vite.

Elle précéda le valet qui tenait son bagage et s'envola dans les escaliers. J'ai traversé l'appartement, inscrivant dans ma mémoire chacun de ses secrets. J'allais partir quand j'entendis frapper à la porte. Les domestiques s'affairaient à recouvrir les meubles, je suis allée ouvrir.

Lord Clarence se tenait devant moi. Il portait un manteau noir épais et un cache-col qui lui remontait jusque sous le menton. Son visage, surpris par le froid, était d'une blancheur extrême. Ses belles mains fines à la peau délicate se sont tendues vers moi.

— Je suis à Paris depuis deux jours. La situation est grave, je crains une révolution. Chère Jeanne, je vous emmène loin d'ici. Vous allez adorer mon pays.

J'ai voulu répondre. Il m'a prise dans ses bras.

— Ne dites rien, n'ayez aucune inquiétude. La marquise de Payzac m'a raconté votre histoire. Votre passé vous appartient. Je vous aime telle que vous êtes. Je suis impatient de connaître votre fils.

Table des matières

Dans la même collection

Dans la même collection

www.deboree.com
livres@centrefrance.com

Imprimé en France par CPI
en septembre 2022
N° d'impression : 2067547
Dépôt légal : novembre 2022
ISBN : 978-2-8129-2968-7
ISSN : 1627-6779